U0093437

國際學術研討會

古龍武俠小說 領先時代半世紀

【記者賴素鈴／報導】江湖代有才人出，這廂古龍凋零二十載，那廂今朝懸賞百萬獎新秀，浪淘不盡，唯有武俠熱愛，不隨時間變易，在學術研討會上更見分明。以「一代鬼才：古龍與武俠小說」爲主題，淡江大學第九屆文學與美學國際學術研討會昨起在國家圖書館，展開爲期兩天的議程，紀念武俠小說家古龍逝世二十周年，新生代學者與古龍故舊齊聚一堂，以文論劍話武俠。

日前與淡大中文系教授林保淳共同發表《台灣武俠小說發展史》，武俠小說評論家葉洪生昨天在專題演講中，直批胡適1959年底發表「武俠小說下流論」是「胡說」，學界泰斗的不當發言以及隨即展開的「暴雨專案」，反而促成1960年起台灣武俠新秀的繁興，「武俠小說迷人的地方，恰恰在門道之上。」，葉洪生認定，武俠小說審美四原則在文筆、意構、雜學、原創性，他強調：「武俠小說，是一種『上流美』。」

集多年心血完成《台灣武俠小說發展史》，葉洪生認爲他已爲從十歲起迷上武俠小說的半世紀畫上完美句點，並且宣布他「以後決心退出武俠論壇，封劍退隱江湖」。

雖然葉洪生回顧武俠小說名家此起彼落，套太史公名言「固一世之雄也，而今安在哉？」，認爲這是值得深思的嚴肅課題，昨天意外現身研討會而備受矚目的溫世禮，則爲了紀念同是武俠迷的哥哥溫世仁，推出第一屆「溫世仁武俠小說百萬大賞」，即日起至今年10月3日截止收件，經兩階段評選後於明年12月7日公布首獎得主，預料將會是一場武林新秀的龍虎爭霸戰。

看明日誰領風騷？風雲時代出版社發行人陳曉林眼中的古龍，其實領先他的時代半世紀，以致如今雖然古龍逝世20年，陳曉林認爲大家對古龍的了解仍然有限，預言未來世代更能和古龍的後設風格共鳴。

昨天這場研討會，也凸顯武俠小說作爲一項文學研究門類，仍有待開發學習空間。多位與會者都指出，武俠小說的發表、出版方式和管道具考證難度，學術理論與論文格式的建立待加強。而武俠名家的版權之爭、市場競爭力，也增加出版推廣困難，古龍武俠小說的版權糾紛、司馬翎作品的版權官司也成爲研討會的場外話題。

與

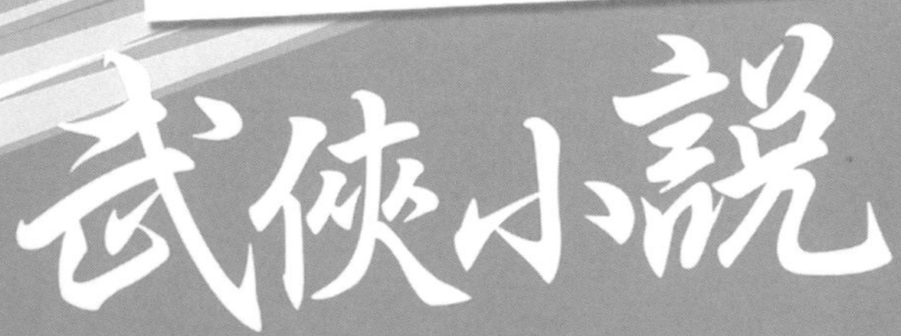

第九屆文學與美

古龍兄為人慷慨豪邁、跌蕩自如，變化多端，文如其人，且復多奇氣，惜英年早逝，余與古兄當年交好，且喜讀其書，今既不復見其人，又無新作可讀，深自嘆惜。

金庸

一九九六．十．十一．香港

絕代雙驕

（三）

古龍精品集 8

絕代雙驕 (三)

目・錄

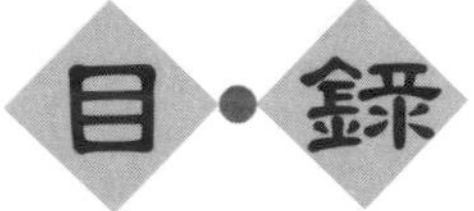

四四 撲朔迷離

第二天，還是個晴天，太陽還是照得很暖和。小魚兒又躺在那張椅子上曬太陽。

他全身骨頭都像是已經散了，像是什麼事都沒有去想，其實，他心裡想的事可真是不少。

他心裡想的事雖然不少，但總歸起來，卻只有兩句話：「那批鏢銀怎會被劫走？是被誰劫走的？」他想不通。

這時，三姑娘居然又來了。

小魚兒瞇起一隻眼睛去瞧她，只見她神情像是興奮得很，匆匆趕到小魚兒面前，大聲道：「喂，你錯了。」

小魚兒本來懶得理她，但聽見這話，卻不禁張開眼睛，道：「我什麼地方錯了？」

三姑娘眼睛裡閃著光，道：「我剛才聽到個消息，那批鏢銀已被奪回來了。」

小魚兒眼睛也睜大了，道：「被誰奪回來的？」

三姑娘大聲道：「那人年紀和你也差不多，但本事卻比你大多了，你若是不像這麼懶，也許還可以趕上他十成中的一成。」

小魚兒已跳了起來，道：「你說的可是江玉郎？」

三姑娘怔了怔，道：「你怎會知道？」

小魚兒突然大笑道：「我知道，我當然知道……我什麼事都知道了……」

他又笑又叫又跳，三姑娘簡直瞧呆了，終於忍不住道：「你難道是個瘋子？」

小魚兒突然跳起來親了親三姑娘的臉，大笑著道：「只可惜我不是，所以他們倒楣的日子已不遠了。」他拍手大笑著，轉身跑進了藥倉。

三姑娘手摸著臉，瞪大了眼睛，瞧著他，就像是在瞧著什麼怪物似的，喃喃道：「小瘋子……你真是個小瘋子。」

因爲只用了一根燈草，所以燈火不亮。

小魚兒出神地瞪著這點燈光，微笑著喃喃道：「江玉郎，你果然很聰明，你假裝鏢銀被盜，再自己去奪回來……這麼神秘的盜案，你居然不費吹灰之力就破了，江湖人有誰能不佩服你？又有誰會知道這只不過是你自己編出來的一齣丑角戲？」

他輕輕嘆了口氣，接道：「只有我……江玉郎，但願你莫要忘了這世上還有我，你那一肚子鬼主意，沒有一件能瞞得過我的。」

窗外，夜很靜，只有風吹著枯枝，颼颼的響。突聽一人壓著嗓子喚道：「瘋子……

小瘋子，快出來。」

小魚兒將窗子打開一線，就瞧見了披著一身大紅斗篷，站在月光下，寒風裡的段三姑娘。

三姑娘只是咬了咬嘴唇，道：「我有事……有要緊的事要告訴你。那件事果然不太簡單。」

小魚兒眼睛一亮，道：「你又得到了消息？」

三姑娘道：「是……我剛剛又得到消息，鏢銀又被人劫走了！」

小魚兒鞋子還沒穿就跳出了窗子，這下他可真的吃了一驚，他赤著腳站在冰涼的石板上，失聲道：「你這消息可是真的？」

三姑娘道：「半點也不假。」

小魚兒搓著手道：「這鏢銀居然又會被人劫走，這簡直是不可能的事，我實在想不通……你可知道劫鏢的人是誰麼？」

三姑娘道：「這一次，和上一次情況大不相同。」

小魚兒道：「有什麼不同？難道這一次丟了鏢銀，他們連賠都不必賠了？」

三姑娘緩緩道：「是，他們的確不必賠了。」

小魚兒跳了起來，大聲道：「爲什麼？」

三姑娘垂下目光，道：「只因爲『雙獅鏢局』大小鏢師、內外趟子手，一共九十八個人，已死得一個不剩，只剩下個餵馬的馬伕。」

小魚兒以手加額，怔了半晌，忽又大聲道：「那江玉郎呢？」

三姑娘道：「江玉郎不是『雙獅鏢局』裡的人。他奪回鏢銀，便功成身退，再也不停留片刻，這豈非正是大英雄，大豪傑的行徑！」

小魚兒吃吃笑了起來，冷笑道：「好個大英雄，大豪傑！只怕他早已知道鏢銀又要被劫，所以就溜了。」

三姑娘道：「你是說……第二次劫鏢的，也是第一次劫鏢的那夥人？」

小魚兒眨了眨眼睛，道：「這難道不可能？」

三姑娘道：「第一次劫鏢的人，都已被江玉郎殺了，他奪回鏢銀時，鏢銀是和劫鏢人的人頭一齊送回來的！」

小魚兒擊掌道：「好手段！果然是好狠的手段！」

三姑娘凝眸瞧著他，緩緩道：「而且，第二次劫鏢的只有一個人……『雙獅鏢局』的九十八條好漢，全都是死在這一個人的手下！」

小魚兒動容道：「一個人？……一個人在一夜間連取九十八條性命，江湖中是誰有如此狠毒，如此高明的手段？」

三姑娘道：「據說，那是個鬚眉皆白的虯髯老人！……」

小魚兒道：「有誰瞧見他了？」

三姑娘道：「自然是那死裡逃生的馬伕。」

小魚兒道：「那麼他……」

三姑娘接口道：「他聽得第一聲慘呼後，就躲到草料堆裡，只聽屋子裡慘呼一聲，接連著直響了兩三盞茶時分……」

小魚兒失聲道：「好快的手！好快的刀！」

三姑娘嘆道：「殺人的時候雖然不長，但在那馬伕心中覺得，卻彷彿已有好幾個時辰，然後他便瞧見一條高大魁偉的虬髯老人，手提鋼刀，狂笑著走了出來，這老人穿的本是件淡色衣衫，此刻卻已全都被鮮血染紅了！」

小魚兒手摸著下巴，悠悠道：「這聽來倒像是個說書人說的故事，每個細節都描述得詳詳細細，精彩動人……一個人剛剛死裡逃生，還能將細節描述得如此詳細，倒端的是個人才。」

三姑娘展顏笑道：「當時我聽了這話，也覺得他細心得很。」

小魚兒道：「你是什麼時候聽到這消息的？」

三姑娘道：「就在半個時辰之前。」

小魚兒道：「這件事又是在什麼時候發生的？」

三姑娘道：「昨天晚上。」

小魚兒道：「消息怎會來得這麼快？」

三姑娘道：「飛鴿傳書……以此間爲中心，周圍數千里大小七十九個城鎭，都有我家設下的信鴿站！」

小魚兒突然大聲道：「我和這件事又有什麼狗屁的關係？你爲什麼要如此著急地趕來告訴我？你吃飽飯沒事做了麼？你難道以爲我和那劫鏢的人有什麼關係？」

三姑娘跺腳道：「可是……我不是這個意思！」

小魚兒道：「那你是什麼意思？」

三姑娘的臉，居然急紅了，居然還是沒有發脾氣。

她居然垂下了頭，輕聲道：「只因爲你……你是我的朋友，一個人心裡有什麼奇怪的事，總是會去向自己的朋友說的……」

小魚兒大聲道：「朋友？……我只不過是你僱的一個伙計，你爲什麼要將我當做你的朋友？」

三姑娘臉更紅，頭垂得更低，道：「我……我也不知道。」

小魚兒瞪著眼瞧了她半晌，突然大笑起來。

三姑娘咬著嘴唇，道：「你……你笑什麼？」

小魚兒大笑道：「我認識你到現在，你只有此刻這模樣，才像是個女人！」

三姑娘垂頭站在那裡，呆了半晌，突然放聲大哭起來，她整個人都像是軟了，撲倒在櫥上，哭得眞傷心。

小魚兒皺了皺眉，道：「你哭什麼？」

三姑娘痛哭著道：「我從小到現在，從沒有一個人將我看作女人，就連我爹爹，他都將我看成個男孩子，而我……我明明是個女人。」

小魚兒怔了怔，點頭道：「一個女人總是被人看成男孩子，的確是件痛苦的事！……你實在是個很可憐的女孩子。」

三姑娘呻吟道：「我今天能聽到這句話，就是立刻死，也沒有什麼了。」

小魚兒道：「但我卻一點兒也不同情你。」

三姑娘踉蹌後退了兩步，咬牙瞪著他。

小魚兒笑道：「你希望別人將你當做真正的女孩子，就該自己先做出女孩子的模樣來才是，但你卻成天穿著男人的衣服，抽著大煙斗，一條腿蹺得比頭還高，活像個趕大車的騾伕，卻教別人如何將你看成女孩子？」

三姑娘衝過來，揚起手就要打，但這隻手還沒有落下去，卻又先呆住了，呆了半晌，又垂下了頭。

小魚兒道：「好孩子，回去好生想想我的話吧……至於那件鏢銀的事，我現在雖然還沒有把握，但不出半個月，我就會將真相告訴你。」

他一面說話，一面已跳進了窗戶。

他關起了窗戶，卻又從窗隙裡瞧出去，只見三姑娘癡癡地站在那裡，癡癡的想了許久，終於癡癡的走了。小魚兒搖頭苦笑。

下半夜，小魚兒睡得很熟。正睡得過癮，突然幾個人衝進屋子，把他從床上拉了起來，有的替他穿衣服，有的替他拿鞋子。

這幾個人中，居然還有這藥舖的大掌櫃、二掌櫃。小魚兒睡眼惺忪，揉著眼睛道：「領錢的日子還沒到，就要綁票麼？」

二掌櫃的一面替他扣鈕子，一面笑道：「告訴你天大的好消息……太老爺今天居然要見你。」

大掌櫃也接著笑道：「太老爺成年也難得見一個伙計，今天居然到了安慶，居然第一個就要見你，你這不是走了大運麼？」

於是小魚兒糊裡糊塗地就被擁上車，走了頓飯功夫，來到個氣派大得可以嚇壞人的大宅子，糊裡糊塗的被擁了進去。

這大宅院落一層又一層，小魚兒跟著個臉白白的後生，又走半頓飯的功夫，才走到後園。花木扶疏中五間明軒，精雅玲瓏。

那俊俏後生壓低聲音道：「太老爺就在裡面，他老人家要你自己進去。」

小魚兒眨著眼站在門口，想了想，終於掀起簾子，大步走了進去，第一眼就瞧見了三姑娘。今天的三姑娘，和往昔的三姑娘可大不相同了。

她穿的不再是灑腳褲、小短襖，而是百褶灑金裙，外加一件藍底白花的新綢衣。她臉上淡淡地抹了些胭脂，烏黑的頭髮上，插著隻珠鳳，兩粒龍眼般大的珍珠，在耳墜上盪來盪去。

她垂著頭坐在那裡，竟好像有些羞人答答的模樣，她明明瞧見小魚兒走進來，還是沒有抬頭，只是眼波瞟了瞟，輕輕咬了咬嘴唇，頭反而垂得更低。

小魚兒幾乎忍不住要笑出聲來——若不是他瞧見她身旁地上還趴著個人，他早已笑出聲來了。

地上鋪著厚厚的波斯地氈，一個穿著件寬袍的胖子趴在地上，驟然一看，活脫脫像是個大繡球。

他面前有隻翡翠匣子，竟是用整塊翡翠雕成的，價値至少在萬金以上，但匣子裡放著的卻是隻蟋蟀。

小魚兒也伏下身子，瞧了半晌，笑道：「這隻『紅頭棺材』只怕是個劊子手……」

那胖子抬起頭，笑得眼睛都瞇成一條線了，道：「你也懂蟋蟀？」

小魚兒笑道：「除了生孩子之外，別的事我不懂的只怕還不多。」

那胖子拊掌大笑道：「好，很好……老三，你說的人就是他麼？」這人不問可知，自然就是那天下聞名的財閥段合肥了。

三姑娘垂首道：「嗯。」

段合肥笑得眼睛都瞧不見了，道：「很好，太好了，你眼光果然不錯。」

小魚兒摸了摸頭笑道：「這算怎麼回事？」

段合肥道：「你莫要問，莫要說話，什麼事都有我……先把我拉起來，用力……噯，這麼才是好孩子。」

他好容易從地上站了起來，看樣子簡直比人家走三里路還累，累得直喘氣，摸著胸口笑道：「很好……很好……你喜歡吃紅燒肉吧……什麼魚翅燕窩、鮑魚熊掌都是假的，只有紅燒肉吃起來最過癮。」

小魚兒道：「但是我根本不知道，這是……」

段合肥擺手笑道：「你不必知道，什麼都不必知道……都有我作主就夠了，留在這裡吃飯，我那大師傅燒的紅燒肉，可算是天下第一。」

於是小魚兒糊裡糊塗地吃了一大碗紅燒肉。到了這裡，他的嘴除了吃肉外，好像就沒有別的用了，因爲段合肥根本就不讓他說話。

黃昏後，他回到店裡，還是不知道段合肥叫他去幹什麼，只覺「慶餘堂」上上下下的人，對他的態度全變了。

那自然是變得更客氣。

洗過澡，小魚兒剛躺上籐椅，突聽前面傳來一陣粗嗄的語聲，就像是破鑼似的直著嗓子道：「附子、肉桂、犀角、熊膽……」

他說了一大串藥名，不是大寒，就是大熱，接著又聽得二掌櫃那又尖又細的語聲，想來是在問他：「這些藥，你老要多少？」

那語聲道：「你們這店裡有多少，咱們就要多少，全都要，一錢也不能留。」

另一人道：「你們這『慶餘堂』想必有藥庫吧，帶爺們去瞧瞧。」這人的語聲，更響，聽起來就像是連珠炮竹。

小魚兒心念一動，剛站起身子，就瞧見那二掌櫃的被兩條錦衣大漢挾了進來，就好像老鷹抓小雞似的。

燈火下，只見這兩條大漢俱是鳶肩蜂腰，行動矯健，橫眉怒目，滿臉殺氣，遇見這樣的人，這二掌櫃的能不聽話麼？

小魚兒袖手站在旁邊瞧著，店裡的伙計果然將這兩個錦衣大漢所要的藥材，全都包好紮成四大包。

小魚兒卻悄悄在掌心扣了個小石子，等到他們將藥包運出門搬上車子，他手指輕輕一彈，石子「嗤」的飛了出去，打在藥包的角上，門外的燈光並不亮，他出手又快，自然沒有人發覺。

他又躺回那張籐椅，瞧著天上閃亮的星群，喃喃道：「看來，這只怕又是齣好戲……」

夜更靜，藥舖裡的人都已睡了，小魚兒卻仍坐在星光下，在這安詳的靜夜裡，他卻似乎在期望著什麼驚人的事發生。小魚兒瞇起了眼睛，也似乎將入睡鄉。

突然間，靜夜中傳來一陣急驟的馬蹄聲。小魚兒眼睛立刻亮了，側耳聽了聽，喃喃道：「三匹馬，怎地只有三匹馬？」

這時健馬急嘶，蹄聲驟頓。三匹馬竟果然俱都在慶餘堂前勒韁而停。

接著，便是一陣急促的敲門聲，一人大呼道：「店家開門，快開門，咱們有急病的人，要買藥。」

響亮的呼聲中，果然充滿了焦急之意。睡在前面的伙計，自然被驚醒，於是回應聲、抱怨聲、催促聲、開門聲……響成了一片。

那焦急的語聲已在大聲喝道：「咱們要附子、肉桂、犀角、熊膽……每樣三斤，快，快，這是急病。」

店伙自然怔了一怔——怎地今天來的人，都是要買這幾樣藥的？他們的回答自然是：「沒有。」

那焦急的語聲立刻更驚惶、更焦急，甚至大吵大鬧起來：「這麼大的藥舖，怎地連這些藥都沒有？」

這人身材也在六尺開外，一雙威光稜稜的眼睛，已滿佈血絲。那店伙瞧見這兇相，只有陪笑道：「咱們是百年老店，什麼藥原都有的，只是這幾樣藥偏偏不巧，在兩個時辰前偏偏被人買光了，你們不妨到別家試試。」

小魚兒悄悄走過去，從門隙裡往外瞧，只見這大漢焦急得滿頭冷汗涔涔而落，不住頓足道：「怎地如此不巧！這城裡幾十家藥舖，竟會都沒有這幾樣藥！」

外面店門半開，門外另一條大漢，牽著兩匹健馬，馬嘴裡不住往外噴著白沫，顯然是經過長途急馳。

還有一人一馬，遠立在數尺外。星光下，只見馬上人黑巾包頭，黑氅長垂，目光顧盼間，星光照上她的臉——這人竟是女子。

店伙手舉著燭台，急著要送客。突然，燭火一光，馬上的黑衣女子不知怎地已到了他面前，一雙明媚的眼波，看來竟銳利如刀！店伙不由得一驚，踉蹌後退，燭淚滴在他手背上，燙得鑽心，他手一鬆，燭台直跌下去。

但燭台並未落在地上，不知怎地，竟到了這黑衣女子的手裡，蠟燭也未熄滅，嫣紅的燭光，正照著她蒼白的臉！她的臉蒼白得彷彿午夜的鬼魂。

她目光凝注著那店伙，一字字道：「這些藥，是被同一人買去的麼？」

店伙也嚇白了，顫聲道：「是……不是……是兩個人！」

黑衣女子道：「是什麼人？」

她緩慢的語聲，突然變得尖銳而短促，而且充滿了怨毒，就連店伙都聽得忍不住機伶伶打了個寒噤，道：「不……不知道……咱們做買賣的，哪敢去打聽顧主的來歷！」

黑衣女子銳利的眼睛仍在凝注著他，瞬也不瞬，似乎要瞧瞧他所說的話，究竟是真？是假？在這麼樣一雙眼睛的注視下，有誰能說假話！

那店伙的腿已被瞧軟了，幸好黑衣女子終於轉身，上馬，打馬……蹄聲漸漸遠去，去得比來時更快。

那店伙就像是做夢一樣，猛低頭，只見那燭台就放在他腳前地上——這自然不是夢，他俯身拿起燭台……

燭火突然又一花。這店伙又一驚，剛拿的燭台又跌落下去。

但這次燭台還是沒有跌落在地上，蠟燭也還是沒有熄——一隻手閃電般伸過來，恰巧接住了燭台。那店伙大嚇回頭，就瞧見了小魚兒。

小魚兒手裡拿著燭台，眼睛卻瞧著遠方，喃喃道：「想不到……想不到居然是她！」

店伙道：「她……她是誰？」

小魚兒道：「她叫荷露，是移花宮的侍女……這些話告訴你，你也不懂的。」突然輕輕一躍，伸手抄住了那張被風捲起的紙，只見紙上寫滿了藥鋪的名字。

小魚兒道：「她將這張紙丟了，顯見已經將每一家藥鋪都找遍，還是買不著那些藥……」

店伙道：「奇怪，他們爲什麼急著要買這幾樣奇怪的藥？」

小魚兒微笑道：「這自然是因爲他們家裡有人生了種奇怪的病。」

店伙垂首道：「那會是什麼病？居然要這幾種大寒大熱的藥來治……這種病我簡直連聽都沒有聽說過，你聽過麼？」他抬起頭，問小魚兒。

燭台又被放在地上，小魚兒已不見了！

四五　皮裡陽秋

小魚兒掠過幾重屋脊，便又瞧見那三匹急馳的健馬。健馬奔馳雖急，但又怎及小魚兒身形之飛掠？馬在街上跑，小魚兒在屋頂上悄悄追隨。

他心中也在暗問：「荷露爲什麼急著要買那幾種藥？莫非是有人中了極寒或極熱的毒？這種毒難道連移花宮的靈藥都不能解救？」

他心念一轉，又忖道：「下毒的人早知道他們要買那幾種解藥，所以先就將市面上這幾種藥都買光，顯見是一心想將中毒的人置之於死地！……下毒的人好狠的手段！但卻不知是誰呢？」

「中毒的人又是誰呢？難道是花無缺！」

他心思反覆，也不知是驚是喜？

健馬急馳了兩、三盞茶的功夫，突然在一面高牆前停下，牆下有個小小的門戶，像是人家的後門。門，並沒有下閂。荷露一躍下馬，推門而入。

小魚兒振起雙臂，蝙蝠般掠上高牆，他身形在黑暗中滑過，下面的兩條大漢竟然毫沒有覺察。

荷露輕喘急行，夜風穿過林梢，石子路沙沙作響，她解下包頭的黑巾，髮髻上有一明珠。

明珠在星光下閃著光。小魚兒掠在樹梢，綴著珠光。珠光隱入林叢，林中有三五間精舍。

小魚兒隱身在濃密的枝葉中，倒也不虞別人發覺，他悄悄自林梢望下去，卻瞧見了花無缺的臉。

這張俊逸、瀟灑、安詳，充滿了自信的臉，此刻卻滿帶焦慮之色。他匆匆趕出門，看到荷露第一句話就問道：「藥呢？」

荷露手掌裡揉著那包頭的黑巾，悄聲道：「沒買到。」

她這三個字其實還未說出口來，花無缺瞧見她面上的神色，自己的面色也驟然大變，一把奪過她手裡黑巾，失聲道：「怎……怎地買不到？」

這無缺公子平時一舉一動，俱是斯斯文文，對女子更是溫柔有禮，但此刻卻完全失了常態。

小魚兒瞧見他這神態，已知道受傷的必是和他關係極爲密切的人，否則他絕不會如此失常，如此慌亂。

小魚兒心裡奇怪，暗中猜測，荷露和花無缺又說了兩句話，他卻沒聽見，等他回過神來，兩人已走進屋裡。

燈光自窗內映出，昏黃的窗紙上，現出了兩條人影，一人在垂著頭，冠帶簌簌而動，似乎急得發抖。這人不問可知，自是花無缺。

另一高冠長髯，坐得筆直，想來神情甚是嚴肅，小魚兒瞧了半天也瞧不出這影子究竟是誰？

忽聽得一個溫和沉穩的語聲緩緩道：「吉人自有天相，公子也不必太過憂鬱……其實，荷露姑娘此番空手而回，在下是早已算定了的。」這語聲一入耳，小魚兒心裡就是一跳。

只聽花無缺嘆道：「這幾種藥雖然珍貴，但卻非罕有之物，偌大的安慶城竟會買不到這幾種藥，我委實想不透。」

那語聲接道：「那人算定了他下的毒唯有這幾種大寒大熱之藥才能化解，也算定了公子必定知道這點，他若不將解藥全都搜購一空，這毒豈非等於白下了？」

這語聲無論在說什麼，都像是平心靜氣，從從容容，小魚兒聽到這裡，已斷定此人必是江別鶴！

想起了此人的陰沉毒辣，小魚兒背脊上就不禁冒出了一股寒意，花無缺猶還罷了，他若被人發現，哪裡還有生路！小魚兒躲在木葉中，簡直連氣都不敢喘了。

只聽花無缺恨聲道：「不錯，此人自是早已算定了連本宮靈藥都無法化解這種冰雪精英凝成的寒毒，只是……『他』和『他』，究竟又有什麼仇恨？爲何定要將他置之於死地？」

小魚兒既猜不透他所說的第一個「他」指的是誰，更猜不透那第二個「他」指的是誰，心裡急得要命。

江別鶴已緩緩接道：「此人要害的只怕不是『他』，而是公子。」

花無缺道：「但我自入中原以來，也從未與人結下什麼仇恨，這人爲何要害我？……這人又會是誰呢？我實在也想不透。」

江別鶴似乎笑了笑，緩緩道：「只要公子能放心鐵姑娘的病勢，隨在下出去走一走，在下有八成把握，可以找得出那下毒的兇手！」

鐵姑娘！中毒的人，莫非是鐵心蘭！小魚兒這一驚真是非同小可，差點從樹上掉下來。木葉「嘩啦啦」一陣響動。

只見花無缺的影子霍然站起，厲聲道：「外面有人，誰？」

小魚兒緊張的一顆心差點跳出腔子來。

只聽江別鶴道：「風吹木葉，哪有什麼人？在下還是先和公子先去瞧瞧鐵姑娘的病勢吧。」於是兩人都離開了窗子。

小魚兒這才鬆了口氣，暗道：「這真是老天幫忙，江別鶴一向最富機心，今日總算疏忽了一次……」

想到這裡，他心頭忽然一寒：「江別鶴一向最富機心，絕不會如此疏忽大意，這其中必定有詐！」

小魚兒當真是千靈百巧，心眼兒轉得比閃電還快，一念至此，就想脫走，但饒是如此，他還是遲了！

黑暗中已有兩條人影，有如燕子凌空般掠來！

小魚兒驚慌中眼角一瞥，已瞧見來的果然是江別鶴與花無缺。花無缺衣袂飄飄，望之有如飛仙，一雙眸子在黑暗中閃閃發光，卻是滿含恨毒之色，想來必是以爲躲在暗處的這人與下毒之事有關。

小魚兒武功雖已精進，但遇著這兩人，心裡還是不免發毛，只是他出生入死多次，早已將這種生死險難看成家常便飯，此刻雖驚不亂，真氣一沉，坐下的樹枝立刻「喀嚓」一聲斷了，他身子也立刻直墜下去。

江別鶴與花無缺蓄勢凌空，箭已離弦，自然難以下墜，更難回頭，小魚兒只聽頭頂風聲響動，兩人已自他頭頂掠過。

他搶得一步先機，哪敢遲疑？全力前撲，方向正和江別鶴兩人的來勢相反，他算定兩人回頭來追時，必定要遲了一步！這其間雖僅有刹那之差，但以小魚兒此時之輕功，江別鶴與花無缺只要差之刹那，也已追不著他了！

哪知江別鶴身子雖不能停，筆直前掠，但手掌卻反揮而出，他手裡竟早就扣著暗器，數點銀星，暴雨般灑向小魚兒後背！

花無缺身形凌空，突然飛起一足，踢著一根樹枝，他竟藉著樹枝這輕輕一彈之力，整個身子都變了方向，頭先腳後，倒射而出！去勢之迅，竟和江別鶴反手揮出的暗器不相上下！

小魚兒但聞暗器破空之聲飛來，銀星已追至背後！

他力已用光，不能上躍，只得撲倒在地，就地一滾，「噗，噗」一連串輕響過後，七點銀星正釘在他身旁地上。

這其間生死當真只差毫髮，小魚兒驚魂未定，還未再次躍進，抬眼處，花無缺飄飄的衣袂，已到了他頭頂！

花無缺身子凌空一滾，雙掌直擊而下！他身形捷矯如龍在天，掌力籠罩下，螻蟻難逃！

哪知就在這時，釘在地上的七點銀星突然彈起，正好打向花無缺，變生突然，花無缺眼看也難以閃避！

江別鶴雖是厲害角色，卻也未料到有此一著，對方竟將他擊出的暗器用以脫身，他也不禁爲之失聲！

只見花無缺擊出的雙掌「啪」的一合，那七點寒星竟如夜鳥歸林全都自動投入了他的掌心！

這雖是刹那間事，但過程卻是千變萬化，間不容髮！小魚兒一掌將地上銀星震得彈起後，人也藉著這一掌之力直彈出去，百忙中猶不忘偷偷一瞥。

他眼角瞥見了花無缺這種驚人的內力，也不禁失聲道：「好！」

而江別鶴正也爲他這匪夷所思，妙不可言的應變功夫所驚，大聲道：「朋友好俊的身手，有何來意，爲何不留下說話！」

小魚兒頭也不回，粗著嗓子道：「有話明天再說吧，今天再見了！」

他話猶未了，花無缺已冷冷喝道：「朋友你如此身手，在下若讓你就此一走，豈非太可惜了！」

這話聲就在小魚兒身後，小魚兒非但不敢回頭，連話都不敢說了，用盡全力，向前飛掠。

只見一重重屋脊在他腳下退過，他也不知掠過了多少重屋脊，卻竟然還未掠出這一片宅院！

只聽江別鶴道：「這位朋友看來年紀並不大，不但身手了得，而且心思敏捷，江湖中出了這樣的少年英雄，在下若不好生結交結交，豈非罪過？」

他一面說話，一面追趕，竟仍未落後，語氣更是從從容容，似是心安理得，算定小魚兒逃不出他的手去。

花無缺道：「不錯，就憑這輕身功夫，縱不成算中原第一，卻也難能可貴了！」他心裡也在暗中奇怪，自己怎會到此刻還追不上。

要知他輕功縱然比小魚兒高得一籌，但逃的人可以左藏右躲，隨意改變方向，自是比追的人佔了便宜。

只聽江別鶴又道：「此人不但輕功了得，而且中氣充足，此番身形已展動開來，只怕你我難以追及。」

小魚兒聽了這話，突然一伏身竄下屋去，這宅院曲廊蜿蜒，林木重重，他若不知利用，豈非傻子？

江別鶴說這話本想穩住他的，就怕他竄下屋去，哪知小魚兒更是個鬼靈精，江別鶴不說這話，小魚兒驚慌中倒未想及，一說這話，反倒提醒了他。

江別鶴暗中跌足，只見小魚兒在曲廊中三轉兩轉，突然一頭撞開了一扇窗戶飛身躍了進去。

這時宅院中燈火多已熄滅，他雖然不知道屋裡有人沒人，但這宅院既然如此宏闊，想來自然是空屋子較多。

屋子果然是空的。

小魚兒剛喘了口氣，只聽「嗖」的一聲，花無缺竟也掠了進來，接著又是「嗖」的一聲，江別鶴也未落後。

屋子裡黑黝黝的，什麼都瞧不見。小魚兒向前一掠，幾乎撞倒了一張桌子。

江別鶴笑道：「朋友還是出來吧，在下江別鶴，以『江南大俠』的名聲作保，只要朋友說得出來歷，在下絕不難爲你。」

這話若是說給別人聽，那人說不定真聽話了。但小魚兒卻非但知道這「江南大俠」是怎麼樣的人，更知道他們若是知道自己是誰，定是非「難爲」不可的！

江別鶴道：「朋友若不聽在下好言相勸，只怕後悔就來不及了。」

小魚兒悄悄提起那張桌子，往江別鶴直擲過去，風聲鼓動中，他已飛身撲向一個角落。

他算定左面的角落裡必定有扇門戶，他果然沒有算錯，那桌子「砰」的落下地，他已踢開門竄了出去。

這間屋子外面更黑，黑暗對他總是有利的。

小魚兒藏在黑暗中，動也不敢動，正在盤算著脫身之計，突然眼前一亮，江別鶴竟將外面的燈點著了。

小魚兒隨手拾起了椅子，直摔出去，人已後退，「砰」地，又撞出了窗戶，凌空一個翻身，撞入了對面一扇窗戶。

他這樣「砰砰蓬蓬」的一鬧，這宅院裡的人，自然已被他吵醒了大半，人聲四響，喝道：「是什麼事？什麼人？」

江別鶴朗聲道：「院中來了強盜，大家莫要驚慌跑動，免受誤傷，只需將四下燈火燃著，這強盜就跑不了的！」

小魚兒心裡暗暗叫苦，這姓江的端的有兩下子，說出的話，既正在節骨眼上，要知小魚兒就希望院中大亂，他才好乘亂逃走，他更希望燈火莫要燃著，燈火一燃，他非但無所逃，連躲都沒處躲，正是要了他的命了。

只聽四下人聲呼喝，紛紛道：「是江大俠在說話，大家都要聽他老人家吩咐。」

接著，滿院燈火俱都亮了起來。

小魚兒轉眼一瞧，只見自己此刻是在間書房裡，這書房佈置得出奇精緻，書桌旁卻有個繡花棚子。

他心念一轉：「書房裡怎會有女子的繡花棚？」

江別鶴與花無缺已到了窗上。小魚兒退向另一扇門，門後突然傳出人語聲道：「外面是誰？」

這竟是女子的語聲。

門後有人，小魚兒先是一驚，但心念轉動，卻又一喜，再不遲疑，又一腳踢開了門，闖了進去。

他算定江別鶴假仁假義，要自恃「江南大俠」的身份，決計不會闖進女子的閨房，而花無缺更不會在女子面前失禮。

但小魚兒可不管什麼女人不女人，一闖進門，反手就將燈火滅了，眼角卻已瞥見床上睡著個女子，他就竄過去，閃電般伸手掩住了她的嘴，另一隻手按著她的肩頭，壓低嗓子道：「你若不想受罪，就莫要動，莫要出聲！」

哪知這女子竟是力大無比，而且出手竟也快得很，小魚兒的兩隻手竟被她兩隻手生生扣住！

這又是個出人意料的變化，小魚兒大驚之下，要想用力，這女子竟已將他按在床上，手肘壓住了他咽喉！

小魚兒驟出不意，竟被這女子制住，只覺半邊身子發麻，竟是動彈不得，他暗嘆一聲，苦笑道：「罷了罷了……我這輩子大概是注定要死在女人手上的了。」

這時江別鶴語聲已在外面響起。

他果然沒有逕自闖進來，只是在門外問道：「姑娘，那賊子是闖進姑娘的閨房了麼？」

小魚兒閉起眼睛，已準備認命。

只聽這女子道：「不錯，方才是有人闖進來，但已從後面的窗子逃了，只怕是逃向小花園那邊，江大俠快去追吧。」

小魚兒作夢也想不到這女子竟是這樣回答，只聽江別鶴謝了一聲，匆匆而去，他又驚又喜，竟呆住。

小魚兒終於忍不住道：「姑……姑娘爲什麼要救我？」

那女子先不答話，卻去掩起了門。

屋子裡伸手不見五指，小魚兒也瞧不清這女子的模樣，心裡反而有些疑心起來，一躍而起，沉聲道：「在下與姑娘素不相識，蒙姑娘出手相救，卻不知是何緣故？」

那女子卻「噗哧」一笑，道：「你與我真的素不相識麼？」

小魚兒道：「與我相識的女人，都一心想殺我，絕不會救我的。」

那女子大笑道：「你莫非已嚇破了膽，連我的聲音都聽不出了？」她方才說話輕言細語，此刻大笑起來，卻有男子的豪氣。

小魚兒立刻聽出來了，失聲道：「你……你是三姑娘？你怎會在這裡？」

三姑娘道：「這是我的家，我不在這裡在哪裡？」

小魚兒怔了怔，失笑道：「該死該死，我怎未看出這就是段合肥的屋子……這見鬼的屋子也委實太大了，走進來簡直像走進迷魂陣。」

三姑娘笑道：「莫說你不認得，就算我，有時在裡面都會迷路。」

小魚兒道：「但那江別鶴與花無缺又怎會在這裡？」

三姑娘道：「他們也就是爲那趟鏢失劫的事而來的。」

小魚兒嘆道：「這倒真是無巧不巧，鬼使神差，天下的巧事，竟都讓我遇見了，江別鶴竟會在你家，我竟會一頭闖進你的屋子……」

三姑娘笑嘻嘻道：「他們可再也想不到我認識你。」

小魚兒道：「否則那老狐狸又怎會相信你的話？」要知江別鶴正是想不到段合肥的女兒會救一個陌生的強盜，所以才會被三姑娘一句話就打發走了。

三姑娘道：「但……但你和江大俠又怎會……怎會……」

小魚兒冷笑道：「江大俠……哼哼，見鬼的大俠。」

三姑娘奇道：「江湖中誰不知道他『江南大俠』的名聲，他不是大俠，誰是大俠？」

小魚兒道：「他若是大俠，什麼烏龜王八屁精賊，全都是大俠了。」

三姑娘笑道：「你只怕受了他的氣，所以才會那麼恨他，其實，他倒真是個好人，聽說我家鏢銀被劫，立刻就趕來爲我們出頭……」

小魚兒冷笑道：「他這是黃鼠狼給雞拜年。」

三姑娘道：「你說他沒存好心，但他這又會有什麼惡意？」

小魚兒道：「這些人的心機，你一輩子也不會懂的。」

三姑娘斜身坐到床上，就坐在小魚兒身旁，她的心「砰砰」直跳，垂著頭坐了半晌，又道：「那位花公子，也是江……江別鶴請來的。」

小魚兒道：「哦。」

三姑娘道：「據說這位花公子，是江湖中第一位英雄，又是天下第一美男子，但我瞧他那副娘娘腔，卻總是瞧不順眼。」

小魚兒聽她在罵花無缺，當真是比什麼都開心，拉住了她的手，笑道：「你有眼光，你說得對。」

三姑娘道：「我……我……」

她在黑暗中被小魚兒拉住了手，只覺臉紅心跳，喉嚨也發乾了，連一個字都再也說不出來。

小魚兒想了想，忽然又道：「你說的那位花公子，他是否有個朋友中了毒？」

三姑娘道：「你怎會知道的？」

小魚兒道：「他既然本事那麼大，怎會讓自己的好朋友被人下毒？」

三姑娘道：「昨天下午，那位花公子和江大……江別鶴一齊出去了，只留下鐵姑娘一個人在客房裡，卻有人送來一份禮，要送給花公子，是鐵姑娘自己收下的，禮物中有些點心食物，鐵姑娘只怕吃了些，誰知竟中毒了。」

小魚兒道：「送禮的是誰？」

三姑娘道：「禮物是直接交給鐵姑娘的，別人都不知道。」

小魚兒道：「她難道沒有說？」

三姑娘道：「花公子回來，她已中毒暈迷，根本說不出話了。」

小魚兒皺眉道：「她怎會如此大意，隨便就吃別人送來的東西？」想了想，沉吟又道：「那送禮的想來必定是個她極爲信任的人，所以她才毫不疑心的吃了……但一個被她如此信任的人，又怎會害她？」

三姑娘嘆了口氣，道：「那位鐵姑娘，可真是又溫柔、又美麗，和花公子倒真是一對璧人，她若不救，倒真是件可惜的事。」

小魚兒咬住牙道：「你說她和花……」

三姑娘道：「他們兩人真是恩恩愛愛，叫人瞧得羨慕，尤其是那花公子對她，更是千依百順，又溫柔，又體貼……」

小魚兒只聽得血沖頭頂，人都要氣炸了，忍不住大聲道：「可恨！」

三姑娘道：「你……你說誰可恨？」

小魚兒吐了口氣，緩緩道：「我說那下毒的人可恨。」

三姑娘道：「直到現在爲止，花公子和江別鶴還都不知道下毒的人是誰……」

小魚兒瞪著眼睛笑道：「他對她雖然又溫柔，又體貼，但卻救不了她的性命……嘿嘿……嘿嘿……」

三姑娘聽他笑得竟奇怪得很，忍不住問道：「你……你怎麼樣了？」

小魚兒道：「我很好，很開心，簡直從來沒有這麼開心過。」

三姑娘垂下了頭，道：「你……你和我在一齊，真的很開心麼？」別人說男孩子會自我陶醉，卻不知女孩子自我陶醉起來，比男孩子更厲害十倍。

小魚兒默然半晌，突然又拉起三姑娘的手，道：「我現在求你一件事你答應麼？」

三姑娘臉又紅了，心又跳了，垂著頭，喘著氣道：「你無論求我什麼，我都答應你。」

小魚兒喜道：「我求你將我送出去，莫要被別人發覺。」

三姑娘又好像被人抽了一鞭子，整個人又呆住了。

也不知過了多久，她終於顫聲道：「你……你現在就要走？好，我送你出去。」三姑娘突然放聲大喊道：「來人呀……來人呀……這裡有強盜！」

小魚兒的臉立刻駭白了，一把扣住三姑娘的手，道：「你……你這是幹什麼？」

三姑娘也不答話。

只聽衣袂帶風之聲響動，江別鶴在窗外道：「姑娘休驚，強盜在哪裡？」他來得好快！

小魚兒又驚、又怨、又恨。

「女人……女人……她爲了要留住我，竟不惜害我！我早知女人都是禍害，爲何還要信任她！」

他已準備一衝，只聽三姑娘道：「我方才瞧見一人，像是往鐵姑娘住的地方……」她未說完，花無缺已失聲道：「呀……不好！我們莫要中了那賊子調虎離山之計，快走！」接著，風聲一響，人已去遠。

小魚兒又鬆了口氣，苦笑道：「你真嚇了我一跳。」

三姑娘悠悠道：「你放心，我不會害你的。我將他們引開，我才好幫你走。」她抓起件大氅，摔在小魚兒身上，道：「披起來，我帶你出去。」

小魚兒心裡也不知是何滋味，喃喃道：「女人……現在簡直連我也弄不清女人究竟是種什麼樣的動物！」

三姑娘道：「你說什麼？」

小魚兒道：「沒有什麼，我在說……你真是我見到的女孩子中最老實的一個。」

三姑娘「噗哧」笑道：「我若真的老實，就不會用這一計了。」

小魚兒嘆道：「所以我才覺得女孩子都奇怪得很，最老實的女孩子，有時也會使詐，最奸詐的女孩子，有時卻也會像隻呆鳥。」

幸好三姑娘身材高大，小魚兒披起她的風氅，長短大小，都剛合適，兩人就從廊上大模大樣走出去。

三姑娘將小魚兒帶到偏門，開了門，回過頭，淡淡的星光，正照著小魚兒那倔強、

調皮，卻又充滿魅力的臉。

三姑娘輕輕嘆了口氣，道：「你……你還會來看我麼？」

小魚兒笑道：「我自然會的，我今天就會……」

他一面說話，人已匆匆跑了。

三姑娘瞧著他背影去遠，猶自呆呆的出神，只覺心中泛起一股滋味，也不知是愁？是喜？竟是她平生從未感覺過的。

小魚兒匆匆奔回那藥舖。

到了那條街上，「慶餘堂」的金字招舖在星光下已可隱隱在望，小魚兒的腳步也立刻緩了下來。

他鼻子東聞西嗅，眼睛東張西望，突然蹲下身子，喃喃道：「是了……」

只見光亮的青石板路上，有一些藥末，前面六、七尺處，又有一些，小魚兒眼鼻俱用，一路綴了下去。

原來他昨夜以石子將兩條大漢買走的兩大包藥擊穿個小洞，正是想讓藥包中的藥漏下，他只要尋得漏下的藥末，也自然就可綴出那藥包是送向何處的。他年紀雖小，做事卻極是周到，不但早已伏下這線索，而且早已算定在這深夜之中，街上無人行走，絕不會將漏下的藥末踏亂。

到後來他根本無需再低頭搜索，只憑著清冷的夜風中吹來的一絲藥味，他已不會走錯路途。

這樣走了約莫兩盞茶時分，道路竟愈來愈是荒僻，前面一片池塘，水波粼粼。

只見這池塘不遠，果然又有一片莊院，看來縱然不及段合肥的宅院精雅，但依山傍水，氣象卻更是宏大。那藥包竟是逕自送到這莊院來的。

小魚兒微一遲疑，四下瞧了瞧，深夜之中，這莊院裡居然還亮著燈火，黑漆的大門上也有個牌子！

「天香塘，地靈莊，趙。」

小魚兒暗道：「瞧這氣派，這姓趙的不但有財有勢，而且還必定是個江湖人物，他們深更半夜的不睡覺，想來不會在做什麼好事。」

他膽子本就大得出奇，再加上近來武功精進，更是滿不在乎，竟向有燈光的地方，筆直掠了過去。

那是間花廳。小魚兒垂在簷下，小指蘸著口水，在窗紙上點了個小小的月牙洞，花廳裡正有四個人坐在那裡喝酒。

他眼睛只盯住廳左的一個角落，這角落裡大包小包，竟堆滿了藥，自然正是些附子、肉桂、犀角、熊膽……

只聽一人道：「無論如何，三位光臨敝莊，在下委實光寵之至，在下再敬三位一杯。」

這人坐在主座，又高又瘦，一張馬臉，掃帚眉，鷹鈎鼻，雙顴高聳，目光銳利，看來倒有幾分威稜。

小魚兒暗道：「這人想必就是姓趙的。」

又聽另一人笑道：「趙莊主這句話已不知說過多少遍了，酒也不知敬過多少次，趙莊主再如此客氣，我兄弟委實不安。」

第三人笑道：「其實，我兄弟能做趙莊主的座上客，才真是榮幸之至，我兄弟倒真該好生來敬趙莊主一杯才是。」

這兩人同樣的圓臉、肥頸，同樣笑瞇得起來的眼睛，同樣慢條斯理的說話，長得竟是一模一樣。

小魚兒暗笑道：「這兩個胖子竟是一個模子裡鑄出來的，天下的雙胞胎雖多，但兄弟兩人長得這長像的倒是少有。」

這三人他全不認得，他更猜不出他們爲何要害鐵心蘭，他心裡正在揣摸，突見第四人回過頭來。

這人白髮銀髯，氣派威嚴，竟是那武林中人人稱道，領袖三湘武林的盟主，「愛才如命」鐵無雙。

瞧見此人，小魚兒倒真嚇了一跳。

原來下毒的竟是鐵無雙！

這就難怪鐵心蘭那麼信任，毫不懷疑的就吃了送來的禮，「愛才如命」鐵無雙這七字，自然是人人信得過的！

想不到這鐵無雙竟也和江別鶴一樣，是個外表仁義，心如蛇蠍之輩，但他爲何要害鐵心蘭呢？

四六 巧識毒計

一時之間，小魚兒心裡已打了十七、八個轉，正是又驚又疑，只是他縱然不信，事實卻又偏偏擺在眼前。

只見那趙莊主又倒了杯酒，舉杯笑道：「賢昆仲與鐵老前輩俱是今世之英雄，趙香靈何德何能，竟蒙三位不棄，來……來來，在下再敬三位一杯。」

那兄弟兩人立刻舉起酒杯，鐵無雙卻動也不動。

坐在左首的那胖子眼珠子一轉，立刻陪笑道：「我兄弟江湖後輩，無名小卒，怎敢與鐵老前輩並駕齊驅？若不是莊主見召，我兄弟哪有資格與鐵老前輩飲酒？」

另一人也笑道：「正是如此，江湖中人若是聽見羅三、羅九竟能陪著鐵老前輩在一起喝酒，真不知要羨慕到何程度。」

鐵無雙哈哈大笑，立刻舉杯笑道：「兩位太謙了，老夫兩耳不聾，也曾聽得羅氏兄弟行起江湖，俠肝義膽，哈哈……哈哈，哈，老夫敬賢昆仲一杯。」

小魚兒暗笑道：「這當真是千穿萬穿，馬屁不穿。鐵無雙自命不凡卻也受不得兩句馬屁的！這羅家兄弟馬屁拍得如此恰到好處，想來必定不是好東西。」

只聽那趙香靈笑道：「三位俱都莫要太謙了，鐵老前輩固是德高望重，人人欽仰，但賢昆仲又何嘗不是當世之傑？」

他轉向鐵無雙笑道：「鐵老前輩有所不知，羅氏昆仲兩位，雖然是近年才出道江湖，但一出手就重創了太湖七煞，接著又做了齊魯五虎，在太行山上兄弟兩人獨戰三刀十八寇，那一仗更是打得堂堂皇皇，轟轟烈烈。」

鐵無雙道：「這倒怪了，這些大事，老夫竟不知道。」

趙香靈道：「前輩又有所不知，他兄弟兩人爲著不欲人知，無論做了什麼事，都不願宣揚，就憑這麼的心胸，已是人所難得。」

鐵無雙笑道：「好，好，這樣的朋友，老夫必定要交一交的，只是……兩位看來顯然必是雙生兄弟，爲何一個行三，一個卻行九？」

羅三笑道：「晚輩只是以數字爲名，與排行並無關係。」

羅九笑道：「其實我是老大，他是老二。」

鐵無雙拊掌笑道：「這倒妙極，別人若是聽了你們名姓，只怕誰也不會想到羅九竟是兄長，而羅三卻是弟弟。」

他語聲微頓，又道：「兩位如此了得，卻不知出自哪一位名師的門下？再也不知兩位出道爲何如此之晚，直到三年前，老夫才聽得兩位的名字？」

羅九笑道：「我兄弟從小愛武，所以在家裡練了幾手三腳貓的把式，也沒有什麼師承，四十歲，老母在堂，我兄弟不敢遠遊，是以直到家母棄世後，才出來走動的。」

鐵無雙嘆道：「不想兩位不但是英雄，而且還是孝子。」

羅三笑道：「豈敢豈敢。」

鐵無雙道：「只是，想那七煞、五虎、三刀、十八寇，俱是黑道中有名的硬手，兩位既然一一打發了他們，若說不是出自名門，老夫委實難信。」

羅九道：「晚輩在前輩面前，怎敢有虛言！」

鐵無雙笑道：「如此說來，兩位更可算得上不世之奇才，自創的武功，竟能也有如此精妙，不知兩位可否讓老夫開開眼界？」

羅三道：「在前輩面前，晚輩怎敢獻醜？」

鐵無雙道：「兩位務必要賞老夫個面子。」

羅三道：「晚輩的確不敢。」

鐵無雙作色道：「兩位難道瞧不起老夫，竟不肯給老夫個面子麼？」

趙香靈趕緊笑道：「鐵老前輩人稱『愛才如命』，聽得賢昆仲如此奇才，想必早已動心了，兩位的確不該掃鐵老前輩的興。」

羅三苦笑道：「莊主也……」

趙香靈截口笑道：「說老實話，在下也的確想瞧瞧兩位一顯身手。」

羅九長身而起，笑道：「既是如此，晚輩恭敬不如從命，獻醜了。」

這兄弟兩人人雖肥胖，身材卻高得很，兩人略挽了挽衣袖，竟在這花廳中施展開拳腳。

這時不但趙香靈與鐵無雙聚精會神的瞧著，就連窗外的小魚兒也瞪大了眼睛瞧得目不轉睛。

只見這羅九雙掌翻飛，使的竟是一種「雙盤掌」，羅三拳風虎虎，打的卻是一套「大洪拳」。

這兄弟兩人拳掌快捷，下盤紮實，身手可說是十分矯健，但招式卻毫無精妙之處可言。

要知道「雙盤掌」與「大洪拳」正是江湖中最常見的把式，可說是連趕車的、抬轎的都會使兩手。

鐵無雙竟像是瞧呆了。他們不是驚於這兄弟武功之強，而是驚於這兄弟武功之差，這樣的武功使出來，實在是在「獻醜」。

只見兩人使完了一趟拳，臉竟也似有些紅了，抱拳笑道：「前輩多多指教。」

鐵無雙道：「嗯……嗯……」

趙香靈笑道：「羅氏昆仲的武功，當真是紮實已極，這樣的武功雖不中看，但卻最能實用……老前輩以為如何？」

鐵無雙道：「嗯……不錯……不錯。」

他嘴裡雖然在說「不錯」，卻已掩不住語氣中的失望之意，他對這兄弟兩人，委實已再沒什麼興趣。

但小魚兒對這兩人的興趣卻更大了。

他心中暗道：「這兄弟兩人八面玲瓏，深藏不露，竟連鐵無雙這樣的老江湖都瞞過了，竟瞧不出他們的武功絕不只此。這兩人如此做法，不但隱藏了自己武功的門路，也消除別人的警惕，從此不會再對他兩人存有戒心，這兩人竟寧願被人瞧不起，這是何等深沉的城府，這種人我倒真要小心提防著才是。」

小魚兒雖已瞧出這兩人必定暗藏機心別有圖謀，卻也猜不透這兩人圖謀的究竟是什麼事。他自然更猜不透這兩人的來歷。

這時趙香靈又舉起酒杯，笑道：「今夜雖然被這件無頭公案吵得無法安睡，能瞧見兩位羅兄的身手，又能陪鐵老前輩暢飲通宵，倒當真是因禍得福了。」

小魚兒正又暗奇忖道：「無頭公案？……什麼無頭公案？……」

就在這時，只聽莊外突然傳入一陣車聲馬嘶。

鐵無雙推杯而起，變色道：「莫非又來了！」

語聲中他身形已直竄出來！莊外果然馳來了一輛車馬。開了莊門，車門便直馳而入，但車上卻沒有人趕車。

趙香靈吩咐家下，卸下了車上的包裹，剛打開包裹，便有一陣藥香撲鼻而來，包裡的正是附子、肉桂、犀角、熊膽……

小魚兒暗中瞧得清楚，當真又吃了一驚。燈光下，只見趙香靈、鐵無雙面上也都變了顏色。

趙香靈道：「這究竟是怎麼回事？一晚上連著七、八次，無緣無故的將這藥送來，這難道是有人在開玩笑，惡作劇？」

鐵無雙皺眉道：「這些藥材俱都十分珍貴，誰會將這些珍貴之物來開玩笑？」

趙香靈道：「依前輩看來，這是怎麼回事？」

鐵無雙沉吟道：「這其中說不定有什麼惡計。」

趙香靈道：「但這些藥非但沒有毒，而且有的還補得很，送這些藥來又害不到咱們的……羅兄可猜得出這究竟是何緣故麼？」

羅九笑道：「鐵老前輩見多識廣，所言必有道理。」

鐵無雙嘆道：「老夫委實也有些莫名奇妙。」

他雖然莫名其妙，小魚兒卻已猜透了。

他喃喃暗道：「好呀，這原來是你們要栽贓，你們將解藥送到這裡，好教花無缺以為下毒的人是鐵無雙，這原來是個連環計……好陰毒的連環計，可惜的是，這件事竟遇上了我江小魚，這真算你們倒大楣了。」

他眼珠子一轉，竟悄然而去。他乘著夜色，尋了家專賣脂粉白堊之類的舖子，越牆而入，出來時手裡卻是滿載而歸，大包小包提了一手。

於是，天亮時他已換了副面目，只見他一張白兮兮的臉，兩隻睡眼泡，一張豬公嘴，活像個妓院裡的大茶壺。他從屠嬌嬌處學來的易容術，果然沒有白廢。

小魚兒尋了家最熱鬧的茶館，大吃了一頓。他一連吃了兩籠蟹黃湯包、四套油炸餜子，外帶一大碗熱湯才住手。他知道今天必定要大出力氣，人是吃飽了才有力氣的。

茶館外還有早市，人來人往，熱鬧得很，一條削長漢子太陽肥上貼著塊膏藥，手拎著鳥籠，在人叢裡轉來轉去。

他一隻手拎著鳥籠，另一隻手可也沒閒著，他一伸手，別人袋裡的散碎銀子就全都變成了他的。

小魚兒綴上了他，走到人少處，突然一拍肩頭，笑道：「朋友手腳倒滿快的呀。」

那青皮無賴一回頭，怒道：「小雜種，你吃飽了撐得難受麼？」反手一個耳光，就往小魚兒臉上搧了過去。但他一輩子也休想碰著小魚兒的臉。小魚兒用兩根手指，輕輕刁住了他腕子，輕輕一捏，這滿像樣的一條大漢立刻疼得不像樣了。

小魚兒笑嘻嘻道：「誰是小雜種？」

那青皮疼得滿頭冷汗，道：「我……我是小雜種，標標準準的小雜種，小爺，小祖宗，你就饒了我這個小雜種吧，我袋子裡的全送給你老人家。」

小魚兒道：「只要你老老實實回答我幾句話，我非但不拿你袋子裡的，說不定還會裝滿它，你瞧怎麼樣？」

那青皮道：「好……自然好……」

小魚兒刁著他的手，道：「你可知道『天香塘，地靈莊』這地方？」

那青皮道：「小人若不知道，還能在城裡混麼？」

小魚兒道：「那趙莊主是怎麼樣的人？」

那青皮道：「趙莊主家財百萬，人又四海，黑白兩道，都很吃得開，只是……自從段合肥來了之後，他生意總是被段合肥打垮，他想動武的，哪知段合肥居然也養了一群江湖上的朋友，而且字號比他家的更響。」

小魚兒眼珠子一轉，喃喃道：「這就對了……趙香靈把鐵無雙找來，想必是要借鐵無雙的名頭來鎮壓段合肥的，而這點恰巧又被人利用了。」

那青皮也聽不清他說的是什麼，只是哀求著道：「少爺，你老人家現在可以放手了麼？」

小魚兒笑道：「你整天東溜西逛，這城裡你必定熟得很，趙家莊裡想必也有你的熟人，只要你帶我進去見他，讓我在莊子裡耽一天，我給你三百兩銀子，你肯麼？」

這還有不肯的麼？爲了三百兩銀子，這青皮簡直可以把自己的老婆都賣了。

像趙家莊這樣的地方，自然是龍蛇混雜，什麼人都有，家丁裡自然不乏一些混混兒，這些自然就都是那青皮的同伴。

小魚兒小用手段，就和他們混在一齊了，還不到一個時辰，這些人都已將小魚兒看成好朋友。

使小魚兒想不到的是，那趙香靈居然一早就來到前廳，精神奕奕，顧盼自得，居然絲毫看不出昨夜曾痛飲通宵的模樣。

過了不久，外面就川流不息的有人來，看樣子都是生意買賣人，見了趙香靈，神情俱都恭恭敬敬。

小魚兒站得遠遠的，拉住個家丁問道：「這些人是幹什麼的？來得怎地如此早？」

那家丁道：「這些人都是我家莊主派往外面店鋪的掌櫃，每天早上都要到莊裡來報告頭一天的生意情況，除了這些人外，我家莊主早上從不見客。」

小魚兒微微一笑，道：「有些客人，你家莊主想不見只怕也不行。」

那家丁自然聽不出小魚兒話中的深意，笑道：「這天香塘，地靈莊，難道還有人敢硬闖進來不成。」

小魚兒眨了眨眼睛，道：「段合肥呢？」

那家丁啐道：「那肥豬，我家莊主遲早要將他滿身肥肉紅燒了來吃。」

小魚兒道：「原來你家莊主與那段合肥冤仇倒大得很。」

那家丁道：「他知道我家莊主在哪裡有買賣，就在對面也開一家，他知道我家莊主有哪些大主顧，就不惜一切去結納，咱們天香塘和段合肥委實仇深似海。」

小魚兒笑道：「想不到商場竟也和戰場一樣，看來在商場上結下的仇人，竟比在戰場上的仇人惡毒還要深。」

那家丁道：「做生意講究本份，像段合肥用這種卑鄙手段，簡直不是人。」

說話之間，趙香靈已三言兩語，將那些掌櫃的一一打發走，端起碗茶啜了兩口，吩咐道：「去瞧瞧客人們，若已起來，請到前廳用茶。」

小魚兒在門房外的樹蔭下尋了塊石頭坐下，喃喃道：「若是我猜得不錯，現在只怕已該來了。」

就在這時，只聽門房裡傳來一陣人語聲，道：「相煩請名帖送上貴莊主，就說在下前來拜訪。」

門房道：「抱歉得很，我家莊主正午前從來……」語聲突然頓住，像是瞧見帖上的名字嚇了一跳。

小魚兒聽得那語聲，又是緊張，又是歡喜，喃喃道：「來了來了，果然來了。」

那家丁已匆匆忙忙上前廳，捧上名帖！趙香靈皺眉接過，但瞧了一眼，亦不禁動容失聲道：「江南大俠江別鶴來了。」

鐵無雙聳聳然長身而起，還未說話，廳外已有人朗聲笑道：「江別鶴前來求見莊主，莊主難道不見麼？」

兩個人大步走上廳前石階，前面一人神采飛逸，正是江別鶴，後面跟著的卻是個豐神如玉的美少年。

再後面竟還有四條大漢抬著頂綠呢軟轎，轎簾深垂，也不知裡面坐的究竟是何許人也。

趙香靈趕緊搶步迎出，抱拳笑道：「在下不知江大俠光臨，有失遠迎，恕罪恕罪。」

江別鶴笑道：「在下等來得不是時候，倒要請莊主恕罪才是。」

趙香靈揖客入座，只見那美少年臉色鐵青，兩人目光相遇，趙香靈竟不由得機伶伶打了個冷戰，強笑道：「這位兄台不知是……」

江別鶴淡淡笑道：「這位是花公子，花無缺。」

他故意淡淡說來，趙香靈、鐵無雙、羅九、羅三聽見「花無缺」這三字，卻都不禁聳然動容。

鐵無雙目光上下一掃，笑道：「這位兄台竟是近來名震八表的『無缺公子』，果然是少年英俊，人中之鶴，當真幸會已極。」

花無缺冷冷道：「幸會幸會。」

趙香靈笑道：「這位鐵老前輩，兩位想必久已認得了，但這兩位羅兄……」當下將羅九、羅三介紹，自然不免又吹噓了一番。

花無缺卻似完全沒有聽到，鼻子裡似乎嗅著了什麼氣味，突然袍袖一拂，輕飄飄離座而起。

眾人只覺眼前人影一閃，他竟已掠入旁邊的花廳，目光又一花，他已從花廳掠出，手裡抓著一把藥，面色更是慘白，嗄聲道：「果然在這裡。」

趙香靈道：「這些藥莫非是公子的麼？在下正不知是誰送來的，昨夜……」

江別鶴似笑非笑，截口道：「莊主難道真不知是誰送來的麼？」

趙香靈瞧了瞧他，又瞧了瞧花無缺的面色，知道這其中必定牽涉極嚴重，強笑道：「這……這究竟是怎麼回事？」

江別鶴道：「這件事說來也簡單得很，有人下毒害了花公子未來的夫人，卻將市面上的解藥全都搜購一空，這是怎麼回事？」

趙香靈道：「這正是要絕趙公子未來夫人的生路。」

江別鶴道：「不錯，如此說來，搜購解藥的人，是否就是那下毒的人呢？」

趙香靈道：「自然！」

江別鶴淡淡一笑，道：「這就是了。」

趙香靈想了想，面色突變，失聲道：「那……那些解藥莫非現在花廳之中？」

的。」

江別鶴一字字道：「正是！」

趙香靈跳了起來，道：「但……但在下委實不知此事……那些解藥是昨天有人送來的。」

江別鶴道：「是誰送來的？」

趙香靈道：「在下也不知是誰。」

江別鶴冷笑道：「不知是誰？難道還有人會無緣無故的將這些珍貴的藥物平白送人麼？趙莊主說這話，未免將江某看成小孩子了。」

要知這件事說來的確是荒謬已極，的確是絕不可能，趙香靈既無言可辯，滿頭汗珠滾滾而落。

鐵無雙長身而起，大聲道：「老夫可以身家替趙莊主作保，那藥的確是別人送來了，趙莊主的確不知道那人究竟是誰！」

江別鶴瞟了他一眼，淡淡道：「趙莊主若不知道，閣下就想必是知道的了。」

鐵無雙怒道：「你……你說什麼？」

江別鶴冷冷一笑，再不瞧他，也不答話。

四七　計中之計

這時那花無缺才自轎中縮回頭來，原來那轎中正是鐵心蘭，他已將解藥餵入鐵心蘭嘴裡。

如此生吞解藥，藥力雖不能完全發揮，但總可稍解毒性，再加上花無缺以高深的內力相助，果然過了一會兒，轎中便有呻吟聲傳了出來。

花無缺鬆了口氣，緩緩轉過身子，目光緩緩自眾人面上掃過，那目光正如厲電一般，直瞧得眾人背生寒意。

花無缺一字字道：「是誰下的毒？」

趙香靈抹了抹汗，道：「在下的確不知。」

鐵無雙厲聲道：「這必定是有人栽贓！」

江別鶴瞧了羅九、羅三一眼，忽然問道：「這藥難道真不是鐵老英雄與趙莊主買來的？」

羅九、羅三對望一眼，羅九緩緩道：「我兄弟什麼都不知道。」

鐵無雙怒道：「但你們明明知道，昨夜你們也親眼瞧見的！」

羅三道：「我兄弟直瞧見藥自己來了，卻不知是誰送來的，說不定是張三，說不定是李四，也說不定是……」

江別鶴道：「也說不定就是鐵老英雄的門下，是麼？」瞧了鐵無雙一眼，住口不語。

羅九、羅三對望一眼，也不答話，竟無異是默認了。

江別鶴目光凝注鐵無雙，悠悠道：「閣下還有何話說？」

鐵無雙卻怒目瞧著羅氏兄弟，厲聲道：「你兩人怎敢如此？」

羅九道：「我兄弟只是說老實話。」

江別鶴道：「賢昆仲當真是信義之人，在下好生相敬，但鐵老英雄麼……嘿嘿。」

鐵無雙鬚髮皆張，怒喝道：「老夫怎樣？」

江別鶴不再答話，卻走到軟轎前，喚道：「鐵姑娘！鐵姑娘醒來了麼？」

鐵心蘭的語聲在轎中呻吟著道：「嗯……我冷得很！」

江別鶴道：「鐵姑娘可知是被誰下毒的麼？」

這句話問出，廳中人俱都緊張了起來。

只聽鐵心蘭道：「我……我是中毒了麼？我也不知道是誰下毒的……」

趙香靈剛鬆了口氣，鐵心蘭已接著道：「我只知吃了鐵無雙送來的兩粒棗子，就全身發冷，直打冷戰，不到片刻，已暈迷不省人事了。」

這句話說出來，人人都變了顏色。

鐵無雙頓足道：「你……你爲何要血口噴人？」

江別鶴道：「閣下此刻還想狡賴，未免不是大丈夫了。」

鐵無雙怒道：「放屁！老夫與她一不相識，二無仇恨，爲何要害她？」

江別鶴道：「花公子，你聽這話如何？」

花無缺究竟不是常人，到此刻竟還能沉得住氣，臉上神色雖更難看，但居然還是動也不動，只是緩緩道：「我等出手之前，總得要人口服心服。」

江別鶴笑道：「正該如此。」

突然向那抬轎的轎伕招了招手，道：「過來。」

那轎伕應命而來，躬身道：「江大俠有何吩咐？」

眾人正不知江別鶴在這緊張關頭，突然令這轎伕前來是爲了什麼，江別鶴已微微一笑，道：「鐵老前輩方才說的話，你聽到了麼？」

那轎伕道：「小人聽得清清楚楚。」

江別鶴道：「你說他是否有加害鐵姑娘的道理？」

那轎伕道：「沒有。」

這時大廳中人人面面相覷，有的認爲江別鶴故弄玄虛，有的認爲江別鶴弄巧成拙。

江別鶴卻不動聲色，反而笑道：「那麼，這毒不是鐵老英雄下的了？」

那轎伕道：「是鐵老英雄下的。」

江別鶴道：「你爲何又說是鐵老英雄下的毒呢？」

那轎伕道：「只因他雖無相害鐵姑娘之意，卻有毒殺花公子之心。他下毒本是要害花公子的，只不過鐵姑娘首當其衝而已。」

江別鶴故意皺起眉頭，問道：「鐵老英雄與花公子也素無冤仇，又爲何要害花公子？」

他話未說完，鐵無雙又怒喝道：「正是如此，老夫爲何要害人？」

那轎伕不慌不忙，緩緩道：「要殺人自然有幾個原因，一是嫉妒，二是仇恨，還有自己若是做了見不得人的事怕被人發覺……」

鐵無雙怒喝道：「老夫一生頂天立地，你這奴才竟敢道老夫做了見不得人的事！」

這一聲大喝有如霹靂雷霆，「地靈莊」的家丁都被嚇得面目變色，這轎伕居然還是不慌不忙反而笑道：「小人可不敢說這話，這話可是鐵老英雄你自己說的。」

這轎伕不但口齒伶俐，膽子極大，而且說話恭敬中帶著刻薄，竟有與鐵無雙分庭抗禮之勢。

別人都在奇怪，「江南大俠」屬下，怎地連個轎伕都是如此厲害的角色，小魚兒卻已瞧出這「轎伕」絕不會是真的轎伕，必是別人打扮成轎伕的模樣。他目不轉睛的瞧著，愈瞧愈覺得這轎伕像是一個熟人。

只見鐵無雙怒極之下，反而狂笑起來。

他仰天狂笑道：「好，好好，當著許多朋友，老夫倒要聽聽你這奴才說老夫究竟做了些什麼見不得人的事。」

那轎伕緩緩道：「見不得人的事也有許多種，譬如說偷雞摸狗，這種算是小的，劫人鏢銀，殺人生命，這就算是大的了。」

鐵無雙道：「你……你說老夫劫了誰的鏢銀？」

那轎伕道：「譬如說是段合肥老爺的。」

鐵無雙嘶聲道：「段合肥？你……你……」

那轎伕道：「城裡人人都知道，段老爺和趙莊主是對頭，段老爺子買貨的銀子若被劫，貨物進不來，這城裡豈非就沒有人和趙莊主搶生意了？」

鐵無雙怒道：「縱然如此，這和老夫又有何關係？」

那轎伕笑嘻嘻道：「鐵老英雄若是在暗中劫了段合肥的鏢，不但趙莊主要重重酬謝，而且那一筆鏢銀鐵老英雄正也可消受了。」

鐵無雙道：「好，好，你……你再說。」

那轎伕道：「鐵老英雄本以爲這件事做得神不知，鬼不覺，江湖中縱然有人調查此事，也算計不到鐵老英雄。」

他一笑接道：「誰知段老爺子竟請出了花公子來，鐵老英雄自然也知道花公子不是等閒人物，生怕花公子查出此事，那麼鐵老英雄日後豈非沒臉在江湖混了？所以就先下手爲強，要將花公子置之於死地。」

他說得委實愈來愈露骨，本來還說「假若」、「譬如」，此刻卻公然指明就是鐵無雙！

鐵無雙大怒道：「好可惡的奴才，老夫先打爛你這張利嘴！」

怒喝聲中，這暴躁的老人身形已虎撲而起，鐵掌搧風，左右齊出，直擊這轎伕的左右雙頰。

鐵無雙領袖三湘武林，武功可不等閒，此刻盛怒出手，掌風過處，一丈外衣袂俱已被震得飛起。

奇怪的是，江別鶴就站在那轎伕身旁，他眼看自己屬下要挨揍，居然像是若無其事也不出手阻攔！

只聽「噗，噗」兩響，一聲狂吼，一條人影飛出！

這轎伕竟接了鐵無雙一掌！

而四掌相擊，被擊出去的竟不是轎伕，而且素來以掌力見重武林的三湘名俠「愛才如命」鐵無雙！

眾人都不禁失聲驚呼出來！

小魚兒本在苦苦思索這轎伕究竟是誰，此刻見他出手之掌勢，掌力竟是極上乘的武林正宗功夫！

小魚兒心念一閃，失聲道：「原來是他！」

只是鐵無雙被震得飛出丈餘，落下時竟是站立不穩，連退數步，若非趙香靈趕出扶住，他竟要跌倒。

饒是如此，他赤紅的臉膛還是已變爲慘白，胸膛也起伏不定，顯然已受了傷，而且傷還不輕。

江別鶴微微笑道：「鐵老前輩畢竟已老了。」

鐵無雙顫聲道：「你……你……」

江別鶴道：「前輩還有什麼話說，在下等俱都洗耳恭聽。」

趙香靈大聲道：「在下還有話說，試問那毒真是鐵老英雄下的，他送禮時怎會用自己的名字？又怎會將解藥放在這裡，難道等著閣下來抓人抓贓麼？」

那轎伕搶先道：「若是凡俗之輩，自然不會這樣做的，但鐵老英雄縱橫江湖數十年，是何等見識？他這樣做法，正是叫別人不信此事真是他做的，這豈非說比那種『此地無銀三百兩』的做法高明十倍、百倍。」

趙香靈道：「但……但……」

他平日自命機智善辯，誰知此刻竟被這轎伕駁得說不出話來。要知此事若真是鐵無雙做的，鐵無雙如此做法，倒的確真是最高明的手段。

江別鶴道：「事已至此，公子意下如何？」

花無缺緩緩道：「此事若被天下英雄知曉，天下英雄俱都難容。」

江別鶴道：「正是如此。」

花無缺目光緩緩掃過眾人，然後凝注在鐵無雙、趙香靈面上，道：「此刻方值正午，我再給兩位半天時間，兩位可自思該如何了斷，今夜子時，我當再來。」微一抱拳竟轉身走了出去。

江別鶴道：「在下素仰老前輩俠名，本待好生結納。誰知……唉！」長長嘆息了一聲，竟也隨著走了出去。

眾人見他們此刻竟然走了，也不知是驚是喜，俱都怔在當地。

小魚兒不禁暗嘆道：「無論如何，兩人這一走，倒走得當真不愧大俠身份，只不過那花無缺乃是出自本意，江別鶴卻是裝出來的。」

眾人眼睜睜瞧著花、江等人出了莊門，揚長而去。

鐵無雙突然狂吼一聲，道：「氣死老夫……」

話剛出口，張嘴噴出一口鮮血。

原來他方才對掌時受創極重，只是將一口氣強行忍住，他方才一直不說話，正是怕在人前丟臉。

趙香靈見他偌大年紀，仍是如此強傲，心中不覺慘然，強笑道：「前輩趕緊到後面歇歇，先將養傷勢……」

鐵無雙慘笑道：「今夜子時便是你我大限，養好傷勢又有何用？」

趙香靈道：「那……只怕也未必，他們人已走了……」

鐵無雙長笑道：「他們人雖走了，老夫難道還能逃走不成……咳咳，不想老夫一世直名，到老來竟要死於屈辱！」

趙香靈慘然垂首，也不知該說什麼。他也知道以鐵無雙身份地位，此番若是逃走，倒真生不如死。

鐵無雙仰天道：「事到如今，老夫已無處可去，無路可走，與其等到子時，倒當真不如自己先作個了斷也罷！」

一言未了，竟已熱淚盈眶，這老去的英雄又逢末路，怎不令人神傷？

趙香靈駭然道：「前輩切切不可如此，事情只怕還有轉機……」

鐵無雙道：「事已至今，我等已是百口莫辯，除非尋得出那真兇……但人海茫茫何處去尋那真兇？更何況只有半天的功夫。」

趙香靈黯然道：「半天……子時……」

抬眼望去，門外日影已偏西。

鐵無雙仰天笑道：「江別鶴呀江別鶴，花無缺呀花無缺！老夫並不怪你，事到如此……咳咳你們也只有如此做了，你們能多給老夫半天時間，已是大仁大義，老夫……咳……老夫還該感激於你……咳咳。」

他一面說話，一面咳嗽，鮮血已濺滿衣襟。

趙香靈半推半勸，令人將他扶至後室，轉首望向羅九、羅三，慘然道：「賢昆仲難道也無以教我？」

羅九微微一笑，道：「鐵老英雄憂鬱太過，依在下看來，此事倒也簡單。」

趙香靈大喜道：「快請指教。」

羅九目光一轉，附在趙香靈耳旁道：「事到如今，你我只有先下手爲強，將段合肥與他女兒擒來，好教江別鶴投鼠忌器，不敢下手！」

小魚兒聽了這話，真想過去給他幾個耳刮子，這算是什麼主意，這簡直是在陷人於死。

趙香靈沉吟半晌，道：「此事萬萬做不得，若是如此做了，天下武林中人，豈非真要以爲劫鏢、下毒之事俱是我等所爲？我等豈非更是百口莫辯？」

小魚兒暗中拊掌道：「不錯，趙香靈果然不是笨人。」

只見羅九卻又附耳道：「莊主怎地如此執著，需知如此行事，只不過是暫時從權之計，一面穩住江別鶴等人，一面去尋訪真兇，等真兇尋到，真相大白後，再好生將段家父女送還，那時江湖中有誰敢說莊主不是的？」

趙香靈不禁動容，吶吶道：「但……在下還是覺得此事……」

羅九道：「莊主若不肯行此妙計，以那江別鶴與花無缺的武學，莊主要想逃過今夜子夜之限，只怕是難如登天的了。」

趙香靈默然半晌，苦笑道：「看來也只有如此了。」語聲方頓，又道：「只是，那段合肥僕役如雲，要想自他莊院中將他父女劫來，也絕非易事，這得有千軍萬馬中取上將首級的本事。」

羅九微微一笑，道：「這個倒不用莊主擔憂。」

羅三道：「此刻花無缺與江別鶴恐必不會防備有此一著，更不會去防護段氏父女，除了這兩人外，別的人都可不慮。」

趙香靈喜道：「難道兩位肯仗義援手？」

羅九微言道：「食君之祿，怎能不忠君之事？」

趙香靈大喜拜道：「賢昆仲如此高義，在下真不知該如何報答才是。」

羅九趕緊扶起他，道：「莊主切莫如此多禮。」

小魚兒在一旁瞧得清楚，暗道：「好個羅九，竟使出如此惡計，你這樣做法豈非正是要搞得天下大亂，好教你從中取利麼。」

只聽羅九道：「事不宜遲，在下此刻就要去了。」

趙香靈道：「賢昆仲若有所需，但請吩咐。」

「別的不用，只請莊主派八位家丁，抬兩頂小轎跟隨著我兄弟。」

趙香靈道：「這個容易……」

他吩咐過了，立刻有人應聲而出。小魚兒眼珠子一轉，也跟著走了出去，於是小魚兒也權充了一次「轎伕」。

兩頂轎子抬來，羅九卻先坐了上去，笑道：「這兩個轎子此刻讓我兄弟坐坐，等會兒就要輪到段合肥父女坐了，他父女只怕也不比我兄弟輕。」他坐上轎子，放下轎簾，道：「段合肥的莊院，你們可認得麼？」

一人笑應道：「自然認得，咱們好幾次想去放火燒他房子。」

羅九道：「好，咱們這就走。」

七個家丁加上一個小魚兒，果然抬起轎子就走，那七個家丁還不知此去要幹什麼，有些不禁在暗中嘀咕。

轎子走了頓飯功夫，遠遠已可望見段合肥的宅院，見那朱紅的大門前也坐著七、八個漢子，門裡還有七、八個。

那家丁道：「前面就是段合肥的豬窩了，羅爺瞧該怎麼辦？」

羅九道：「筆直抬進去。」

這話說出，小魚兒也不禁駭了一跳：「難道他們不怕江別鶴？」那些家丁們更是驚得呆了，強笑道：「段合肥的守門狗不少，若被他們咬一口，豈非冤枉？」

羅九道：「你們只管往裡面抬就是，那些守門狗決計咬不著你們。」

家丁們互相瞧了一眼，鼓起勇氣，忙喝著往前走。

剛走到門口，段宅的壯丁果然迎了過來，吆喝道：「喂，你們是幹什麼的？站住！」

小魚兒眼珠子一轉，喝道：「咱們是來抬豬的，讓開！」

他這自然是存心搗蛋，好教江別鶴迎出來，羅九就成不了事，至於相救鐵無雙，他早有成竹在胸。

段宅莊丁果然大罵著衝進來，紛紛喝道：「狗養的，你們是來找死麼……」

趙宅家丁手裡抬著轎子，眼看他們衝過來，也不能還手，心裡正在著急，突聽「嗤、嗤」幾響！前面七、八個段宅莊丁竟應聲倒了下去，別人什麼都沒瞧見，還以爲是見了鬼了。

小魚兒眼尖，卻瞧見幾點烏光自轎中飛出，七、八個莊丁每人挨了一下，竟立時倒地，滾了兩滾，就不動了！

這羅九當真是好毒辣的手段！小魚兒卻不兒瞧得心驚，趙宅家丁更是目定口呆。

羅九笑道：「守門狗不叫了，你們還不走？」家丁諾諾連聲，抬起轎子再往前走。

這時門裡又有七、八人驚呼著奔出，剛奔出大門，又是「嗤、嗤、嗤」幾響，又有

七、八人倒地。

還沒出門的一個，僥倖得免，瞧見這情況，嚇得心膽皆喪，驚呼一聲，轉身就跑，大呼道：「來人呀，來人呀，門外有惡鬼闖來了。」

小魚兒暗道：「他此如呼喊，想必可以將江別鶴引出來，這羅氏兄弟難道就毫無顧忌？」

羅九、羅三竟真的毫無顧忌，大笑道：「伙計們，往前走呀！」

這時趙宅家丁一個個俱已勇氣大振，放足飛奔。

走進前面一重院子，院子裡已有二十多人手拿刀斧棒迎出，但暗器飛聲響過，前面又倒了一片。

一條紫衣大漢變色呼道：「轎子裡暗青子扎手，伙計們先退。」這人身手最矯健，武功看來竟不弱。

呼聲中，已有五個人箭步竄出，手裡竟各拿了面盾牌，拋了一面給那紫衣大漢，紫衣大漢揮手呼道：「射人先射馬，先將抬轎子的做了再說。」

刀光閃動間，六個人已飛步而來。

趙宅家丁雖然大聲吶喊，但心裡已有些發毛，只見武師們各各以盾牌護住前胸，揮刀直劈而下。

突聽一聲長笑，一人大聲道：「且慢！」

去。

一條人形，自轎子裡飄了出來，一把抓住那轎伕家丁的後背，將他往後面直拋了出去。

那武師一刀砍空，只見一個臉圓圓的胖子笑瞇瞇的站在面前，一隻手指著自己的鼻子，笑道：「各位難道不認得區區在下了麼？」

武師們俱都呆了呆，各各對望了一眼，只道這胖子或許是自己的朋友，但一眼尚未瞧過，羅九已笑道：「各位既不認得在下，在下也只有不認得各位了！」

語聲中，手掌已毒蛇般伸出，抓住了當先那持刀武師的手腕，只聽「喀嚓」一聲，接著一聲慘呼。

那武師的手腕竟被生生擰斷！鋼刀落地，他人也疼得暈了過去，另五人又驚又怒，一根槍、兩把刀交擊而下！

羅九目光一掃，笑道：「不想這裡竟還有楊家槍的門人，這一招『鳳點頭』看來至少也有十五年的火候，算得上是好槍法！」

那持槍的武師正是北派楊家槍的嫡傳弟子，如今一招使出，就被瞧出了來歷，不由得暗中一驚，掌中槍也慢了慢。

就在這一驚一慢間，槍尖竟已落入對方掌中。

羅九右手握著槍尖，身形半轉，以槍桿擋開了右面攻來的一柄劍，卻向左面攻來的紫衣大漢笑道：「彭念祖彭老師可好麼？」

這彭念祖乃是南派「五虎斷門刀」的掌門人，而這紫衣大漢卻正是他們門下弟子，如今聽得對方提起自己的師父，也不由得一怔，道：「你認得他老人家？」

羅九笑道：「不認得！」

「不認得」三個字說出，左掌已擊上了這紫衣大漢的胸膛，將他魁偉的身子打得直飛出去。

也就在這時，那持槍的武師但覺一股大力自槍桿上湧了過來，他想撤手丟槍，卻已不及！

只聽「噗」的一聲，這槍桿的槍柄，竟直插入他的胸膛！他自己掌中的槍，竟成了對方的武器！

羅九拍了拍手，笑道：「三位如今可認得區區在下了麼？」

剩下的三人已嚇得面如土色，手裡拿著刀槍，卻再也不敢動手，這羅九竟在談笑間便了結了三個身手不弱的武師，出手之陰毒，竟是小魚兒出道以來的僅見！此刻之羅九，哪裡還是昨夜施展大洪拳時之羅九？

小魚兒昨夜雖已知道此人必定深藏不露，但卻也未必想到他的狡詐與毒辣，竟似不在他所認識的「十大惡人」之下！

他心念一轉之間，那邊站著的三個武師又已躺下了一個，剩下的兩人，四條腿已開始發抖。

羅九笑嘻嘻道：「如今各位總該認得在下了吧？」

那兩人不約而同，顫聲道：「認得……認得……」

羅九笑道：「兩位認得我是誰？」

那兩人面面相覷，道：「你……你老人家是……是……」

羅九道：「我姓羅，叫羅九。」

那兩人道：「不錯不錯，你老人家是羅九爺。」

羅九道：「兩位既然認得在下，那真是再好也沒有了，就煩兩位帶我去拜見拜見段合肥段老爺子如何？」

這兩人你望著我，我望著你，吶吶道：「這……這……」

羅九面色一沉，道：「這區區小事，兩位都不肯答應麼？」

那兩人想了想，終於嘆道：「好，就請……」

一句話還未說完，只聽「嗤、嗤」兩響，兩道烏光自後面飛來，擊中了他們的背脊，兩人慘叫倒地。

一人大笑：「段老爺子已被我請了出來，已用不著你兩人帶路了！」笑聲中，羅三大步行出，左手拉著段合肥，右手拉著的正是段三姑。

原來羅九在這裡動手時，羅三已悄悄溜進了後院，段三姑雖也有些武功，但又怎會是這羅三的敵手！

四面還剩下三、四十個段府的莊丁，此刻眼睜睜瞧著羅三將他們的主人拉出來，竟無一人敢出手的。

這神秘的羅氏兄弟兩人，果然不費吹灰之力就將段合肥父女綁架了，小魚兒心裡又驚又奇！

「江別鶴呢？江別鶴難道死了？」

只見段合肥已嚇得面無人色，羅三叫他走，他就走，羅三叫他上轎子，他就乖乖的上了轎子。

那三姑娘眼睛雖然瞪得比銅鈴還大，但也毫無抵抗之力，羅三笑嘻嘻將她推上轎子，道：「兄弟們，抬起轎子走吧。」

羅九笑道：「這轎子不小，坐兩人也不嫌擠，各位就辛苦些吧！」

這兄弟兩人居然也擠進了轎子，直壓得轎板吱吱的響。

趙莊的家丁們早已將這兩人視若神明，轎子再重，他們也是心甘情願的抬著，非但毫無怨言，而且還歡喜得很。

小魚兒心眼兒又開始在打轉了！江別鶴始終不露面，莫非是還沒有回來？

他們早就該回來的，此刻偏偏還未回來，莫非是早知道羅三、羅九有此一著，是以避開了？

他故意要羅三、羅九將段合肥父女架走，正是要教這件事鬧得更不可收拾，要教鐵無雙更無法辦！

但羅三、羅九又怎知江別鶴不在呢？

「莫非這兄弟兩人也早與江別鶴在暗中相勾結？」

小魚兒不禁暗嘆道：「好一個江別鶴，毒計之中，居然還另有毒計，普天之下，除了我江小魚外，還有誰能識破他的毒計？」心念轉動間，轎子已轉過一條街。

突見前面也有一座轎子走過來，抬轎的正是那能言善辯的「轎伕」，後面跟著兩匹馬，馬上人卻正是江別鶴與花無缺。

小魚兒又是一驚，眼珠子轉了轉，突然大喝道：「前面的轎子快閃開，你可知這轎子裡坐的是什麼人嗎？」

趙莊的家丁，瞧見江別鶴與花無缺已是膽戰心驚，聽見他這一吼，更是嚇壞了。哪知江別鶴居然真的要轎子讓開了一條路。

小魚兒抬著轎子走過去，故意撞了那「轎伕」一下，低聲道：「我認得你，你認得我麼？」

那「轎伕」居然好像沒有聽見，垂著頭走了過去，只有江別鶴策馬而過時，狠狠盯了小魚兒一眼。

轎子交錯而過，趙莊的家丁都不禁在暗中鬆了口氣。

小魚兒冷笑暗道：「我猜的果然不錯，江別鶴與這兩個姓羅的果然早有勾結，所以他就算明知這轎子裡坐的是什麼人，也裝作不知道。」

這一著可當真將鐵無雙陷入了危境，他若再說自己與劫鏢下毒之事無關，天下再也不會有人相信了。

四八　揭發奸謀

段合肥父女入了地靈莊，地靈莊上上下下精神俱都一振，一個個喜笑顏開，幾年來的悶氣這下才算出了。趙香靈雖然也覺得這件事做得有些不妥，但瞧見多年來的大對頭已成了自己的階下囚，也不由得心懷大暢。

小魚兒瞧得不禁暗中搖頭，嘆道：「你們現在儘管笑吧，哭的時候可就快到了……」

只見段合肥父子被幾個人拖拖拉拉，拉入了後院，這父女兩人落入地靈莊，自然是有罪受的。

趙香靈已擺起了慰勞酒，再三舉杯道：「賢昆仲如此大義相助，在下實是沒齒難忘。」

羅三笑道：「區區小事，何足掛齒，只是……莊主心中此刻不知是何打算？」

趙香靈嘆道：「事已至此，在下，只望能將大事化小，小事化無，等到江別鶴來了，將此事好生解釋，只要他不再追究，在下便將段合肥放回去也罷了。」

羅九忽然冷笑道：「事已至此，莊主還想將大事化小事麼？」

趙香靈微微變色道：「難道……難道不……」

羅九冷冷道：「事已至此，雙方已成僵局，莊主再說與此事無關，無論如何解釋，江別鶴是再也不會相信的了！」

趙香靈失色道：「如此……如此賢昆仲豈非害煞在下了？」

羅三冷笑道：「我兄弟出生入死，換來的只是莊主這句話麼？」

趙香靈趕緊陪笑道：「在下一時失言，賢昆仲千萬恕罪，只是……在下此刻方寸已亂，委實已沒了主意，一切還望賢昆仲多多指教才是。」

羅九展顏一笑，緩緩道：「不能和，唯有戰！」

趙香靈失聲道：「戰？」

羅九道：「正是！」

趙香靈道：「但……但那江別鶴與花無缺的武功，在下……在下……」

羅九微笑道：「花無缺與江別鶴縱然武功驚人，但莊主也不必怕他。」

羅三道：「莊主豈不聞，不能力敵，便可智敵。」

趙香靈吶吶道：「卻不知該如何智取？」

羅九道：「段合肥父女已在莊主之手，江別鶴投鼠忌器，縱然來了，也必定不敢出手的，莊主你可先將他們穩住。」

趙香靈道：「然後呢？」

羅九目光一掃，悄聲道：「地靈莊兄弟，個個身手俱都不凡，莊主不妨令人在這大廳四面埋伏，準備好強弓硬弩……」

羅三微笑接道：「那江別鶴與花無缺只要進了此廳，縱有三頭六臂，只怕也難以活著出去了。」他似乎並無顧忌，說話的聲音並不小。

小魚兒遠遠聽得，不禁暗罵道：「這算什麼狗屁的主意，那江別鶴怎會中計，趙香靈若是聽從了這主意，無異將自己的罪又加深了一層。這樣江別鶴就算立刻殺了你，江湖中也不會有半個人出來為你說話的了。」

趙香靈聽了這主意，卻不禁動容，道：「賢昆仲以為此計真的行得通麼？」

羅九道：「自然是行得通的。」

羅三接著笑道：「此計成功之後，天香塘、地靈莊之名，勢必將名震天下，那時只望莊主莫要將我兄弟趕出去就是了！」

趙香靈忍不住笑道：「在下怎敢忘記兩位……」

笑聲頓住，吶吶道：「只是……這樣做法，萬一不成……豈非……」

羅九正色道：「事已至此，莊主難道還有什麼別的主意不成？」

趙香靈沉吟半晌，苦笑道：「事已至此，看來我已別無選擇了。常言道：量小非君子，無毒不丈夫，趙香靈也只好和他們拚到底了！」

羅九拊掌笑道：「正是正是，莊主這句話說出來，才真是個英雄本色！」

羅三道：「那江別鶴發現段合肥父女被抓後，勢必要立刻趕來，我等行事也得從速才是。」

趙香靈霍然長身而起，厲聲道：「兄弟們，準備弓箭埋伏，聽我擲杯爲號，立刻出手！」

羅九道：「埋伏好了，你可請鐵老英雄出來。」

羅三笑道：「少了鐵老英雄，便成不得事了。」

江別鶴的計謀，顯然進行得十分順利，趙香靈不但自己一步步走入了陷阱，而且將鐵無雙也拖了下來。

這樣，江別鶴很輕易的就可將鐵無雙的勢力消滅，眼看江湖中反對江別鶴的勢力已愈來愈少了。

這樣，鐵無雙不明不白的就做了那真正劫鏢人的替死鬼，江湖中甚至不會有一個人對此事發生懷疑的。

網已在漸漸收緊了……

小魚兒閉起眼睛，喃喃自語道：「江別鶴的惡計，難道真的無懈可擊麼？」

黃昏。

鐵無雙已坐上了大廳，他身上雖仍坐得筆直，但神情看來卻很憔悴，目中失去了原有的光彩！

羅九、羅三卻是神采奕奕，趙香靈也顯得興奮得很。這地靈莊外表看來似乎很平靜，其實卻四伏著殺機！

大廳四側，已埋伏好三十張強弓、二十匣硬弩，院子裡卻仍有三五成群的家丁，小魚兒也混在裡面。

突聽莊外馬蹄聲響，眾人俱都聳然動容。

蹄聲驟住，進來的卻是七個勁裝佩劍的少年。七人一起搶步直入了大廳，拜倒在鐵無雙的面前。

這七人正是鐵無雙「十八弟子」中的高手，他們聞訊趕來，鐵無雙固是大感欣慰，趙香靈也不覺喜上眉梢。

小魚兒瞧見這七人，眼睛也一亮，這七人中為首的一個，正是那與江玉郎暗中勾結的，面色慘白的綠衫少年。

只聽他恭聲道：「弟子來遲，盼師父恕罪……」

鐵無雙喜色初露，愁容又起，長嘆道：「你等雖來了，卻也無濟於事……此事已非武力可以解決，少時你等切切不可胡亂出手，免得……」

語聲未了，突聽一聲驚呼！

一條人影自大廳後的窗戶外飛了進來，「砰」地跌在地上，四肢僵硬，再也動彈不得，只見此人黑衣勁裝，手提著一張金背鐵胎弓，背後斜插著一壺烏翎箭，卻正是趙香靈埋伏在大廳四側的家丁壯漢。

趙香靈面色慘變，鐵無雙也惶然失聲。

只聽又是一聲驚呼，又是一聲驚呼，又是一人跌入……剎時之間，只聽驚呼之聲不絕於耳，大廳中已有數十人疊了起來，一個個俱是四肢僵硬，動彈不得。

鐵無雙失聲道：「這……這是怎麼回事？」

趙香靈惶然四顧，道：「這……這……」

一人冷冷接口道：「這是你弄巧成拙！自作自受！」

兩條人影飄飄然掠了進來，卻不是江別鶴與花無缺是誰！

趙香靈「噗」的坐倒椅上，再也站不起來。

江別鶴負手而立，冷笑道：「鐵老英雄認爲這區區埋伏能害得了江某，也未免將江某瞧得忒低了。」

鐵無雙厲聲道：「這究竟是怎麼回事？老夫根本全不知情！」

江別鶴冷冷道：「若未經鐵老英雄同意，趙莊主只怕也不敢如此吧？」

鐵無雙怒喝道：「趙香靈，你說！是誰教你用這卑鄙的手段的？」

趙香靈頭也不敢抬起，吶吶道：「這……這……」

羅九突然長身而起，厲聲道：「我兄弟只道鐵老前輩與趙莊主乃是英雄，是以不遠千里而來，誰知兩位竟使出如此卑鄙的手段來……」

羅三大聲接口道：「我兄弟雖然不才，卻也不屑與此輩人物爲伍，從此以後，『地靈莊』無論有什麼事，都與我兄弟毫無關係！」

趙香靈大聲道：「兩位怎可說出這樣的話來，這一切豈非都是兩位的主意？」

羅九冷笑道：「好個趙香靈，你竟敢將此事賴在我兄弟頭上麼？」

羅三冷笑道：「你縱然百般狡賴，只怕也是無人相信的！」

趙香靈狂吼一聲道：「你……你好，好……」

花無缺緩緩道：「我雖不爲己甚，但事到如今，你兩人還有何話說？」

鐵無雙咬牙道：「老夫……老夫……氣煞老夫也！」

吼聲中，他又自噴出了口鮮血，這老人氣極之下，竟暈了過去！

他門下弟子又驚又怒，有的趕過去扶起了他，有的已待拔劍出手，那面色慘白的綠衫少年大聲道：「事情未分皂白之前，大家且莫出手！」

江別鶴正色道：「不錯，師父若不義，弟子便不該相隨，各位若能分清大義所在，天下武林中人對各位都必將另眼相看。」

那綠衫少年道：「但此事究竟如何，還……」

江別鶴厲聲道：「此事事實俱在，你們還有什麼不信的？」

綠衫少年故意慘然長嘆一聲，道：「師父你休怨弟子無情，只怨你老人家自己做出了此等天理不容之事，弟子為了顧全大義，也只有……」

咬牙忍受，頓了頓腳，解下了腰畔佩劍，擲在地上！

他這一手做得更是厲害已極，江湖人中若知道連鐵無雙自己的弟子都已認罪，別的人還有何話說？

其餘六人一向唯他馬首是瞻，見他已如此，只有三人跟著解下佩劍，其餘三人雖未解劍，但握劍的手也已垂了下來！

江別鶴朗聲道：「除了鐵無雙與趙香靈外，此事與各位俱都無關，只要各位不助紂為虐，江某也必定不會牽連無辜！」

趙香靈牙齒已嚇得「喀喀」打戰，嘶聲道：「我與你究竟有什麼冤仇，你要如此害我？」

江別鶴緩緩道：「在下與你雖無怨仇，但為了江湖道義，今日卻容不得你！」

趙香靈突然咬了咬牙，獰笑道：「好，我知道你為了段合肥，要將趙某除去，但你也莫怪了段合肥此刻也在趙某手裡，趙某若死，他也是活不成的。」

江別鶴冷笑道：「真的麼？」

他招了招手，廳後竟也有兩頂轎子抬了出來。前面抬轎的，正是那能言善辯的神秘

「轎伕」。

江別鶴道：「轎子裡坐的是什麼人，你可想瞧瞧麼？」

趙香靈踉蹌倒退兩步，只見那「轎伕」掀起簾子，笑嘻嘻坐在轎子裡的，卻正是那段合肥。

到了這地步，趙香靈已一敗塗地，他慘然四顧，突然狂吼一聲，瘋狂般向廳外奔了出去。

江別鶴也不阻攔，瞧著他冷笑道：「你難道還想逃得了麼？」

趙香靈奔出大廳，黑暗中突然伸出一隻手來，將他拉了過去，在他耳邊低低說了幾句話。

這幾句話竟像是仙丹妙藥，竟使得趙香靈精神一振。

這時鐵無雙已悠悠醒來。

花無缺緩緩道：「念在他成名也算不易，就讓他自己動手了斷吧。」

他說話居然還是從從容容，神情也仍舊是那麼飄逸而瀟灑，他長衫如雪，根本瞧不出絲毫曾經與人動手的痕跡。

他雖可主宰這裡所有的事，但一切又彷彿都與他無關似的，他竟連話都沒有多說一句。

縱然在亂軍之中，他也可保持他那翩翩的風度。

只見江別鶴俯身拾起那綠衫少年的佩劍，緩緩送到鐵無雙面前，冷冷的瞧著鐵無雙，卻沒有說話。

他已用不著說話。

鐵無雙仰天長嘆，嘶聲道：「蒼天呀蒼天，我鐵無雙今日一死，怎能瞑目！」

他淒厲的目光，掃過他門下弟子，就連那綠衫少年也不禁垂下了頭。鐵無雙突然奮起，大喝道：「鐵某就站在這裡，你們誰若認爲鐵某真的有罪，要取鐵某的性命，只管來吧！只怕蒼天也不能容你！」

燭火飄搖中，只見他目光盡赤，鬚髮皆張。一種悲憤之氣，不禁令人膽寒，江別鶴竟不覺向後退了半步。

那「轎伕」卻一步竄了出來，大喝道：「多行不義，人人得而誅之，普天之下，誰都可以取你性命，別人若不忍動手，就由我來動手吧！」

突聽一人道：「江玉郎，你真的敢動手麼？」

那「轎伕」身子一震，霍然旋身，只見那趙香靈竟又大步走了回來。他面上雖仍蒼白得不見血色，但胸膛卻已挺起，說話的聲音也響亮了。

他走入大廳中央，眾人才瞧見還有一人跟在身後，這人青袍白襪，頭上戴著個竹簍，遮住了面目，走起路來，飄飄盪盪，就像是貼在趙香靈身上的幽靈，令人瞧得背脊上不覺直冒寒氣。

但那「轎伕」一驚之下，神情瞬即鎮定，大笑道：「堂堂的江少俠，怎會來做轎伕？你莫非瞎了眼了！」

趙香靈大聲道：「江玉郎，你瞞得過別人，卻瞞不過我。你劫了段家的鏢銀後，趕回這裡假充轎伕，爲的是要取鐵老英雄的性命，這樣江湖中人都只道鐵老英雄是死在個轎伕身上，日後縱有要來尋仇之人，也尋不著假仁假義的『江南大俠』父子了……江玉郎呀江玉郎，你父子兩人行事當真是千思萬慮，滴水不漏！」

那「轎伕」縱聲狂笑道：「各位聽見了麼？這廝竟敢說劫鏢的乃是江少俠……段老爺子你說這廝是不是胡說八道的瘋子？」

段合肥瞇著的眼睛裡似乎閃過了一絲狡黠的光芒，他笑瞇瞇的瞧著趙香靈，一字字緩緩道：「你這話是從何說起，我鏢銀第一次被劫，就是江少俠奪回來的，他若是劫鏢的人，爲何又將鏢銀奪回？」

趙香靈道：「鏢銀第一次被劫，本是『雙獅鏢局』與江玉郎串通好的，江玉郎若不將鏢銀送回，他們還是要賠出來。」

段合肥道：「他們爲何要如此做？」

趙香靈道：「如此做法，不但提高了江玉郎在江湖中的聲望，而且……」

他語聲故意頓了頓，段合肥果然忍不住追問道：「而且怎樣？」

趙香靈緩緩道：「而且第二次鏢銀被劫時，別人就再也不會懷疑到江玉郎頭上。」

段合肥道：「如此說來，那『雙獅鏢局』中的人，又怎會……」

趙香靈接口道：「在這惡計之中，『雙獅鏢局』裡的人，自然不免要做冤死鬼，江玉郎自然要將他們殺死滅口，而且……」

段合肥竟又忍不住問道：「而且怎樣？」

趙香靈道：「雙獅鏢局上上下下既然死淨死絕，那鏢銀自然就沒有人賠了，於是那偌大一批鏢銀，就太太平平落入了『江南大俠』的手中！」

江別鶴眉心微微一皺，向那「轎伕」瞟了一眼。

那轎伕怒喝道：「賊咬一口，入骨三分，你臨死居然還要反噬，我卻容不得你！」喝聲中，已向趙香靈怒撲過去！

他身形之快，當真有如急箭離弦！

趙香靈大驚之下，竟來不及閃避，就在這時，突見人影一花，花無缺竟飄飄擋住了那「轎伕」的去路。

那「轎伕」掌已擊出，不及收勢，眼見竟要打在花無缺身上，但見他身子突然一扭，左掌向右掌一拍，身子已滴溜溜打了個轉，順勢倒翻而出。

這一手「壯士斷腕」，正是內家正宗最上乘的功夫，實比崑崙大九式中的「縣崖勒馬」還要高出一籌。

這一手功夫使出，就連鐵無雙都不禁聳然動容，江別鶴雙眉卻皺得更緊，只聽花無缺微笑道：「好武功！好身手……」

那「轎伕」吃驚的望著他，吶吶道：「花公子為何要……」

花無缺悠悠笑道：「無論是誰有話要說，咱們都該聽他說完了才是，咱們縱然不信他的話，卻也得讓他有說話的自由，是麼？」

那「轎伕」垂下了頭，道：「是！」

花無缺轉向趙香靈，道：「你無端說出這話，可有什麼根據？」

趙香靈呆了半晌，卻又立刻大聲道：「雙獅鏢局中的人，俱是倉猝而死，連一招都不及還手，而這江南雙獅武功並不算弱……在下請問花公子，就算以花公子這樣的武功，要想將這些人全都殺死，也不能令他們全都還不了手的，是麼？」

他呆了一呆之後，像是突然有人指點了他，口若懸河，侃侃而言。江別鶴兩道銳利的目光，已閃電般掃向他背後那「幽靈」的身上。

花無缺緩緩道：「不錯，就算武功比我更強的人，縱然能制他們於死，只怕卻也不能令他們全都還不了手的。」

趙香靈道：「但普天之下，武功更強於公子之人，只怕已沒有了，是麼？」

花無缺微微一笑，道：「縱有也不會多。」

趙香靈道：「是以此事只有一個解釋。」

花無缺道：「什麼解釋？」

趙香靈道：「這必定是一個與李氏雙獅極熟的人下的手，他們萬萬想不到這人會向自己人下毒手，是以猝不及防，連還手俱都不及……」

他咯咯一笑，接著道：「這不問可知，自然除了江玉郎外再無別個！」

花無缺道：「但據那僅存的活口馬佚所見，下手的乃是個威猛老人。」

趙香靈道：「易容之術，在今日江湖中，雖仍是奧秘，但會的人卻也有不少，他既能假充轎伕，為何就不能改扮成威猛老人……」他語聲頓了頓，又接道：「他故意留下那馬佚，正是要借那馬佚之口……否則他殺人之後，又怎會狂笑而出？否則以他的武功，那馬佚就算躲藏，又怎能逃得過他的耳目？」

他語聲又頓了頓，又接著道：「還有那馬佚逃生之後，立刻就將此事繪形繪影的說了出來，而且說得有聲有色，鉅細不漏，試問一個真的受了如此驚駭的人，說話又怎會如此明白清楚？所以……那馬佚想必也是他的同謀，早已經他指點……」

他語聲每次頓住時，似乎都在留意傾聽著他身後那「幽靈」說話，江別鶴目光如炬，冷笑道：「你說的話又是誰指點你的？」

趙香靈道：「這……這全是我自己想出來的，我……」

說到這裡，他突然又頓住了聲，接著又大聲道：「對了，我方才說錯了，那『馬佚』說不定就是現在這『轎伕』，就是江玉郎，而動手的卻是江別鶴！」

江別鶴突然仰首大笑起來，道：「我本不願與你一般見識，但你既如此胡言亂語，我卻也容不得你了。」

他這話竟不是向趙香靈說的，眼睛也未瞧著趙香靈，他那銳利如刀的目光，正盯在那「幽靈」身上！

突聽一聲輕叱，那「轎伕」不知何時已到了那「幽靈」身後，身形凌空，「飛鷹搏兔」，鐵掌已閃電般擊下！

大廳中人目光俱被江別鶴吸引，誰都沒有留意到這「轎伕」此刻他驟然出手，眼見已是萬萬不會落空。

誰知他雙掌方自擊下，那「幽靈」竟似早已算定他出掌的方法與部位，頭也不回，反手一掌揮出。

這輕描淡寫的一掌，竟正是擊向那「轎伕」招式中的破綻，也正是他必救之處，他不求傷人但求自保，雙腿一縮一挺，身子凌空倒翻而出，遠遠落在地上，眼睜睜瞧著這「幽靈」，竟像是真的見了鬼一般。

眾人方才已見過他的武功，如今又見他既被人輕輕一掌擊退，俱不覺爲之大驚。他自己更做夢也想不到自己勢在必得的一掌，在別人面前，竟變做兒戲。只見這「幽靈」緩緩轉過身子，咯咯笑道：「你認得我麼？」

那「轎伕」嘶聲道：「你……你是誰？」

那「幽靈」道：「你不認得我，我卻認得你……我死也不會忘記你！」他語聲尖細飄盪，聽來當真有幾分鬼氣。

那「轎伕」竟不覺機伶伶打了個寒戰，道：「你……你究竟是什麼人？」

那「幽靈」道：「我早已告訴過你，我不是人，是鬼！」

他一步步走過去，那「轎伕」竟不覺一步步往後退。

燈火通明的大廳中，也不知怎的，竟像是突然充滿了森森鬼氣。

那「轎伕」面上肌肉雖動也未動，但一雙眼睛卻已驚怖欲絕，這樣的面容配上這樣的眼神，看來更是令人毛骨悚然。

花無缺袖手旁觀，竟毫無出手之意。江別鶴目光閃動，似乎悄悄打了個手勢，就在這時——

突聽那綠衫少年失聲道：「呀，不好！我師父……我師父……他老人家竟自殺了！」

這一聲慘呼，立刻使眾人目光俱都自那「幽靈」身上轉了回來——目光轉處，人人俱都不禁驚呼失聲。

只見鐵無雙雖仍端坐在椅上，但方才那柄長劍，此刻竟已赫然插入了他咽喉，鮮血已染紅了他衣服！

利劍穿喉，他連呼聲都不能發出，他雙手握著劍柄，似欲刺入，又似要將長劍拔出，卻已無力！

他雙眼怒凸，目中猶凝聚著臨死的驚駭與怨毒，他人死去，這一雙充滿怨毒的眼睛，卻似乎是在瞪著那綠衫少年！

眾人聳然失色，竟都被驚得呆住。

江別鶴長長嘆息了一聲，道：「鐵無雙不愧是英雄，勇於認錯，他這樣一死，生前的罪孽與污名總算已可洗清了！」

那「幽靈」突然大聲道：「放屁！鐵無雙絕不是自殺的！」

四九 幽靈之謎

江別鶴怒道：「鐵英雄若非自刎，難道還是江某下的手不成？」他頓了一頓，冷笑接道：「江某若要下手，早已下手，又何必等到此刻？」

那「幽靈」也冷笑道：「鐵無雙若要自刎，也早已自刎了，更不會等到此刻……他方才既不肯含冤而死，此刻真相眼見已將大白，他更不會死了！」

江別鶴厲聲道：「鐵老英雄若非自刎，還有誰能令他不及還手而死？鐵老英雄這樣死正是死得清清白白，你難道還要他死後受污名？」

那「幽靈」也厲聲道：「這裡也正和方才趙莊主所說的一樣，若是正面動手，自然誰也不能令鐵無雙不及還手而死，但若下手暗算……」

江別鶴大喝道：「我江別鶴難道還會出手暗算於他不成？」

那「幽靈」冷笑道：「這次自然不是你，你自己知道鐵無雙已在提防著你，縱然出手暗算，也決計無法得手的！」

江別鶴道：「若非江某，難道還會是花公子不成？」

那「幽靈」道：「我早已說過，下手的必定是鐵無雙一個極爲親近的人，鐵無雙再也想不到他會出手暗算，是以才會遭他的毒手！」

那綠衫少年突然大呼道：「是誰害死了我師父，我和他拚了！」

那「幽靈」冷冷道：「下手害死你師父的，就是你！」

綠衫少年身子一震，大怒道：「放屁！我身負師門重恩，怎會弒師，你……你莫非瘋了？」

那「幽靈」冷笑道：「你既知身受師門重恩，便該好生報答才是，但你卻喪盡天良，暗中與江某人勾結！你眼見真相已將大白，便乘著大家全都不會留意你時，一劍刺入你師父的咽喉，你以爲鐵無雙一死，此事你死無對證，但你卻忘了，還有我在這裡！」

綠衫少年道：「你拿得出證據麼？」

那「幽靈」道：「別人拿不出證據，我卻拿得出證據。我親眼瞧見那日在酒中下毒要害趙全海趙總鏢頭的就是你！」

綠衫少年身子已顫抖起來，卻更大聲喝道：「放屁！那日我師父相請趙總鏢頭前來與『三湘聯鏢』和解，我爲何在酒中下毒加害趙總鏢頭？」

那「幽靈」道：「只因你受江玉郎所命，此舉不但要使和解不成，還要使你師父擔受污名，這正是個『一計害三賢』的毒計！」

綠衫少年怒喝道：「放屁！你……你說的話，誰也不會相信！」

那「幽靈」冷笑道：「你還想賴？我親眼瞧見，親耳聽見你在那廚房與江玉郎商量惡計！」

綠衫少年喝道：「你怎會親眼瞧見……你血口噴人，我和你拚了！」

他狂吼著擁了上去，但身形方展，「幽靈」突然揭下了頭上的竹簍，咯咯怪笑道：「你再瞧瞧我是誰！」

燈光下，只見他滿面泥污，披頭散髮，望之當真有如活鬼。

綠衫少年立頓，後退三步，顫聲道：「你……你……」

那「幽靈」一字字道：「告訴你，我就是那日被你和江玉郎害死的鬼魂，你們要將我殺死滅口，我死不瞑目，我做鬼也要揭破你的奸謀，做鬼也要你的命！」

他話未說完，那綠衫少年已發狂般的放聲驚呼起來，狂呼道：「鬼……鬼……真的有鬼！」

一面狂呼，一面後退，終於瘋狂般奔了出去！

突然間，劍光一閃！

那綠衫少年還未奔到門口，已仆地倒了下去！一柄長劍，自他後頸穿入，喉頭穿出，竟生生將他釘在地上！

這綠衫少年也是連一聲慘呼都未發出，便屍橫就地！但這次眾人卻都瞧見，長劍是江別鶴脫手擲出的！

江別鶴神情不變，緩緩道：「此人神智已喪，若任他衝出去，只怕爲害世人，在下只有將他除去了。」

那「幽靈」大喝道：「江別鶴，你殺人滅口，還要說好聽的話，當真是天理難容！」

江別鶴微微一笑，道：「你連面目都不敢示人，有誰能聽信你的話！」

這句話正是擊中了這「幽靈」的要害——小魚兒呆了半晌，大聲道：「只要我說的話是真的，現不現出面目又有何妨？」

江別鶴道：「各位請想，這廝所說若是真的，爲何不敢以真面目見人？」

小魚兒目光四轉，只見眾人的眼睛，果然都已盯在他臉上，每一雙眼睛裡，果然都已露出懷疑之色。

江別鶴悠悠接道：「這廝藏頭露尾，危言聳聽，居心實不可測……」

他一面說話，一面留意著眾人的表情，說到這裡，突然面對著花無缺，一字字沉聲道：「花公子以天下爲己任，難道不想知道他們的來歷？」

花無缺道：「他們？」

江別鶴道：「除了這廝之外，當然還有那『轎伕』，在下也正想瞧瞧，他是否真的如這廝所說乃是犬子玉郎。」

眾人在混亂之中，多已忘卻了那「轎伕」的事，此刻被他一提，方自想起，但放眼四望，不但那「轎伕」蹤影不見，就連別的轎伕和段家父子所坐的那兩頂轎子，都已不知在何時走了。

小魚兒不禁暗暗跺足，他雖然聰明絕頂，但經驗終還太少，照顧還是不周，竟造成了這致命的疏忽。

江別鶴也似勃然大怒喝道：「那『轎伕』怎地走了？是什麼時候走的？」

一直在作壁上觀的羅九，此刻突然道：「段老爺子身體不好，緊張過度，委實再也受不了這刺激，是以方才就要他們將轎子抬回去了。」

羅三接著笑道：「人太胖了，的確不能緊張，否則難免中風，我兄弟也有這毛病。」

江別鶴頓足道：「賢昆仲既然瞧見，就該將那『轎伕』留下才是，此事若不弄個清楚，在下也難免要擔嫌疑！」

小魚兒忍不住大罵道：「你這老狐狸，若論裝模作樣的功夫，你當真可算天下第一。」

江別鶴冷笑道：「有誰知道那『轎伕』不是和你一路，故意串通來陷害江某的？否則你又怎會如此輕易地放他一走了之。」

他居然倒打一耙，居然說得合情合理，眾人雖不見得就多信他的，至少已對小魚兒說的話不再相信。

小魚兒又氣又急，他如今才知道這江別鶴果然不是可以輕易對付的人物，輕描淡寫幾句話，就扭轉了逆勢。江別鶴連一根手指都沒有動，便已將小魚兒逼入了死地！

這大廳前後共有十四扇窗戶，三道門，每扇窗戶高七尺餘，寬三尺開外，無論多麼魁偉的人都可輕輕易易地鑽出去，出路可謂四通八達。

這大廳雖然寬闊，但每扇窗子距離小魚兒站著的地方，最遠也不過兩、三丈，以小魚兒此刻的武功，輕輕縱身便可掠出。

但小魚兒卻不能走。只因花無缺的眼睛，此刻正盯在他身上。

江別鶴悠悠道：「那『轎伕』雖已溜走，但閣下卻只怕已是溜不走的了。閣下定然不肯以真面目示人，莫非是做了什麼見不得人的事？」

小魚兒眼珠直轉，卻想不出個主意。

花無缺突然道：「朋友若不願自己動手，在下說不得只好代勞了。」

小魚兒大罵道：「花無缺，我本以爲你是個聰明人，誰知你竟然像活土狗似的被人利用，連我都替你覺得丟人。」

花無缺也不動怒，只是微笑道：「你若想激怒於我，這心機只怕是白費的了。」

江別鶴笑道：「花公子年紀雖輕，涵養功夫卻已爐火純青，要他動怒，除非……」

小魚兒大聲道：「要他動怒，除非將鐵心蘭搶過來是麼？」

花無缺面色果然微微一變，沉聲道：「此事與她無關，閣下最好莫要提起她的名字。」

小魚兒大笑道：「鐵心蘭可不是你的，你有什麼資格不許別人提起她的名字？」

也不知怎地，小魚兒突然覺得身子裡有一股熱血直衝上來，變得什麼也不怕了，一心想激怒花無缺，一心只想叫花無缺丟人現眼，他明知自己不是花無缺的敵手，卻一心想和花無缺拚一拚！那無論勝負生死，至少也可將那滿腔熱血發散發散！否則整個人只怕都要燒爲灰燼！

這因爲他實在是個非常非常聰明的人，不但很瞭解別人，也很瞭解自己，他知道自己實在不如花無缺，所以他只有忍耐。

若沒有別的壓力，若沒有導火線，他也許會一直這樣忍耐下去，直到他能勝過花無缺的那一天。

但此刻情況實在壓得他透不過氣，而「鐵心蘭」這三個字正是導火線，他拚命壓制住的熱血終於突然爆發！

他不但眸子發了光，甚至連瞳孔都異樣的張大了！

他狂笑著大聲接道：「花無缺，老實告訴你，鐵心蘭早已有了心上人！她的心早已屬於他，你無論如何也奪不去的，你就算能將她娶爲妻子，她的心還是在別人那裡！」

狂笑聲中，他身形突然沖天而起！

就在這剎那時，花無缺手掌已揮出，小魚兒身形躍起，若是遲了半步，他胸膛只怕便已被擊碎！

大廳的樑木，離地四丈開外，小魚兒這一躍，竟已攀著了樑木！

他手掌搭在樑上，身子有如秋枝上的枯葉般飄盪不定，由下面望上去，似乎隨時都會跌落下來！

但江別鶴卻已瞧出，這正是輕功中最高妙的身法，他身子看來搖搖欲墜，其實每一個動盪中都藏有殺手。

何況他一躍而起，居高臨下，雖未搶得機先，卻已佔了地利，此刻無論是誰，若是躍起進擊只怕都要遭到當頭棒喝！

花無缺卻非但沒有躍起進擊之意，甚至連瞧都沒有向上瞧一眼。他只是靜靜地站在那裡，目光竟望著自己的腳尖。

他竟似已處於老僧人入定般的絕對靜止狀態，對身外的一切事，都似已不聞不問，他竟似站在那裡睡著了。

但小魚兒卻知道他此刻心靈正是一片空靈，看似對一切都不聞不見，其實任何人的一舉一動已都逃不過他的心眼！

小魚兒在這有利的地位中，他也許還不會出手，但小魚兒身形只要一展動，先機立失，只怕立刻便要遭他的殺手！

這兩人一上一下，一動一靜，竟這樣僵持著！

別人雖然瞧不出其中的奧妙，但卻已感覺這情況的緊張，嘈亂的大廳竟奇異地靜寂下來！

時候過去愈久，這緊張的氣氛愈是沉重。小魚兒仍在不停的飄盪著，但眾人已不再覺得他搖搖欲墜，只覺得這不定的飄盪，竟盪得自己頭暈目眩，神情不定。

他們縱然不敢再向上望，但大廳中的燭火卻似已隨著小魚兒的飄盪而飄盪，到後來竟連整個大廳都似乎也飄盪起來。

只有江別鶴，他凝目瞧著花無缺，神色仍是那麼安詳。

花無缺筆直凝立著的身形，就像是驚濤駭浪中的砥柱，不但自己屹立如山，也給了別人一份安定的感覺。

別人只覺他屹立不動的身形，竟有一股殺氣發散出來，凌凌然逼人眉睫，逼得人連氣都透不過來！

這一動一靜，正成了強烈的對比。他兩人身形相隔雖有四丈，但其間卻已不能容一物！

但動的自然終究不能如靜的持久。

江別鶴自然知道這點，嘴角不覺已泛起了笑容！

突然，一隻燕子自窗外飛了起來。

這是隻迷失了方向的孤燕，盲目地衝入了有光和亮的地方，爲的只怕是來尋求一分溫暖。

牠竟飛入了小魚兒與花無缺相持著的身形之中！

眾人也不見小魚兒與花無缺有任何動作，但這燕子卻不知怎地，竟飛不過這無形的殺氣。

這燕子竟直墜下來！落下的燕影，掠過了花無缺的臉！就在這時小魚兒身形突然飛撲而下。

他整個人都似已變成了一個陀螺，在空中不停的旋轉，旋轉著直落而下，遠遠望去，他四面八方看來竟都似有手腳飛舞。

眾人只瞧得眼花繚亂，竟疑有千手千臂的無相天魔，自天飛降！

花無缺卻仍未抬頭去瞧一眼。小魚兒凌空一聲暴喝，旋轉著攻出八腿十六掌！

他招式之快，已非力能所及，看來他一個人身上，竟似有八條腿十六隻手掌一齊攻了出來！一齊攻向花無缺！

這一輪急攻雖是虛多實少，但虛實互變，虛招亦是實招，只要被他一招擊中那是萬無生理。

花無缺突然抬起頭來。

飄搖的燈光下，只見他目光閃爍如星，面上似笑非笑，右掌揮出，輕輕一引一撥，看來既非攻招，亦非守勢！

只聽「劈拼，噗通」一連串聲響，小魚兒左掌竟打在自己右掌上，右掌打著了自己左掌，左掌之力未竭，又打著自己右掌，右掌之力也未竭，又打著自己左掌，下面也是左腿踢右掌，右腿踢左掌。

他一心制勝的攻勢，竟全都打在自己身上，他身子被打得直轉，斜斜飄開數尺，「噗」的跌了下去！

江別鶴瞧得眉飛色舞，大聲笑道：「好！好一招『移花接玉』！」

只見小魚兒雙掌俱已紅腫，胸膛不住喘息，竟已爬不起來。

花無缺瞧著他，微微笑道：「你武功之高，倒也可算是當今武林的一流高手，內力之強，更出乎我意料之外，只可惜你內力愈強，此刻受傷也愈重！」

他一面說話，一面向小魚兒緩緩走了過去！

突然，滿廳急風驟響，燈火突然滅絕，還有十數道強勁的暗器風聲，直打江別鶴與花無缺！

但這樣的暗器，還是傷不了江別鶴與花無缺！這兩人輕輕一躍，便自閃過。

這時聽堂中已亂成一團，混亂中，只聽那羅九大喝道：「請大家站在原地，莫要亂動！」

羅三喝道：「莫要被那廝乘亂逃走了！」

這些話本是江別鶴要說的，江別鶴聽了，不禁暗中點點頭，「這羅氏兄弟果然是好角色！」

又聽得羅九喝道：「我去外面防他逃走，你快點火！」

接著，火光一閃，他已亮起了火摺子，再瞧方才在地上爬不起的那「幽靈」，果然已不見了！

江別鶴面色一變，掠到窗前，窗外夜色沉沉，不見人影。

羅三跺足道：「這廝跑得好快，咱們快追吧！」

花無缺緩緩道：「此間出路如此之多，要追只怕也無從追起！」

江別鶴皺眉道：「難道就讓他這樣逃了？」

花無缺道：「以他方才出手之力，被我移力擊傷了他自己的手足，他本是無法逃的！」

江別鶴恨恨道：「這自然是那將燈光擊滅的人，出手救了他。」

羅三道：「家兄只怕已去追趕，卻不知追不追得著！」

花無缺緩緩道：「令兄只怕是追不著的。」

羅三道：「哦！」

花無缺道：「那暗中出手的人，既能在我等面前將人救走，自然有出類拔萃的身手，我等既被他以暗器阻延了片刻，只怕是再也追不著他的了！」

羅三苦笑了笑，嘆道：「不錯，那人既能在花公子面前將人救走，家兄自然是追不著他的！」

燈光一滅，小魚兒就知道是救星到了，他正想掙扎著爬起，已有一人抱起了他，穿窗而出！這人的輕功竟是江湖中的頂尖身手，輕輕幾掠，已在十餘丈外。

涼風撲面，小魚兒的手腳仍在隱隱發疼，他想起了花無缺那驚人的神秘武功，心裡更不禁暗暗吃驚。

方才那一瞬間，委實是生死一髮，驚險絕倫，若不是這人出手相救，小魚兒是萬萬逃不了的。但這人卻是誰呢？

小魚兒忍不住道：「承蒙閣下出手相救，多謝多謝。」

那人腳下不停，口中道：「嗯！」他將小魚兒挾在脅下，小魚兒也瞧不見他的面目。

過了半晌，小魚兒又道：「你可知道，我並不是什麼好人，你為何要救我？」

那人笑道：「你也不壞。」

小魚兒道：「但我卻不認得你，你是誰呢？」

那人道：「你猜。」

小魚兒道：「聽你語聲，你年紀並不太大。」

那人笑道：「卻也不小了。」

小魚兒道：「你自然不會是神錫道長。」

那人道：「哦。」

小魚兒道：「你若是神錫道長，就不會叫我猜了，出家人絕不會像你這樣鬼鬼祟祟。」

人家救了他，他居然還要罵人，只因他一心想逼這人多說幾句話，好聽出他的語聲是誰。

哪知這人只是笑了笑，道：「你說得不錯。」

小魚兒還是聽不出他聲音，眼珠子一轉，道：「你莫非是軒轅三光？」

那人笑道：「我不認識那賭鬼。」

小魚兒忍不住大聲道：「你究竟是人是鬼？」

那人笑道：「你永遠猜不出我是誰的。」

小魚兒道：「你莫以為我的手腳真不能動手，你若再不說，我就點了你的穴道，綁住你，看你究竟是誰。」

一面說話，他的手果然已按住了那人的腰眼。

那人道：「你莫忘了，我可是你的救命恩人。」

小魚兒道：「我可不領你的情！有些人出手救人，也是沒有存好心的。你從別人手中救了我，說不定是爲了要利用我，也說不定是爲了要把我害得更慘。」

那人大笑道：「你這人果然難以對付，我閱人無數，倒真未見過像你這麼難對付的人……」說話間已掠入了一扇窗子，將小魚兒放了下來。

這窗子竟似是通夜開著的，屋子裡居然還點著燈。燈光下，小魚兒終於瞧見了這人的臉。

這人竟是那神秘的羅九！

小魚兒吃驚得瞪大了眼睛，喃喃道：「是你……怎會是你？」

羅九笑道：「我就知道你是永遠猜不著的。」

小魚兒道：「但……但我方才明明聽見你在那大廳中說話？」

羅九笑道：「那是我兄弟羅三，他一人裝著兩個人說話的聲音，別人以爲我留在那裡還未走，自然想不到出手救你的人是我了。」

小魚兒大笑道：「果然是妙計，這連我都上了當，那些人想不上當更不可能了！」

羅九笑道：「要江別鶴那老狐狸上當，可真不是件容易事。」

小魚兒目光灼灼的瞧著他，道：「不錯，要江別鶴上當真不容易，但你卻能令江別鶴也上當。」

小魚兒眼珠子一轉，道：「那麼，我再問你，我和你一不沾親，二不帶故，你為何要救我？」

羅九道：「在下只是仰慕兄台的為人，不忍見兄台被逼，是以忍不住要冒險出手相救了。」

小魚兒冷笑道：「你只怕是看見我有兩下子，想利用利用我……」

羅九大笑道：「兄台如此說，未免錯怪好人了。」

小魚兒道：「人與人之間，本來大多就是互相利用，你想利用我，又豈知我不想利用你？你若有所求，只管說就是，我絕不怪你。」

羅九拊掌大笑道：「兄台倒當真是快人快語，在下好生佩服。」

他突然頓住笑聲，逼視著小魚兒，沉聲道：「在下瞧兄台所做所為，無一不是想揭破江別鶴的假面目，而在下也的確早有此心，是以才……」

小魚兒道：「是以才找上了我，是麼？」

羅九大笑道：「兄台若能與在下聯手，江別鶴縱然奸猾如狐，此番只怕也要無所遁形了。」

他眼睛盯著小魚兒，小魚兒眼睛也盯著他，緩緩道：「你明明幫著鐵無雙和趙香靈，卻又在暗中和江別鶴勾結，你明明和江別鶴勾勾搭搭，卻又要在暗中結識我，這究竟是爲了什麼？好，我也不管你究竟存何居心，只要你是真心想揭破江別鶴的假面目，我就和你聯盟結手，在這件事上我總支持你到底！」

五十　意料之外

這間屋子乃是間小小的閣樓，但佈置得卻極爲精雅。厚厚的地氈，織著琥珀的花紋，人走在上面，絕不會發出絲毫聲音。

小魚兒這時才有空四下打量，只見桌上擺著些奇異而貴重的珍玩，壁上也掛著些精巧的飾品。有的是黃金鑄成的小刀小劍，有的是白玉塑成的小人小馬，還有些醜惡的怪獸妖魔、美麗的仙子神祇。

羅九笑道：「兄台看這屋子如何？」

小魚兒道：「這究竟是誰的屋子，你就隨意闖了進來。」

羅九笑道：「這就是蝸居。」

小兒駭了一跳，道：「這就是你的家？你不怕江別鶴找來？」

羅九笑道：「兄台大可放心，小弟這居處，是誰也不知道的。」

小魚兒笑道：「你倒真是深謀遠慮，居然在這裡也佈置了一個這樣的地方……」

羅九道：「此處雖乃我兄弟所有，但卻非我兄弟佈置的。」

小魚兒道：「哦！」

羅九神秘的一笑，道：「佈置此地的人，兄台見了，必定極感興趣。」

小魚兒道：「爲什麼？」

羅九笑道：「只因她乃是絕世的美人。」

小魚兒大笑道：「美人……我見了美人就頭疼得要命。」

羅九笑道：「兄台雖然無視於美色，但是她……她卻和別人不同，她不但美，而且還帶著一種說不出的神秘之感，想來必定會合兄台的脾胃。」

小魚兒笑道：「聽你說得這麼妙，我倒也想瞧瞧了。」

羅九拉了拉繫鈴的繩索，笑道：「兄台立刻就可以瞧見了。」

小魚兒道：「能佈置出這種地方的人，想來必定有些和別人不同之處……」心念一轉，突然改變話題，道：「江別鶴他可是還住在那破屋子裡麼？」

羅九笑道：「雖然還是那地方，但屋子卻已不破了。」

小魚兒道：「他不是不願別人爲他修建的麼？如今爲何又改變了主意？」

羅九道：「但這次是花無缺爲他修建的，而且花無缺自己也住在那裡。」

小魚兒嘆道：「不想花無缺居然被這種人纏上了，我倒真有些爲他可惜。」

羅九陪笑道：「江別鶴外表作得那麼仁義，不知他真面目的人，誰不願和他結交爲友？花無缺武功雖然不錯，但究竟少年無知……」

小魚兒冷笑道：「花無缺聰明內蘊，深藏不露，你若以為他少年無知，那你就是無知了。」

羅九目光閃動，道：「兄台莫非與花無缺相知頗深？」

小魚兒微微笑道：「你知不知道這句話？對一個人瞭解最深的，常常是他最大的仇人！」

他突然感覺到身後有一種異樣的感覺，霍然回頭——一個人幽靈般站在他身後，燈光，正照著她的臉。

這果然是張絕美的臉。她柳眉輕顰，大大的眼睛裡，像是瀰漫著煙霧。她眼睛瞧著小魚兒，卻像是沒有瞧著小魚兒，她雖然好生生站在那裡，但看來卻像是在做夢，她赫然竟是慕容九。

小魚兒一眼瞧過，也不禁瞧得呆了。

羅九卻像是沒有留意到他神情的改變，卻笑道：「這位夢姑娘，就是佈置此間的。」

小魚兒道：「夢姑娘？」

羅九道：「我瞧見她的時候，她就是這樣子，迷迷糊糊的一個人東逛西走，我問她願不願意跟我回來，她笑嘻嘻點了點頭，我問她叫什麼名字，她還是笑嘻嘻點了點頭……唉，她整天都像是在做夢似的，所以我就叫她夢姑娘。」

小魚兒自然知道她受的是什麼刺激，爲何會變得如此模樣，但他卻只是輕輕嘆了口氣，道：「夢姑娘……這名字倒不錯。」

羅九瞧了他兩眼，忽然道：「兄台莫非認得她？」

小魚兒道：「你瞧她可認得我麼？」

慕容九眼中一片迷霧，像是什麼人都不認得。

羅九笑道：「兄台自然不會認得她的，只是……兄台你瞧她怎樣？」

小魚兒眼珠子一轉，道：「我說好又有什麼用？你難道捨得將她送給我？」

羅九笑道：「兄台既然已與在下結盟，在下所有之物，便是兄台所有之物。何況我兄弟又老又懶又胖，兄台總該知道這老、胖、懶三字，正是好色的最大剋星吧？」

小魚兒大笑道：「你既如此慷慨，我倒也不便客氣了。」

突聽笑聲起自窗外，一人穿窗而入，正是羅三。

羅九道：「你怎地回來了？那江別鶴可曾懷疑到我？」

羅三笑道：「他自然做夢也不會懷疑到你我身上，此刻鐵無雙已死，趙香靈更駭得千依百順唯命是從，他嘴裡不說，心裡早已高興得不知該如何是好了。」

小魚兒突然道：「死了的那人並不是唯一的人證。」

羅九、羅三對望了一眼，同時道：「還有誰？」

小魚兒道：「你莫忘了，還有他兒子江玉郎。」

羅九道：「但江玉郎又怎會揭穿他老子的陰謀？」

小魚兒懶懶的一笑，道：「我也許會有法子的。」

他長長打了個哈欠，整個人從椅子上溜了下來，倒在那又軟又厚的地氈上，喃喃地道：「溫暖的太陽，遼闊的大草原……這地氈真像是那草原上的長草，又輕、又軟、又暖和，人若能在上面舒舒服服的睡上個三天三夜，只怕就應該是非常滿足的了。」

羅九笑道：「兄台只管睡吧，在這裡，絕不會有什麼人來打擾的。」

一個人若無論在什麼情況下都睡得著，這人真是非常有福氣——小魚兒無疑是有福氣的。

他也不知睡了多久，醒來的時候，燭火已滅，像是白天，但厚厚的窗帘掩住日色，屋裡的光線朦朧。朦朧中，有一雙亮晶晶的眼睛正在凝注著他。

小魚兒躺在那裡，動也沒有動。

他瞧見慕容九就坐在他身旁的地氈上，像是剛剛坐下來，又像是自昨夜起就一直坐在那裡。

小魚兒也睜開了眼睛瞧著她，竟不覺瞧得癡了，他沒有說話，自然更沒有期望她說話。

哪知慕容九竟突然道：「我好像在什麼地方瞧過你，我好像認得你。」

小魚兒的心一跳，道：「你認得我？」

慕容九道：「嗯。」

小魚兒道：「你可記得在什麼地方瞧見過我？」

慕容九嘆道：「我已記不清了……我只是有這種感覺。」

小魚兒笑了，轉著眼珠子，道：「你可記得你自己麼？」

慕容九突然雙手捧住頭道：「我也不記得，我不能想，我一想就頭痛。」

小魚兒道：「那你就不要想吧，你最好不要想，想起來反而不好。」

慕容九道：「你……你莫非知道我以前是誰？」

小魚兒道：「我也記不清了，我只知道，你現在這樣子，比以前可愛得多。」

還是夏天，小室中熱得令人懶洋洋的提不起精神，雖然沒有風，空氣中卻有一陣陣淡香傳來。

小魚兒一覺睡醒，全身都充滿了過剩的精力，他瞧著那圓潤的、瑩白的足踝，竟不覺連想起那日在冰室中她赤裸的胴體……在這燠熱的夏日黃昏裡，他突然興起了一種邪惡的感覺。

他突然笑道：「但你無論如何，還是想知道自己以前是什麼樣子，是麼？」

慕容九道：「我假如能想起以前的事，就算立刻死了都願意。」

小魚兒道：「好，你先脫光，我替你想法子。」

慕容九眼睛睜得更大，顫聲道：「脫……脫光衣服？」

小魚兒道：「你一定是遇著了什麼可怕的事，才變得這樣子，只因那件事的恐怖，現在還像惡魔似的盤踞在你身體裡。」

慕容九輕輕點著頭道：「嗯。」

小魚兒道：「所以，你要想起以前的事，就得先將身體裡的惡魔趕走。你要趕走這惡魔，就得先解除一切縛束。」

慕容九像是聽得癡了，不斷的點著頭。

小魚兒笑嘻嘻道：「衣服就是人最大的束縛，你先脫光衣服，我才可以幫你把惡魔趕走，這道理簡單得很，你總該聽得懂，是麼？」

慕容九道：「但……但……」

小魚兒的手已摸著她的足踝，笑道：「你聽我的話，絕不會錯的……」

他話未說完，慕容九突然跳了起來，手裡已多了柄精光閃閃的匕首，直逼著小魚兒的咽喉。

小魚兒失聲道：「你這是幹什麼？我不是在幫你的忙麼？」

慕容九緩緩道：「有人告訴我，無論誰想碰我的身子，我就該拿這把刀對付他。」

小魚兒眼珠子一轉，喃喃苦笑道：「難怪羅家兩兄弟不敢碰你——難怪他們要將你送給我。」

慕容九道：「你說什麼？」

小魚兒道：「你可認識他們麼？」

慕容九道：「我好像不認識。」

小魚兒道：「但你卻認識我，你爲什麼不相信我而相信他們呢？」

慕容九低著頭想了想，匕首已跌落地氈上。

小魚兒一把將她拉了下來，壓在她身上，慕容九完全沒有反抗，小魚兒的手已拉開了她的衣襟，嘴裡自言自語，喃喃道：「假如一個人差點殺死了你，你無論對她怎樣，也不能算說不過去吧。」

他的嘴在說話，手也在動。

突聽一人冷冷道：「不可以！」

小魚兒一驚，那厚厚的窗帘後，已飛出了一條銀絲，毒蛇般纏住了他的手。以小魚兒此刻的武功，竟沒有閃開，竟沒有掙脫。

接著，一條瘦小的人影，鬼魅般自窗帘裡飛了出來，直撲小魚兒。小魚兒一個觔斗翻了出去，反手去扯那銀絲。

那又細又長的銀絲，雖被他扯得筆直，他竟扯不斷。

他自然也瞧清了那瘦小的人影，全身都被一件黑得發光的衣服緊緊裹住，一張臉也蒙著漆黑的面具，只留下一雙黑多白少的眸子。這雙眸子不停的眨動，看來好像鬼魅窺人，也說不出有多麼詭秘可怖。

小魚兒失聲道：「你是黑蜘蛛！」

黑蜘蛛身形已展，硬生生又自頓住，冷冷道：「你是誰？竟認得我！」

小魚兒笑道：「黑老弟，你難道不認得我了？」

黑蜘蛛眼睛一亮，道：「呀，是你！你竟會變成這模樣？」

小魚兒笑嘻嘻道：「你不願意以真面目示人，我難道就不能改改面貌麼？」

黑蜘蛛目光灼灼，道：「一個人在做如此卑鄙的事的時候，被我撞見，居然還能笑嘻嘻的對我說話……像這樣的人，除了你之外，天下只怕沒有第二個。」

小魚兒笑道：「這又怎能算卑鄙的事……只要是年輕力壯的男人，誰都可能做出這樣的事來。」

黑蜘蛛瞪著眼瞧著他，似乎在奇怪，一個人做出這樣的事後，怎麼還能如此理直氣壯，竟像是真的絲毫沒有惡意。

小魚兒接著笑道：「何況，這種事本來就沒什麼的，只有一個存心齷齪的人，才會將它瞧得變了樣。像我這樣的人，做了它固然不會覺得難受，不做它也不會覺得難受的。」

黑蜘蛛突然笑了，道：「像這種胡說八道的話，自你嘴裡說出來，竟一點不令人覺得可惡，這是什麼道理呢？」

小魚兒道：「這因爲我根本不是個可惡的人呀。」

突聽門外一陣腳步聲傳來。黑蜘蛛身形一閃，又到了窗帘後，銀絲也跟著飛了回去。

小魚兒就站在那裡，嘴裡卻發出沉沉的鼻息。那人似乎在門外聽了半晌，然後，腳步聲又退了回去。

但拉開窗帘，黑蜘蛛卻已不見了。

窗外日色將落未落，猶未黃昏，小魚兒喃喃道：「白天，還是白天，這黑蜘蛛在大白天裡就能飛簷走壁，來去自如，難怪江湖中人都將他當做怪物。」

慕容九癡癡的站在那裡，輕輕道：「你也覺得他奇怪？」

小魚兒轉過頭，盯著她，道：「給你那把刀的，就是他？他難道不怕被人發覺？」

慕容九咬著嘴唇，像是想了許久，才慢慢道：「他們雖然也懷疑有人常在附近，但想盡方法還是瞧不見他的人影，他來的時候，總是只有我單獨一個人。」

小魚兒皺了皺眉頭，道：「他常來看你，他常在附近……莫非他也對這羅家兄弟起了懷疑？這兄弟倆能令這種人花如此多功夫在他們身上，究竟是什麼樣的身份？」

他低著頭兜了兩個圈子，猛抬頭，便瞧見慕容九竟已脫光了衣服，赤裸裸的站在那裡。

朦朧中，她青春的胴體，就像緞子似的發著光，她修長而堅實的雙腿，緊緊併攏著，她柔軟的胸膛，俏然挺立……穿著衣服的慕容九，看來雖是那麼纖弱，但除卻衣服，她全身每一寸都似乎含蘊著懾人的成熟魅力。

這是小魚兒第二次瞧見她赤裸的胴體，第一次是在那充滿了詭秘意味的冰室中，而此刻……

小室中香氣迷濛，光影朦朧，空氣中似乎有一種逼人發狂的熱力，小魚兒額上不覺迸出了汗珠，喉嚨也乾燥起來，嗄聲道：「你這是幹什麼？」

慕容九癡癡的瞧著他，一步步走了過來，道：「我要你幫我趕去身子裡的惡魔……」

小魚兒大聲道：「你身子裡並沒有什麼魔，我那是騙你的。」

慕容九道：「我知道有的，『它』現在已經在我身子動了，我已可感覺得出。」

她癡癡的笑著，雪白的牙齒就像野獸般在發著光，她蒼白的面頰已嫣紅，她眼睛裡也發出了異樣的光。

小魚兒竟不覺後退了半步，大叫道：「胡說，快穿起衣服來，否則……」

慕容九道：「我不穿衣服，我要你幫我……」

她突然撲到小魚兒身上，兩手兩腿，就像是八爪魚似的緊緊纏住了小魚兒，於是兩個一齊倒在地上。

她冰冷的身子，突然變得火山般灼熱，嘴唇狠命壓著小魚兒的臉，胸膛喘息著，小魚兒手掌輕撫著她光滑的背脊。

他突然掀起慕容九的頭髮，將她壓在下面，然後抽過條氈子，將她裹粽子似的裹了起來，緊緊綁住。

慕容九眼睛裡滿是驚駭之色，嘶聲道：「你……你爲什麼這樣？」

小魚兒笑嘻嘻瞧了她一眼，又提起她脫下來的衣服瞧了瞧，將桌上一壺冷茶，慢慢的從她頭上淋下去，笑嘻嘻道：「記著，女孩子不可隨便脫衣服的，她至少也該等男孩子替她脫，下次你若再這樣，看我不打你的屁股！」

慕容九被冷茶淋得幾乎喘不過氣來，大聲道：「你這惡棍，放開我……」

小魚兒不再理她，將倒乾了的茶壺用她的衣服包住，輕輕放在她胸膛上，推開門，「咚，咚，咚」走下了閣樓。

小魚兒在樓下走了一遍，只瞧見兩個呆頭呆腦的傻丫頭，卻找不著那羅九和羅三兄弟兩個人。

小魚兒走進廚房，洗了個臉，又用昨天剩下來的材料，將自己的臉改成另一副樣子，才大搖大擺走出去。

這房子竟在鬧市之中，小魚兒在街頭的成衣鋪買了套新衣服換起來，又在旁邊的酒樓痛痛快快吃了一頓，抬頭仰望天色，笑道：「天快黑了，我活動的時候又快到了……」

他對自己方才做的那件事覺得很得意，此刻全身都痛快得很，充滿了活力，只覺不好好幹一場，未免太對不起自己。

這時天色已將入暮，小魚兒走到那藥鋪去逛了一圈，還買了個紫金錠，藥鋪裡果然沒有一個人認得他。於是小魚兒直奔郊外。

他本想先到段合肥家裡去的，但臨時又改變了主意，只因他瞧見有許多武林人物匆匆出城，想來是趕到天香塘去的。

要知「愛才如命」鐵無雙成名數十年，數十年來，蒙他提拔、受他好處的人也不知有多少。

小魚兒遠遠便瞧見「地靈莊」裡燈火輝煌，人影幢幢，偌大的庭院裡，幾乎已擠滿了各色各樣的人物。

莊門外，也停滿了各色各樣的車馬，小魚兒匆匆走過去，突又停步，馬群中有匹馬嘶聲分外響亮，竟像是「小仙女」的胭脂馬。

「小仙女」張菁莫非也來了？

小魚兒嘴角不禁泛起了微笑：「這兩年來，她怎樣了？是不是還像以前一樣，穿著火紅的衣服，騎著馬到處跑來跑去？到處用鞭子打人？」

他實在想瞧瞧這又刁蠻、又潑辣、又兇惡、又美麗的小女人，這兩年來，她至少總該長大了些，卻不知是否比以前懂事了些。

但院子裡的人實在太多，小魚兒東張西望，非但沒瞧見她的影子，簡直連一個穿紅衣服的姑娘都沒瞧見。

「她若來了，必定搶眼得很，我怎會瞧不見她？像她這種人在十萬個人裡也該被人一眼就瞧出來的。」

小魚兒暗中嘀咕，心裡竟不覺有些失望。

五一　局中有局

鐵無雙的棺木，就放在大廳中央，趙香靈哭喪著臉站在一旁，居然爲他披麻戴孝，活脫脫一副孝子的模樣。

弔喪的客人，卻都擠在院子裡，三五成群，交頭接耳，指指點點的也不知在談論些什麼。

突聽莊院外一陣騷動，人聲紛紛道：「江大俠竟也來了。」

「江大俠行事素來仁義，我早就已知道他會來的。」

院子裡的人立刻兩旁分開，讓出了條路，一個個打躬作揖，有幾個直恨不得跪下去磕頭。

七、八條藍衣大漢，已擁著江別鶴大步而入。

只見他雙眉深鎖，面色沉重，筆直走到鐵無雙靈前，恭恭敬敬叩了三個頭，沉聲道：「鐵老英雄，你生前江某雖然與你爲敵，但那也是爲了江湖道義，情非得已，你英靈非遙，也該知道江某的一番苦心，而今而後，但望你在天英靈能助江某一臂之力，爲武林維護正義，春秋四祀，江某也必定代表天下武林同道，到你靈前，祝你英魂安息。」

這番話當真說得大仁大義，擲地成聲，群豪聽了，更不禁眾人一聲，稱讚江別鶴的俠心。

小魚兒聽了卻不禁直犯噁心，冷笑暗道：「這才真的叫貓哭老鼠假慈悲……」一念尚未轉過，突聽一人大聲冷笑道：「這才真的叫貓哭老鼠假慈悲，殺了別人還來爲人流淚。」

語聲又高又亮，竟似是女人的聲音。

眾豪俱都不禁爲之動容，向語聲發出的方向瞧過去，只見說話的乃是個黑衣女子，頭戴著馬連坡大草帽，緊壓著眉目，雖在夏夜中，卻穿著長可及地的黑緞披風，這許多人瞪眼去瞧她，她也毫不在乎，也用那發亮的大眼睛去瞪別人。

她身旁還有個長身玉立的華衣少年，神情卻像是個大姑娘似的，別人瞧他一眼，他就臊得不敢抬頭。

小魚兒一眼便瞧出這兩人是誰了，心裡不覺又驚又喜！「她果然來了，她居然還是那六親不認的老脾氣，一點兒也沒變。」

這時人叢中已有好幾人擁了過去，指著那黑衣女子罵道：「你是何方來的女人，怎敢對江大俠如此無禮？」

那黑衣女子冷冷道：「我高興說什麼就說什麼，誰管得著我？」

虬髯大漢喝道：「江大俠寬宏大量，老子今天卻要替江大俠管教管教你！」喝聲中他已伸出一雙蒲扇般大小的巴掌抓了過去，黑衣女子冷笑著動也不動，她身旁那靦覥的少年卻突然伸臂一格！

這看來霸王般的大漢，竟被這少年輕輕一格震得飛了出去，群豪聳然失聲，又有幾人怒喝著要撲上去！

那少年雙拳一引，擺了個架式，竟如山停嶽峙，神充氣足，他不出手時看來像是個羞人答答的大姑娘，此刻乍一出手，竟隱然有一代宗匠的氣派，群豪中有識貨的，已不禁為之駭然動容。

那黑衣少女冷笑道：「你儘管替我打，出事來都有我！」

那少年看來倒真聽話，左腳前踏半步，右拳已閃電般直擊而出，當先一條大漢，又被震得飛了出去。

突聽一聲輕叱，一人道：「且慢！住手！」

叱聲未了，江別鶴已笑吟吟擋在這少年面前，江別鶴捻鬚笑道：「若是在下雙眼不盲，兄台想必就是『玉面神拳』顧人玉顧二公子。」

小魚兒暗道：「這江別鶴當真生了一雙好毒的眼睛。」

只見顧人玉還未說話，那黑衣女子已拉著他的手，冷笑道：「咱們犯不著跟他攀交情，咱們走！」

「走」字出口，兩條人影已飛掠而起，自人叢上直飛出去，黑緞的斗篷迎風飛舞，露出了裡面一身火紅的衣服。

群豪中已有人失聲道：「這莫非是小仙女？」

但這時兩人已掠出莊門，一聲呼哨，蹄聲驟響，一匹火紅的胭脂馬急馳而來，載著這兩人飛也似的走了。

江別鶴目送他兩人身影遠去，捻鬚嘆道：「名家之子弟，身手果然不同凡俗。」

突見一條泥腿漢子，手裡高挑著根竹竿，快步奔了進來。

竹竿上高掛著副白布輓聯，輓聯上龍飛鳳舞的寫著：

「你活著，我難受。

你死了，我傷心。」

這十二個字寫得墨跡淋漓，雄偉開闊，似是名家的手筆，但語句卻是奇怪之極，不通之極。

群豪又是驚奇，又是好笑，但瞧見輓上寫的上下款，臉色卻都變了，再無一人笑得出來。

只見那上款寫的是——「老丈人千古」。

下款赫然竟是「愚婿李大嘴敬輓」！

小魚兒一吃驚，仔細瞧瞧，這輓聯寫的竟真有些像李大嘴的筆跡，李大嘴莫非已真的出了「惡人谷」？他幾時出來的？他此刻在哪裡？

江別鶴迎面攔住了那泥腿漢子，沉聲道：「這輓聯是誰叫你送來的？」

那泥腿漢子眨著眼睛道：「黑夜中我也沒有瞧清他是什麼模樣，只覺他生得似乎甚是高大，相貌兇惡得很，有幾分像是廟裡的判官像。」

江別鶴道：「他除了叫你送這輓聯來，還說了什麼話？」

那泥腿漢子支支唔唔，終於道：「他還說，他老丈人雖要宰他，但別人宰了他老丈人他還是很氣憤，他叫那宰了他老丈人的人快洗乾淨身子。我忍不住問他爲什麼要人家將身子洗乾淨，他咧開大嘴一笑，回頭就走了。」

江別鶴面色一變，再不說話，大步走了出去。

那泥腿漢子卻還在大聲道：「你老爺子難道也不懂他說的什麼意思麼，你老爺子……」

這時群豪已又騷動，掩沒了他的語聲，紛紛道：「十大惡人已銷聲匿跡多年，此番這李大嘴一露臉，別的人說不定也跟著出來了。」

又有人道：「除了李大嘴外，還有個惡賭鬼，就算別的人不出來，就只這兩人已夠受的了，這該怎麼辦呢？」

驚嘆議論間，誰也沒有去留意那泥腿漢子，只有小魚兒卻跟定了他，只見他將那輓聯送上靈堂，一路東張西望，走了出去，小魚兒暗暗在後面綴著。兩人一先一後走了段路，那漢子突然回身笑道：「我身上剛得了三兩銀子，你跟著我莫非想打悶棍麼？」

小魚兒也笑嘻嘻道：「你究竟是什麼人？假冒李大嘴的名送這輓聯來，究竟安的是什麼心思？」

那漢子臉色一變，眼睛裡突然射出逼人的光，這眼光竟比江別鶴還沉，比惡賭鬼還凌厲。

但一瞬間他又闔起了眼簾，笑道：「人家給我三兩銀子，我就送輓聯，別的事我可不知道。」

小魚兒笑道：「我跟在你後面，你怎會知道？你明明有一身武功，還想瞞我。」

那漢子大笑道：「你說我有武功，我有武功早就做強盜去了，還會來幹窮要飯的？」

小魚兒大聲道：「你不承認，我也不要叫你承認！」

他一個箭步竄過去，伸手就打，哪知這漢子竟真的不會武功，小魚兒一拳擊出，他竟應聲而倒。

小魚兒還怕他在使詐，等了半晌，這漢子躺在地上動也不動，伸手一摸，這漢子四肢冰冷，心口沒氣，竟已活活被打死了。

小魚兒倒的確沒想到這人竟如此禁不起打，他無緣無故伸手打死了個人，心裡也不免難受得很，呆了半晌，長嘆道：「你莫怪我，我出手誤傷了，少不得要好生殮葬於你，雖然好死不如歹活，我總也要你死得風光些。」

他嘆息著將這漢子的屍身扛了起來，走回城去。走了還不到盞茶時分，突覺脖子上濕淋淋的還有臊味。

小魚兒一驚：「死人怎會撒尿？」

他又驚又怒，伸手去擦，「死屍」就掉了下去，他飛起一腳去踢，那「死屍」突然平白飛了起來，大笑道：「我今天請你喝尿，下次可要請你吃屎了。」

笑聲中一個觔斗，竟翻出數丈，再一晃就不見了。

這人輕功之高，竟不在江別鶴等人之下，等到小魚兒要去追時，風吹草木，哪裡還有他的影子？

小魚兒從小到大，幾時吃過這麼大的啞巴虧，當真差點兒活活被氣死，他連這人究竟是誰都不知道，這口氣自然更沒法出。

小魚兒氣得呆了半晌，又突然大笑道：「幸好他只是惡作劇，方才他若想殺我，我哪裡還能活到現在？我本該高興才是，還生什麼鳥氣！」

他大笑著往前走，竟像是一點也不生氣了，對無可奈何的事，他倒真是想得開——

街道上燈火輝煌，正是晚市最熱鬧的時候。

小魚兒又買了套衣服換上，正在東遊西逛的磨時間，突然一輛大車急馳而過，幾乎撞在他身子。小魚兒也不覺多瞧了兩眼。

只見這大車驟然停在一家門面很大的客棧前。過了半晌，幾個衣帽光鮮的家丁，從客棧裡走出來，拉開車門，垂手侍立在一旁，似乎連大氣都不敢喘。

又過了半晌，兩個人自客棧中款步而出，四面前呼後擁的跟著一群人，彎腰的彎腰，提燈的提燈。燈光下，只見左面人面色蒼白，身材瘦弱，看來像是弱不禁風，但氣度從容，叫人看了說不出的舒服，身上穿的雖然顏色樸素，線條簡單，但一巾一帶莫不配合得恰到好處，從頭到腳找不出絲毫瑕疵。

右面的一人，身材較高大，神采較飛揚，目光顧盼之間，咄咄逼人，竟有一種令人不可仰視之感。

這人的衣服穿得也較隨便，但一套隨隨便便的普通的衣服穿在他身上，竟也變得不普通不隨便了。

兩人一前一後走上了大車，既沒有擺姿勢，也沒有拿架子，但看來就彷彿和別人有些不同，彷彿生來就該被人前呼後擁，生來就該坐這樣的車子。

直到車子走了，小魚兒還站在那裡，喃喃道：「這兩人又不知是誰？竟有這樣的氣派……」要知道這樣的氣派，正是裝也裝不出，學也學不會的。

這安慶城中，此刻竟是俠蹤頻現，小魚兒在這一夜之中，所見的竟無一不是出類拔萃，不同凡俗的人物。

小魚兒嘆道：「只可惜我到現在爲止，還不知道這些人究竟是誰，也不知道他們是爲什麼來的，但無論如何，這皖北一帶，從此必定要熱鬧起來了。」

小魚兒逛了半天，不知不覺間又走回羅九那屋子。此刻夜市雖已歇，但距離夜行人活動的時候還是太早，小魚兒想了想，終於又走了進去。

在樓下坐了半天，小魚兒站起來剛想走，突然閣樓上一聲驚呼，接著，羅九、羅三奔了下樓。

羅九、羅三瞧見他又是一驚，後退兩步，盯著他瞧了幾眼，羅九終於展顏而笑，抱拳道：「兄台好精妙的易容術，看來只怕已可算得上海內第一了。」

小魚兒笑嘻嘻道：「兩位到哪裡去了？回來得倒真不早。」

羅九笑道：「今日有貴客降臨，江別鶴設宴爲他們接風，我兄弟也忝陪末座，所以竟不覺回來遲了。」

羅三道：「有勞兄台久候，恕罪恕罪。」

這兩兄弟對方才在樓上所見之事，竟是一字不提。

小魚兒自然也不提了，笑問道：「貴客？是誰？」

羅九道：「這兩人說來倒端的頗有名氣，兩人俱是『九秀莊』慕容家的姑爺，一位是『南宮世家』的傳人南宮柳，一位是江湖中的才子，也是兩廣武林的盟主秦劍。」

小魚兒眼睛亮了，道：「慕容家的姑爺！妙極妙極。」

羅三道：「確是妙極。」

小魚兒道：「能娶著慕容家姑娘的人，當真是人人艷羨，這些人本身條件也委實不差，就說那南宮柳，雖然體弱多病，但看來也令人不可輕視。」

羅九道：「聽兄台說話，莫非認得他們？」

小魚兒道：「我雖不認得他們，方才卻瞧見了他們……這兩人可是一個臉色蒼白，衣服考究，另一個得意洋洋，像是剛撿著三百兩銀子似的？」

羅九笑道：「不錯，正是這兩人。」

羅三道：「不但這兩人，聽說慕容家的另六位姑爺，這兩天也要一齊趕來，另外還有位準姑爺『玉面神拳』顧人玉……」

小魚兒眼睛又一亮，道：「顧人玉難道也是和他們一齊來的？」

小魚兒眼珠子轉了轉，又道：「這些人全趕到這裡來，你可知道是爲了什麼？」

羅三道：「據說，慕容家裡有一位姑娘失蹤了，而這位姑娘據說曾經和花無缺在一起，所以他們都趕到這裡來打聽消息。」

小魚兒拍手笑道：「這就對了，我早就猜到他們八成是爲這件事來的。」

羅三道：「兄台難道也認得那位姑娘？」

羅九眼睛盯著他，道：「兄台莫非知道那姑娘的下落？」

小魚兒連瞧都沒有向閣樓那方向瞧一眼，板著臉道：「我怎會知道？我難道還會將人家的大姑娘藏起來不成？」

羅九笑道：「小弟焉有此意，只是……」

小魚兒笑嘻嘻道：「說不定這只是她自己跟情人私奔了，也說不定是被人用藥迷住……」他又歪著頭想了想，突然大笑道：「這倒有趣得很，的確有趣得很。」

羅九打了個哈哈，往閣樓上瞧了一眼，笑嘻嘻道：「兄台這半日又到哪裡去了？」

小魚兒道：「這半天我倒真瞧見了許多有趣的事，也瞧見了許多有趣的人，其中最有趣的一個是……」

他雖然吃了個啞巴虧，但絲毫不覺丟人，反而將自己如何上當的事，原原本本說了出來，一面說，一面笑，竟像是在說笑話似的。

羅九、羅三聽了，雖也跟著在笑，但卻是皮笑肉不笑，兩人的臉色竟似都有些變了！

兩人悄悄使了個眼色，羅九道：「卻不知那人長得是何模樣？」

小魚兒道：「那人正是一副標標準準的地痞無賴相，你無論在任何一個城市的茶樓賭館、花街柳巷裡，都可以見到，但無論任何人都不會對這種人多瞧一眼的，這也就正是他厲害的地方，不引人注意的人，做起壞事來豈非特別容易？」

羅九、羅三兩人又交換了個眼色，羅九突然站起來，走進房裡。小魚兒只聽得房裡有開抽屜的聲音，接著，是一陣紙張的窸窣聲，然後，羅九又走了出來，手裡拿著捲已舊得發黃的紙。

這張紙非但已舊得變色發黃，而且殘破不全，但羅九卻似將之瞧得甚是珍貴，謹謹慎慎地捧了出來，小小心心地攤在小魚兒面前桌上，卻又用半個身子擋住在小魚兒眼前，像是怕被小魚兒瞧見。

小魚兒笑道：「這張破紙摔又摔不碎，跌又跌不破，更沒有別人會來搶，你怎地卻將它瞧得像個寶貝似的？」

羅九正色道：「這張紙雖然殘破，但在某些武林人士眼中，卻正是無價之寶。兄台若以爲沒有人會來搶，那就大大錯了。」

小魚兒嘻嘻笑道：「哦，如此說來，這張紙莫非又是什麼『藏寶圖』不成？若真的也是張『藏寶圖』，我可也瞧都不願瞧上一眼。」

羅三笑道：「要江湖中故意害人上當的『藏寶圖』，的確有不少，一萬張『藏寶圖』裡，真有寶藏的，只怕連一張也沒有，聽兄台如此說，莫非也是上過當來的？」

羅九道：「但此圖卻絕非如此……」

小魚兒道：「你將這張紙拿出來，本是讓我瞧的，爲何又擋住我的眼睛？」

羅九陪笑道：「我兄弟平日雖將此圖珍如拱璧，但兄台此刻已非外人，是以在下才肯將它拿出來，只是……但望兄台答應，瞧過之後，千萬要保守秘密。」

小魚兒也忍不住動了好奇之心，卻故意站起來走到一旁，笑道：「你若信不過我，我不瞧也罷。」

羅三大笑道：「我兄弟若信不過兄台，還能信得過誰……」

小魚兒道：「你先告訴我這張圖上畫的是什麼，我再考慮要不要瞧它。」

羅九沉聲道：「這張圖上，畫的乃是『十大惡人』的真容！」

小魚兒眼睛一亮，卻又故意笑道：「十大惡人我雖未見過，但聽這名字，想來只怕個個都是醜八怪，這又有什麼好瞧的，別人又爲何要搶它？」

羅九嘆道：「兄台有所不知，這『十大惡人』，個個都有一身神鬼莫測的本事，個個俱都作惡多端，江湖中曾經受他們所害的人，也不知有多少……」

羅三接道：「但這十人非但個個行蹤飄忽，而且個個都有喬裝改扮的本事。有些人雖然被他害得家破人亡無路可走，卻連他們的真面目都未瞧過，這又叫他們如何去尋仇報復，如何來出這口怨氣？」

小魚兒笑道：「我明白了，別人想搶這張圖去，只是爲了要瞧瞧他們長得究竟是何模樣，好去報仇出氣？」

羅三拊掌道：「正是如此。」

小魚兒道：「但他們跟我卻是無冤無仇，你又爲何要我來瞧……」

羅九神秘的一笑，道：「兄台真的和他們無冤無仇麼？」

小魚兒眼珠子一轉，道：「你莫非是說那裝死的無賴，也是『十大惡人』之一？」

羅九且不答話，閃開身子，指著那張圖上畫的一個人，緩緩道：「兄台不妨來瞧瞧，那無賴是不是他？」

發黃的紙上，工筆畫出了十個像，筆法細膩，栩栩如生。一人白衣如雪，面色蒼白，正是「血手」杜殺。

杜殺身旁，作仰天大笑狀的，自然就是「笑裡藏刀小彌陀」哈哈兒，再過去就是那滿面媚笑的「迷死人不賠命」蕭咪咪、手裡捧著個人頭，愁眉苦臉在嘆氣的「不吃人頭」李大嘴……

還有一人虛虛盪盪的站在一團霧裡，不問可知，便是那「半人半鬼」陰九幽，陰九幽身旁一個人卻有兩個頭，左面一個頭是小姑娘，右面一個頭是美男子，這自然就是「不男不女」屠嬌嬌。

這些人小魚兒瞧著不知有多少遍了，只見此圖畫得不但面貌酷似，而且連他們的神情也畫得唯妙唯肖。

小魚兒不禁暗中讚賞，又忖道：「這張圖卻不知是誰畫的？若非和他們十分熟悉的人，又怎能畫得如此傳神？」

接著，他就瞧到那衣衫落拓，神情卻極軒昂的「惡賭鬼」軒轅三光，再旁邊一人滿臉虬髯，滿臉殺氣，一雙眼睛更像是餓狼惡虎，正待擇人而噬，手裡提著柄大刀，刀頭上鮮血淋漓。

小魚兒故意問道：「此人長得好怕人的模樣，卻不知是誰？」

羅九道：「他便是『狂獅』鐵戰。」

羅三笑道：「此人模樣雖然兇惡，其實卻可說是『十大惡人』中最善良的一人，人家只要不去惹他，他也絕不去惹別人。」

小魚兒道：「但別人若是惹了他呢？」

羅三道：「誰惹了他，誰就當真是倒了三輩子的楣了，他若不將那人全家殺得雞犬不留，再也不肯放手的。」

小魚兒失笑道：「這樣的人還算善良，那麼我簡直是聖人了。」

他口中雖在答應著別人的話，心裡卻不覺想起了鐵心蘭，想起了那似嗔似笑的嘴角，似幽似怨的眼睛……

他心裡只覺一陣刺痛，趕緊大聲道：「這兩人又是誰？」

「這兩人」顯然是一雙攣生兄弟，兩人俱是瘦骨嶙峋，雙顴凸出，一人手裡拿著個算盤，一人手裡拿著本賬簿，穿著打扮，雖像是買賣做得極為發達的富商大賈，模樣神情，卻像是一雙剛從地獄逃出來的惡鬼。

羅九笑道：「這兄弟一胞雙生，焦不離孟，孟不離焦，『十大惡人』雖號稱『十大』，其實卻有十一個人，只因江湖中都將這兩人算成一個。」

羅三道：「這兄弟兩人複姓歐陽，外號一個叫做『拚命佔便宜』，一個叫『寧死不吃虧』，兄台聽這外號，就可知道他們是怎麼樣的人了。」

羅九道：「十大惡人聲名雖響，但大都俱是身無餘財，只有這兄弟兩人，卻是富可敵國的大財主，大富翁。」

羅三指著畫上另一人道：「但這人性格卻和他兄弟全然相反，這人平生最喜歡害人，一心只想別人上當，至於他自己是否佔著便宜，他卻全然不管。」

小魚兒笑道：「這樣的人倒也少見得很，他……」

突然失聲道：「呀！不錯，他果然就是那裝死的無賴！」

畫上別的人，有的坐著，有的站著，只有這人卻是蹲在畫紙最下面的角落裡，一隻手在挖腳丫，一隻手放在鼻子上嗅。

畫上別的人多多少少，總有些成名人物的氣概，只有這人猥猥瑣瑣，嘻皮笑臉，活脫脫是個小無賴。

羅九眼睛一亮道：「兄台可瞧清楚了？」

小魚兒大聲道：「一點也不錯，就是他！他的臉雖也改扮過，但這神氣，這笑容……那是萬萬不會錯的。」

羅三嘆道：「在下一聽兄台說起那無賴的行事，便已猜著是他了。」

羅九道：「此人姓白，自己取名爲白開心。」

羅三道：「江湖中又給他加了個外號，叫『損人不利己』白開心。」

小魚兒失笑道：「這倒的確是名符其實，冒名送輓聯，裝死騙人，這的確都是『損人不利己』的事，別人雖被他害了，他自己也得不著便宜。」

小魚兒突然又道：「你兄弟聽我一說，就想起他來，莫非和他熟得很？」

羅九摸了摸下巴，笑道：「我兄弟雖不才，卻也不至於和這種人爲伍。」

小魚兒笑嘻嘻瞧著他，道：「我看你兄弟非但和他熟得很，也和『十大惡人』熟得很。否則怎會對他們的行事如此清楚，這張圖又怎會在你手裡？」

羅九面色變了變，羅三已長笑道：「不瞞兄台說，『十大惡人』與我兄弟實有不共戴天之仇，我兄弟的父母，便是死在他們的手裡。」

小魚兒這倒頗覺意外，道：「哦……真有此事？」

羅九道：「我兄弟爲了復仇，是以不惜千方百計，尋來此圖，又不惜千方百計，將他們的性格行事，打聽得清清楚楚。」

小魚兒道：「既是如此，你爲何不將此圖讓大家都瞧瞧，好教別人也去尋他們的霉氣，你爲何反而替他們保守秘密？」

羅九恨聲道：「我兄弟爲了復仇，已不知花了多少心血，我兄弟每日俱在幻想著手刃仇人時的快活，又怎肯讓他們死在別人的手裡！」

小魚兒想了想，點頭道：「不錯，這也有道理……很有道理。」

羅九仔仔細細，將那張紙又捲了起來，道：「是以兄台下次若再遇著那白開心時，千萬要替我兄弟留著。」

羅三接道：「兄台若能打聽出他的下落，我兄弟更是感激不盡。」

小魚兒目光閃動，笑道：「好，白開心是你的，但江玉郎卻是我的，你兄弟也得爲我留著才是，最好莫要叫別人碰著他一根手指。」

羅九大笑道：「那是自然。」

小魚兒道：「老子請客，兒子自然作陪，你今日想必是見過他的了」

羅九道：「奇怪就在這裡，江別鶴請客，江玉郎並不在席上。」

小魚兒哈哈笑道：「這小賊難道連露面都不敢露面了麼？否則遇著南宮柳這樣的人物，他爹爹還會不趕緊叫他去結納結納。」

羅九立刻陪著笑道：「那小賊只怕已被兄台嚇破了膽。」

小魚兒往閣樓上瞟了一眼，笑道：「瞧見一個被自己打死的人，又在自己面前復活了，無論是誰，只怕都要被嚇得神智不清，見不得人了。」

他這句話中自然另有得意，只是羅九兄弟卻再也不會想到這會和閣樓上的女孩子有關，更不會想到「神智不清」的女孩子就是慕容九。

兩人只是見到小魚兒眼睛往閣樓上瞟，於是兩人齊地站了起來，打了個哈哈，笑道：「時候不早，兄台只怕要安歇了。」

小魚兒大笑道：「不錯，正是要安歇了。」

他站起身子，大笑著往外走了出去。

五二　裝傻裝瘋

羅九兄弟怔了怔，指了指那閣樓，道：「兄台今夜難道不睡在上面？」

小魚兒走出了門，回頭笑道：「那上面有蜘蛛，我睡不著，還是明天再來吧……若有江玉郎的消息，兩位千萬莫忘了爲我打聽打聽。」

羅九眼瞧著他揚長而去，喃喃道：「蜘蛛？蜘蛛……你瞧這小子是否有些毛病？」

羅三道：「他有個見鬼的毛病，他這不過是在裝瘋扮傻，你我可莫要陰溝裡翻船，利用他不成，反被他利用了。」

羅九格格笑道：「這小子雖是一肚子壞水，但比起咱們來又如何？」

羅三大笑道：「天下的壞人雖多，又有誰比得上咱們？」

這時夜已很深，羅九兄弟的居處本就極偏僻，此刻已無人跡。小魚兒在街道轉了兩個圈子。

只見這附近一帶，大都是平房，除了那小閣樓外，只有東面五、六丈外有座樓房，

高出屋脊。

小魚兒踱了過去，繞著牆角，又兜了個圈子，等到這樓房燈火全都熄滅，他輕輕一躍而上，在屋脊背後的黑暗處伏了下來。

天上月明星稀，地上人聲靜寂，遠遠望去，那小閣樓窗戶半開，燈火朦朧。慕容九正托著香腮坐在燈畔，幽幽的出神。

突然間，只聽衣袂帶風之聲輕響，一條黑衣人影，鬼魅般掠上屋脊，也伏到屋脊上，向閣樓那邊遙望。

小魚兒暗笑道：「果然不出我所料，果然來了！」

慕容九在那邊想得出了神，這人影在這裡也瞧得出了神，竟全未發覺還有人在旁邊瞧著他。

只見他一雙黑多白少的眸子在夜色中閃閃發光，但全身上下除了這雙眼睛外，別的地方都在黑暗中。

這人竟是黑蜘蛛。

他平日那般靈動的目光，此刻竟似蒙著一層迷惘，一片惆悵。他就這樣癡癡的瞧著，靜靜的伏在星光下，也不管露水濕透他衣裳。

小魚兒突然「噗哧」一笑，道：「如此星辰如此夜，為誰風露立中宵？」

話聲未了，黑蜘蛛已到了他面前，輕叱道：「誰？」

小魚兒笑道：「除了我還有誰？」

黑蜘蛛目光閃電般一轉，終於鬆懈下來，道：「又是你！」

小魚兒笑道：「兩地相隔，不過五丈，閣下爲何不一掠而去？」

黑蜘蛛道：「我……我豈是爲了她來的！」

他面目雖不能見，但語聲已頗不自然。

小魚兒卻不說破，反而笑道：「你不是爲了她，是爲誰？」

黑蜘蛛道：「自然是那姓羅的兄弟兩人。」

小魚兒笑道：「哦，是麼？」

黑蜘蛛道：「這兄弟兩人身世詭秘，行動異常，我暗中綴著他兩人，已有兩、三個月了，爲的就是要揭破他們的秘密。」

小魚兒道：「這羅九兄弟的事，値得你來管麼？」

黑蜘蛛冷笑道：「江湖之中，無論是黑白兩道，無論善人惡人，都是這兄弟兩人要害的對象，這兩人竟似要挑撥得天下武林中人全都自相殘殺，好讓他們坐收漁利。到目前爲止，已不知有多少人死在他們手上。」

小魚兒道：「哦！」

黑蜘蛛道：「你可知道兩個月前渤海幫與黃海幫的火併？一個月前嶗山幫與快刀門的惡鬥？這兩場流血殘殺，就全都是他兄弟兩人挑撥出來的。」

小魚兒道：「既是如此，你爲何還不出手？」

黑蜘蛛道：「一來是我拿不著他們的證據，二來他們所害的那些人，也全不是好東西，三來我一心想揭破他們的底細再出手！」

小魚兒道：「你猜他們會是誰呢？」

黑蜘蛛道：「我本來疑心他們乃是『十大惡人』中之一，後來……我調查之後，才知道『十大惡人』中，並沒有這兩個人。」

小魚兒笑了笑，道：「也許沒有……但……如此說來你並非爲著那位姑娘了？」

黑蜘蛛默然半晌，道：「也並非完全沒有關係。」

小魚兒道：「你可知道她是誰？」

黑蜘蛛嘆道：「我只知道她是個可憐的女孩子，不幸落入了惡徒的手裡。」

小魚兒道：「所以你要保護她？」

黑蜘蛛道：「天下的可憐人，我都要保護的。」

小魚兒道：「既是如此，你爲何不將她救出來帶走？」

黑蜘蛛發亮的眼睛突然黯了下來，口中卻大笑道：「你可知道我過得是怎麼樣的生活？……我終年流浪，居無定所，吃了上一頓，還不知下一頓在哪裡，今天晚上活過了，也不知道明天是否能活下去，我活著沒有家，死也不知要死在哪裡！」

小魚兒道：「以你的本事，你本可活得舒舒服服的，是麼？」

黑蜘蛛道：「但我既已選擇了這種生活，就只有過下去，到現在是想改也無法改了……就算我自己不想再過這種日子，別人也不許……」

他握緊拳頭，嘶聲道：「像這樣的生活，她是萬萬不能過的！」

小魚兒淡淡一笑，道：「只要你喜歡她，她也喜歡你，就算過再苦的日子，也是開心的。」

黑蜘蛛目中射出了淒厲的光，慘笑道：「誰說我喜歡她！像我這樣的人，不配喜歡任何人！也不能……」

小魚兒嘆道：「我本來以爲你連血都是冷的，但現在……現在我才知道你其實是個多情的人！」

黑蜘蛛霍然站了起來，叱道：「你小小年紀，懂得什麼，不准再說了。」

小魚兒笑道：「別人說出了心事，也不必這麼兇呀！」

黑蜘蛛瞧了他半晌，突然大笑起來，拉起他的手，道：「我近來又結交了個朋友，今天他買了兩壺的酒，燒了一鍋好肉，我請你也去吃他一頓如何？」

小魚兒笑道：「好，能做你朋友的人，想必也有趣得很。」

兩人急掠了一陣，小魚兒始終跟在黑蜘蛛身後。

黑蜘蛛回首笑道：「近來你功夫倒精進得很。」

小魚兒笑道：「好說好說。」

黑蜘蛛道：「我交的另一個朋友，也是文武全才，樣樣精通，你瞧見他必定也是歡喜的。」

小魚兒道：「哦！他叫什麼名字？」

黑蜘蛛笑道：「有才能的人，也並非一定全都有名！他姓古名叫月言，雖是無名之輩，但卻比那些成名人物強勝何止萬倍。」

說話之間，已掠出城，只見前面一片樹林，隱隱有火光閃動，走到近前，便可瞧見個荒廢的祠堂。

火光，便是自荒祠中露出來的。

到了這裡，已可嗅著一陣陣撲鼻的肉香。

小魚兒笑道：「看來你那朋友非但文武全才，而且還是個好廚子。」

黑蜘蛛道：「江湖中的浪子，除了偶爾大吃一頓之外，還有什麼別的享受？」

兩人一掠入林，只見荒祠中旺旺的生著堆火，火上吊著個大鐵鍋，鍋裡肉香正濃，鍋旁碗筷已備，碗裡也倒滿了酒，但卻瞧不見人。

黑蜘蛛四下瞧了瞧，高聲喚道：「古老弟……古老弟，我又為你帶來個朋友，快來見見。」

小魚兒暗笑道：「看來你這好做人大哥的脾氣，還是改不了。」

只聽黑蜘蛛喚了一陣，四下卻無回應，他又出去找了一圈，也找不著人，索性坐了下來，笑道：「我這古老弟屁股是尖的，永遠坐不住，此刻也不知野到何處去了，咱們也不必客氣，先吃了再說吧。」

小魚兒早已舉起筷子，笑道：「正合我意。」

但他只吃了一塊肉，就放下筷子，嘴也不動了，竟似還未將那塊肉嚥下去，那邊黑蜘蛛早已七、八塊下了肚。

吃到第十來塊時，就用一大嘴酒將嘴裡的肉沖下肚子，這才抬頭瞧著小魚兒，咧嘴笑道：「這肉又鮮又嫩，滋味可真不錯，你爲何不加緊動筷子？」

小魚兒卻將嘴裡的肉吐在地上，道：「這肉吃不得。」

黑蜘蛛臉色一沉，道：「爲何吃不得？這肉可不是偷來的。」

小魚兒突然一笑，道：「你可知道這是什麼肉嗎？」

黑蜘蛛驚呼一聲，剛吃進去的一塊肉立刻吐了出來，失聲道：「你說什麼？」

小魚兒道：「老實告訴你，我從小是在『惡人谷』長大的，這肉若不是從剛死的人割下來的，我就吃下我的鼻子。」

他等著來瞧黑蜘蛛將吃進去的肉嘔出來，哪知黑蜘蛛反而大笑道：「如此說來，煮這肉的莫非是李大嘴麼？」

小魚兒道：「也許就是他。」

黑蜘蛛道：「嗯，不錯，古月言這……『古月言』豈非就是『胡說』？他早已告訴我他是『胡說』，我居然到現在才想起來。」

小魚兒道：「你不想吐？」

黑蜘蛛笑道：「既已吃下去，吐也無用了。」

小魚兒道：「你還笑得出？」

黑蜘蛛大笑道：「能和李大嘴這種人交交朋友，豈非是件有趣的事？無論他是好是壞，總算是個角色，江湖中像他這種角色可不多。」

小魚兒心裡不禁暗暗讚美：「這人倒真灑脫得很，絕不會裝腔作勢，教人噁心。」口中道：「但這位『胡說先生』卻也並非一定是李大嘴。」

黑蜘蛛道：「不是李大嘴是誰？」

小魚兒道：「我還知道一個人，他裝作李大嘴，也許正是要你吃人肉，然後再吐得滿地都是，只要你上了當，他就開心……」

說到這裡，語聲突然頓住，低聲道：「也許他還不止要你吐，也許他還另有陰謀。」

黑蜘蛛唰地將面具拉了下來，冷冷道：「外面的朋友！既然來了，爲何還不進來？」

小魚兒的耳朵雖靈，黑蜘蛛的耳朵也不錯。話聲未了，荒祠外已有一條人影飛掠進來。

閃動的火光中，只見這人窈窕的身子，穿著件比火還紅的衣裳，發光的眼睛裡，也充滿了怒火。這人竟是小仙女。

三更半夜，小仙女竟會跑到這荒祠來，小魚兒雖未免吃了一驚，但卻仍然不動聲色，坐在那裡。

黑蜘蛛顯然也未想到闖進來的會是個年輕的美女，也驚得怔住了，小仙女更未將這兩人瞧在眼裡。

她掌中劍一揮，竟以那纖細的劍尖挑起了沉重的鐵鍋，將鍋裡的肉全都潑在地上，只見金光一閃，肉鍋裡竟有枝女子用的金釵。

小仙女立刻尖聲叫了起來，門外又有一個躍入，卻是顧人玉。小仙女撲在他身上，嘶聲道：「宛兒的金釵……宛兒的金釵果然在鍋裡。」

顧人玉一雙大眼睛狠狠的瞪著小魚兒，厲聲道：「你說！這鍋裡是什麼？」

小魚兒倒真未見過這大姑娘般的少年如此兇狠，知道他必定動了真怒，也知道鍋裡煮的這人必定和他們有些關係。

但小魚兒卻想不通他們怎會尋到這裡來的，又怎會知道肉鍋裡有支金釵，他心中生疑，口中卻笑道：「你說鍋裡的是什麼？」

顧人玉臉脹得通紅，卻說不出話來。

只聽一人緩緩道：「世上肉食眾多，兩人爲何偏嗜人肉，同類相食，兩位難道連畜牲都不如麼？」

這人雖在罵人，但嘴裡卻絕不吐半個髒字，而且語聲也是平平和和，竟像是與人閒話家常似的。

隨著語聲，兩人緩緩走了過來，目中雖有怒氣，神情也仍從容，正是那南宮柳與秦劍。

小魚兒還是笑嘻嘻道：「你說我們在吃人，但你們又怎麼會知道的？莫非是有人告密？」

秦劍還未答話，小仙女已撲了過來，跺腳罵道：「自然有人要來告密，你們做出這種天理不容的事，誰能看得過去！」

南宮柳緩緩道：「像宛兒那般聰明可愛的女子，男子正當萬般珍惜才是，兩位卻將之煮而食之，豈非焚琴煮鶴，大煞風景？」

小仙女忍不住大喝道：「這種人你還和他們多說什麼……」

南宮柳還是緩緩道：「事已至此，兩位還有什麼話說？」

黑蜘蛛霍然長身而起，厲聲道：「在下還有話說……」

秦劍目光一閃，道：「閣下莫非就是江湖傳言中的黑蜘蛛？」

黑蜘蛛道：「正是！」

秦劍皺眉道：「看來江湖傳言，終不可信，不想黑蜘蛛竟是你這樣的人物。」

黑蜘蛛大聲道：「江湖傳言雖不可信，密告之言更不可聽。我且問你，若非親手煮肉的人，又怎會知道這金釵在鍋裡？」

秦劍、南宮柳對望了一眼，南宮柳緩緩道：「閣下的意思，莫非是說此事乃是別人故意做來嫁禍於你的？」

黑蜘蛛道：「自是如此。」

南宮柳緩緩點了點頭，道：「這話也有道理。」

小仙女跺腳道：「二哥，你要放過他們，我可不能放過他們。這難道不可能是別人在暗中瞧見他們殺人煮肉，而來告密的。」

南宮柳道：「那自然也有可能。」

小仙女大聲道：「宛兒既然可能是被他們殺來吃的，九妹自然也……也……」她語聲突然哽咽，竟再也說不下去。

秦劍目光灼灼的瞪著小魚兒與黑蜘蛛，沉聲道：「此事雖有可疑，但兩位若不能拿出證據證明無辜，今日只怕只好請兩位隨我等回去了。」

黑蜘蛛冷笑道：「閣下說話倒客氣得很，叫我隨閣下回去也無關係，只是閣下也得要拿出證據來，憑什麼要帶我回去。」

小仙女厲喝道：「這金釵難道還不是證據！你還想賴？」

黑蜘蛛眼睛一瞪，還未說話，哪知小魚兒竟突然嘻嘻笑道：「我幾時賴過？」

小仙女一劍已待刺出，聞言倒不禁怔了怔，道：「你承認了？」

小魚兒向小仙女笑嘻嘻道：「你說的那九妹，可是位眼睛大大，臉色蒼白，約莫十八、九歲，平日喜歡穿淡綠衫子的姑娘？」

小仙女顫聲道：「你……你……你將她怎麼樣了？」

小魚兒大笑道：「我已將她怎樣，這還用說麼？」

黑蜘蛛大駭道：「這小子瘋了，滿嘴胡說八道。」

小魚兒笑道：「這又有什麼大不了的事，你怕什麼？」

南宮柳與秦劍就算再沉得住氣，此刻面上也不禁變了色。

小仙女跳起腳道：「你聽，你聽……他自己都承認了！」

她又哭又叫，還未忘了出手，「唰」的一劍，毒蛇般刺出，那邊顧人玉更是眼睛都紅了，狂吼一聲，擊出了三拳。

這三拳一劍，自然都是向小魚兒致命處下的手，劍如閃電，拳似雷霆，左右夾擊間不容髮。

五三 裁贓嫁禍

若換了兩年前，小魚兒不死在拳下，也要死在劍下，但現在的小魚兒，卻已非昔日吳下阿蒙。

只見他左手一分，右手竟沿著小仙女的劍脊輕輕一抹，小仙女只覺眼前一花，掌中劍被一股大力吸引，本是刺向小魚兒的一劍，此刻竟向顧人玉刺了過去。顧人玉大駭變招，嗤的，衣袂已被劃破。

這一招普普通通的「移花接木」，到了小魚兒手中，竟已化腐朽爲神奇，看來竟已和「移花宮」威震天下的「移花接玉」有異曲同工之妙，這只因武功進入某一階段後，便有些地方大同小異。

但顧人玉與秦劍一時卻瞧不出其中奧妙，聳然失聲道：「你可是移花宮門下？」

小魚兒也不回答，而大笑躲到黑蜘蛛身後，道：「我雖也吃了些肉，但主謀的卻不是我，你們怎地專來找我？」

顧人玉與小仙女見他明明已佔先機，卻不乘勝追擊，反而躲起來了，兩人急怒攻心，也不問情由，舉劍又攻了上去。

這一次兩人招式更毒，出手也更加小心，但首當其衝的，卻已非小魚兒，而是黑蜘蛛了。

黑蜘蛛又驚又惱，此刻情況，又怎容得他解釋？

剎那間只見劍光閃動，拳影翻飛，小仙女與顧人玉已攻出十餘招，黑蜘蛛也還了三掌。

在小仙女快速的劍法，顧人玉雄渾的拳勢下，黑蜘蛛怎能分心，簡直連開口都無法開口。

小魚兒卻躲在他身後，笑道：「對了，這樣就對了，和他們打，怕什麼！」

黑蜘蛛氣得連連怪叫，一心想將小魚兒擺脫，但小魚兒卻像影子似的黏在他身後，還不時拍手笑道：「好！這一劍果然了得……嗯，顧家神拳果然也不錯，黑蜘蛛呀黑蜘蛛，我瞧你打不過他們的了！」

小仙女與顧人玉方才急怒之下，心神大亂，所以才會被小魚兒一出手就佔得了先機。

而數十招過後，兩人心也定了，手也穩了，顧人玉拳勢雖沉猛，出手還未免嫩些，小仙女終日找人打架，與人交手的經驗，卻是比誰都老到，一柄劍東挑西刺，又快又毒，非但自己搶攻，而且也將顧人玉拳法中的疵漏全部補了過來，而顧人玉紮紮實實的招式，正也彌補了她劍法中沉猛之不足。兩人俱是武林正宗，不用事先預習，配合得已恰到好處。

黑蜘蛛聲名雖著，武功卻非以功力見長，此刻遇著他兩人一快一慢，一剛一柔，這種天生的搭檔，漸漸已有些應付不了。

何況還有小魚兒在他身後，明是幫忙，暗中搗蛋。

南宮柳袖手一旁，微微頷首道：「人玉果然是個天生練武的胚子。」

秦劍道：「但菁妹終是比他高出一籌。」

南宮柳道：「這你就看錯了。人玉此刻出手雖嫩些，但那只是因爲他家教太嚴，不敢惹事，根本沒有交手的機會，若讓他在江湖中多闖盪闖盪，不出三五年，他的名聲必定要遠遠超過菁妹之上。」

秦劍道：「二哥果然法眼無雙，難怪江湖中人一經南宮公子題名之後，立刻身價百倍。」

南宮柳道：「今日你我要留意的，倒非黑蜘蛛，而是這面色蠟黃的少年。此人行態詭秘，做事也不循常軌，若我瞧得不差，他必定是一個成名的人物易容改扮的。」

這南宮公子武功是高是低，雖還不知，但就憑這分眼力，當真已不愧是虎踞江南百餘年之武林世家的傳人。

說話之間，那邊強弱更已分明。

以黑蜘蛛身法之詭異靈動，顧人玉與小仙女本難佔得上風，但小魚兒始終黏在黑蜘蛛身後，黑蜘蛛就總覺得後面像是墜著個秤錘似的，身形變化之間，自然要大受影響，這時已屢遇險招。

小魚兒故意嘆氣道：「不好不好，堂堂的黑蜘蛛，今日看來竟要敗在兩個小娃兒手上了。」

其實小仙女和顧人玉也是江湖中的成名人物，並非小娃兒，小魚兒這樣說，只不過要故意激怒黑蜘蛛。

黑蜘蛛脾氣剛烈，明知如此，還是被他激動，怒吼道：「你這瘋子，你到底要怎樣？」

小魚兒悄聲道：「打不過，難道不會逃麼？」

黑蜘蛛更是暴跳如雷，道：「放屁！我老黑豈是這種人！」

小魚兒道：「黑蜘蛛享名天下，本就是以身法之詭秘飄忽見長，今日你偏偏捨己之長，與人交手，豈非是個呆子？」

黑蜘蛛嘴裡雖仍罵不絕口，心裡已覺得他說得有道理，只因他此刻一分心說話，脅上已險些中了一劍。

小魚兒悠悠道：「今日你自己若能全身而退，也能帶我一齊走，江湖中人知道了，非但不會恥笑於你，還會佩服得很。」

黑蜘蛛跺了跺腳，道：「好！」

他「好」字方出口，小魚兒已自他身後衝了出來，「斷玉分金」，雙掌左右斜斜分擊而出。

顧人玉與小仙女驟出不意，竟被這一招逼得後退兩步。

就在這時，黑蜘蛛袖中已有一線銀絲飛出，直穿出門，搭上祠外的一株古柏之上，他人也跟著飛了出去。

小魚兒早已拉住他衣角，跟著飛出。他身形輕若飛絮，雖藉了黑蜘蛛攜帶之力，黑蜘蛛卻不覺負擔。

只見他的身形有如被線拉著的紙鳶似的，飄上了古柏，雙足一點，人又從枯樹上飛出，躍上第二株柏樹，那根銀絲也跟著飛出，搭上了更前面第三株柏樹，黑蜘蛛身子在第三株樹上一點，躍上第四株，銀絲又搭在第五株樹上……

等到秦劍等人追出時，兩人身形已在數十丈外，一閃後便在黑暗中消失無影，唯有語聲遠遠傳來，道：「你們若不服，明夜三更，不妨再來這裡！」

黑蜘蛛身形不停，直掠到城垛下，才在黑暗中歇住。

小魚兒拊掌道：「好個黑蜘蛛，果然是來去如電，倏忽千里，這一手銀絲飛蛛的輕功，果然是獨步江湖，天下無雙！」

黑蜘蛛道：「哼，你拍我的馬屁，也沒有用的。」

小魚兒大笑道：「我知道你必定一肚子悶氣，不過想讓你消消氣而已。」

黑蜘蛛道：「我且問你，明明不是你做的事，你爲何要攬在自己頭上，還拉上了我，而你躲在後面，讓我來揹黑鍋。」

他愈說愈火，大聲道：「這也不用說它，最可恨的，你明明可以光明正大的動手，卻又偏偏要逃，害得我也陪著你丟人，這究竟是爲了什麼？」

小魚兒笑嘻嘻道：「你還不明白麼？我這自然是要害你。」

黑蜘蛛怔了怔，道：「害我？」

小魚兒道：「咱們這一逃我可以一走了之，但你黑蜘蛛有名有姓，日後傳說出去，說你黑蜘蛛也和李大嘴一樣吃人，你還能混麼？」

黑蜘蛛大怒道：「你爲什麼要害我？」

小魚兒嘻嘻笑道：「這只因我要把你拖下水，你才爲我出力。但你也莫要氣惱，我瞧你不錯才這樣害你的，有些人想求我害他，我還沒功夫哩。」

黑蜘蛛厲聲道：「你害了我，我該捏死你才是，怎肯替你出力！」

小魚兒笑道：「若是換了別人，我害了他，他自然要找我算賬，但你黑蜘蛛可和別人大不相同，這一點我知道的清楚得很。」

黑蜘蛛瞪了他半晌，突然放手大笑道：「好，你這小子，倒真是知道老黑的脾氣！

我老黑遇著這種怪事，的確是明知上當，也不肯放手的。」

小魚兒笑道：「若非如此，黑蜘蛛就不是黑蜘蛛了。」

黑蜘蛛道：「你如此做法，除了拖我下水外，難道沒有別的用意？」

小魚兒道：「自然有的。想那南宮柳與秦劍，眼高於頂，自命不凡，我平時若想約他出來，他肯麼？但現在我要他明夜三更來，他絕不會遲到半刻。」

黑蜘蛛道：「好，現在我既已被你拖下了水，他們也被你抓住了尾巴，這齣戲究竟該怎樣唱下去，你說吧！」

小魚兒道：「那位『胡說』先生偷偷將人宰了，要你來吃，卻又偷偷去密告別人來抓你，這樣的手段叫做什麼？」

黑蜘蛛恨恨道：「這自然就叫做嫁禍栽贓。」

小魚兒道：「這種專門嫁禍栽贓的害人精，你說該如何對付他？」

黑蜘蛛咬牙道：「我若再見著他時，不一把捏死他才怪。」

小魚兒道：「你可知道這樣的害人精，除了『胡說』先生之外，還有不少，而且他們所作所爲，委實比『胡說』先生還要可恨，卻又該如何對付他們？」

黑蜘蛛道：「捉來一個個捏死就是了。」

小魚兒笑道：「捏死他們還算太便宜了，何況，你若想捏死他們還不容易。」

黑蜘蛛道：「你說的究竟是什麼人？」

小魚兒一字字道：「江別鶴！」

黑蜘蛛幾乎跳了起來，失聲道：「江南大俠怎會做這樣的事？」

小魚兒凝目瞧著他，道：「你信不過我？」

黑蜘蛛也瞧著小魚兒，道：「你這人藏頭露尾，鬼鬼祟祟，做起事來更是古靈精怪，花樣百出，天下又有誰能信得過你！」

他嘆了口氣，緩緩接道：「我相信你，只因你雖是個壞小子，卻非僞君子！」

小魚兒嘆道：「不錯，最可恨的人就是僞君子，那江別鶴就是其中最可恨的一個。」

黑蜘蛛道：「你想如何對付他？」

小魚兒眼睛發亮，道：「以其人之道，還治其人之身。他們會栽贓嫁禍給別人，我就要栽贓嫁禍給他們，這就叫以牙還牙。」

黑蜘蛛道：「如何還法，你且說來聽聽。」

小魚兒眼睛盯著他，道：「你可知道閣樓上的那位姑娘是誰？」

黑蜘蛛突然扭轉頭，道：「我早就說過，不知道。」

小魚兒緩緩道：「我現在告訴你，她就是慕容家的九姑娘！」

黑蜘蛛眼睛立刻圓了，失聲道：「她就是慕容九？」

小魚兒道：「不錯，如今南宮柳、秦劍、小仙女都在急著找她，他們若發現有人將她藏了起來，少不得要找那人幹一場。」

黑蜘蛛的眼睛也發了亮，道：「所以，你就想將這件事栽在江別鶴身上？」

小魚兒拊掌大笑道：「我正是也想叫他嚐嚐被人栽贓的滋味。」

黑蜘蛛道：「但那江別鶴老謀深算，又怎會上你的當？」

小魚兒笑道：「那江別鶴雖然狡如狐狸，只要你幫忙，我也有法子要他上當！」

他一躍而起，拉起黑蜘蛛，道：「時候已不多，咱們快去辦事吧。」

兩人飛掠入城。

一路上，黑蜘蛛不住喃喃自語道：「我到現在為止還不懂，那『胡說』宰食了慕容家的人又害了我，卻對他自己有何好處？」

這時他自己猜出，那「宛兒」必定與慕容家有關，八成就是慕容姑娘陪嫁的貼身侍女。

小魚兒笑道：「你說的那位『胡說』先生，並非李大嘴，而是白開心，還有個外號叫『損人不利己』，只要別人上當受罪，就是他平生快事。」

黑蜘蛛失聲道：「世上哪有這樣的人？」

小魚兒道：「你說沒有，卻偏偏是有的。他明知慕容家的姑爺來找慕容九，所以就將那『宛兒』偷來宰了，好讓慕容家的那些姑爺認為慕容九也已被人家吃下肚，所以他們才找不著，他們傷心難過，白開心就開心了。」

黑蜘蛛嘆道：「世上既有白開心這樣的人，又偏偏有你這樣的人，你們兩人害來害去，倒楣的只是我老黑而已。」

小魚兒道：「今夜若不是有我，你更慘了，當時人贓俱獲，就算有一百張嘴，也休想能辯說得清。」

黑蜘蛛道：「但無論如何你總不該承認……」

小魚兒笑道：「我又幾時承認了？我幾時說過慕容九已被我吃下肚裡？我只不過……『我已將她怎樣，還用說麼？』『也沒什麼大不了，你怕什麼！』……」

黑蜘蛛想了想，不禁失笑道：「不錯，當時你雖好像說了，其實卻等於沒有說……」

小魚兒笑道：「其中的巧妙就在這裡。」

說話間，他竟將黑蜘蛛又帶回了那閣樓外。

此刻四下燈火俱寂，只有那閣樓裡燈光還亮著。慕容九伏在桌上，想是因爲想得出神，不覺睡著了。

小魚兒道：「這位姑娘最聽你的話，你叫她帶著刀，她就帶著刀，你叫她殺人，她就殺人，現在，我只要你叫她寫張條子。」

黑蜘蛛奇道：「此時此刻，突然寫起什麼條子來了？」

小魚兒道：「你叫她寫：『若要贖我的性命，請帶白銀八十萬兩，至他們所約之處，千萬勿誤，否則妹便是他人俎上之肉了！』。」

黑蜘蛛駭然道：「八十萬兩！」

小魚兒道：「八十萬兩數目雖不少，但以南宮柳與秦劍的身家，卻也算不得多，別人一日之間籌不出來，他們想必有法子的。」

他一笑接道：「何況，這字條又的確是慕容九自己的筆跡……其中問題是，你必須對他們說八十萬兩，全要白銀，金子珠寶都不行。」

黑蜘蛛道：「我對他們去說？」

小魚兒笑道：「自然要你去對他們說，這字條自然也要你送去……黑蜘蛛來去無蹤，倏忽千里，送這樣的信，世上還有比你更好的人麼？」

黑蜘蛛默然半晌，嘆了口氣，道：「好吧……我只是不懂，為何定要白銀？」

小魚兒道：「這其中自然又有巧妙，你到時就會懂的。送信之後，你等著瞧熱鬧就是。」

黑蜘蛛道：「到時你難道真的自己去接銀子？」

小魚兒道：「到時去接銀子的，已是我送去的替死鬼了。」

黑蜘蛛道：「那麼……秦劍與南宮柳若瞧見不是你而是別人，豈非又難免懷疑？」

小魚兒笑道：「秦劍與南宮柳又豈知道我是誰……他們見到我這張蠟黃的臉，又瞧見那手『移花接木』，還以爲我是『移花宮』門下改扮的哩，而此刻那真的『移花宮』弟子卻正是和江別鶴在一起。」

黑蜘蛛想了想，嘆道：「原來你每一舉動都有用意，像你這樣的人，世上若是再多幾個，別人的日子如何能過得下去？」

小魚兒大笑道：「你放心，像我這樣的人，天下是再也不會有第二個了。」

凌晨時，那「慶餘堂」的掌櫃糊裡糊塗的被小魚兒從床上拉了起來，送了封信到段三姑娘處。

天亮時，小魚兒已回復成藥鋪伙計的打扮，倒在「慶餘堂」裡他原來那張小床上，睡了一大覺。

然後，段三姑娘就來了。

這一次，她已沒有在窗子外面叫，直接就闖了進來，從床上拖起小魚兒，又是歡喜，又是埋怨，跺腳道：「這兩天，你到哪裡去了，知不知道人家多著急！」

小魚兒揉著眼睛，笑道：「你若真的爲我著急，就該幫我個忙。」

段三姑娘幽幽道：「你要我做什麼，我幾時不肯答應你？」

小魚兒道：「但這件事，你絕不能向第三人洩露半個字。」

段三姑娘垂下頭，道：「你難道還信不過我？」

小魚兒展顏笑道：「好，我先問你，這兩天你可瞧見了那江玉郎麼？」

三姑娘道：「沒瞧見。」

小魚兒眼睛瞪著她，道：「你再想想，江別鶴周圍的人有沒有一個可能是江玉郎改扮的？」

三姑娘果然想了想，斷然道：「沒有，絕無可能，這兩天江玉郎絕不在這裡。」

小魚兒鬆了口氣，道：「這就是了，女子的感覺雖然有些莫名其妙，但有時卻是對的，你既然如此肯定，江玉郎想必不會在這裡了。」

三姑娘幽幽道：「你叫我來，就是要問他麼？」

小魚兒笑道：「這只因他和你有很大的關係。」

三姑娘嗔道：「你莫要胡說，我和他有什麼關係？」

小魚兒沉聲道：「你可知道，你家的鏢銀，就是他動手劫的。」

三姑娘失聲道：「真的？」

小魚兒道：「他這兩天突然走了，一來是想避開我，二來就是要去將那批鏢銀換個地方藏起來，只因他以爲我知道的秘密比我實在知道的多。」

三姑娘眨著眼睛道：「你究竟是誰？他爲什麼這麼怕你？」

小魚兒笑道：「嚴格說來，他到現在爲止也還不知道我是誰。」

三姑娘默然半晌，輕輕道：「我不管你是誰，我都……」

小魚兒趕緊打斷她的話，道：「只要我猜得不錯，只要他不在這裡，我的計畫就能成功……你必需替我留意著，他若萬一回來了，你就得趕緊告訴我。」

三姑娘道：「你究竟有什麼計畫？為何定要他不在這裡，你的計畫才能成功？」

小魚兒拉起她的手，柔聲道：「這些事你以後總會知道的，但現在卻請你莫要問我。」

世上若有什麼事能令女子閉起嘴，那就是她心愛的男人溫柔的話了。三姑娘果然閉起了嘴，不再問下去。

她只是垂下頭，悠悠道：「你……沒有別的話對我說？」

小魚兒道：「今天晚上，起更時，你在你家後園的小門外等我……」

三姑娘的眼睛立刻閃起了喜悅的光，顫聲道：「今夜……後園小門？」

小魚兒道：「不錯，你千萬莫要忘了，千萬要準時到那裡。」

三姑娘嬌笑道：「我絕不會忘，就算天塌下來，我也會準時到的。」

她嬌笑著轉身而去，滿懷著綺麗而浪漫的憧憬。

小魚兒在街上東遊西逛，走過許多飯舖酒樓，他也不進去，卻在東城外找著了家又髒又破的小麵館。

這小麵館居然也有個很漂亮的名字，叫：「思鄉館」。

小魚兒走進去吃了一大碗熱湯麵、四個荷包蛋，卻叫店裡那看來已有三年沒洗澡的山東老鄉去買了些筆墨，七、八十張紙。

他用飯碗那麼大的字，在紙上寫下了：「開心的朋友，今夜戌時，有個姓李的在東城外的『思鄉館』等著你，你想不來也不行的。」

同樣的句子，他竟一連寫了七、八十張，又僱了兩個泥腿漢子，叫他們去貼在城裡大街小巷的顯眼處。

那山東老鄉實在瞧得奇怪，忍不住道：「這是在幹啥？俺實在不懂。」

小魚兒笑道：「該懂的自然會懂，不該懂的自然不懂。」

那山東老鄉摸著頭皮道：「誰是該懂的？」

小魚兒卻已笑嘻嘻走了，竟又到估衣舖去買了身半新舊的黑布衣服，到雜貨舖去買了些油墨石膏、牛皮膠。

然後，他就尋了家半大不小的客棧，痛痛快快睡了一覺。這一覺睡醒，天已快黑了。

小魚兒對著鏡子，像是少女梳妝般在臉上抹了半天，又穿起那套衣服，在鏡子前一站……

這哪裡還是江小魚？這不活脫脫正是李大嘴麼！

小魚兒自己也瞧得很是滿意，哈哈笑道：「雖然還不十分一樣，但想那白開心已有

二、三十年未見過李大嘴，黑夜之中，想必已可混得過去。」

他生得本來不矮，經過這兩年來的磨折鍛鍊，身子更是結實，挺起胸來，不但面貌已與李大嘴九分相似，就算身材也和那魁偉雄壯的李大嘴差不了多少，縱是和李大嘴天天見面的人，若不十分留意，也未見便能瞧得破。

他將換下來的衣服捲成一條，塞在被窩裡，從外面瞧進來，床上仍然像是有個人在睡覺。

然後他又用桌上的禿筆寫了封信，這封信竟是寫給江別鶴的。他用左手歪歪斜斜的寫道：「江別鶴，你兒子和鏢銀都已落在大爺我的手裡了，你若想談談條件，今夜三更，到城外的祠堂裡等著吧。」

他將這封信緊緊封起，又在信封上寫著：「江別鶴親拆，別人看不得的。」

小魚兒將信收在懷裡，喃喃笑道：「江玉郎不在城裡，八成是去收藏那鏢銀去了，只要他今天晚上不回來，江別鶴就算是狐狸，瞧見這封信也得中計，他心裡就算不十分相信，到了三更時也必定忍不住要去瞧瞧的。」

他得意的笑著，從窗口溜了出去。

小魚兒走到「思鄉館」時，暮色已很深了。

這時雖正是吃飯的時候，但「思鄉館」裡卻沒什麼人，就連那山東老鄉都已瞧不見，只有一個客人正坐著喝酒。

這人穿著件新緞子衣服，戴著帽子上還有粒珍珠，穿著雖像個富商士紳，神態卻還是個地痞無賴，竟不肯好好坐在那裡，卻蹲在凳子上喝酒。一雙賊眼不住轉來轉去，又像是隨時提防著別人來抓的小偷。

小魚兒大步走了進去，哈哈笑道：「好小子，你果然來了，許多年不見，你這王八蛋倒還未忘記有個姓李的朋友，來得倒準時。」

他從小和李大嘴長大，要學李大嘴說話的神情腔調，自然學得唯妙唯肖，活脫脫是一個模子裡鑄出來的。

那人卻板著臉，瞪著眼道：「你是誰，咱不認得你。」

小魚兒笑道：「你想瞞我，你雖然穿得像是個人，但那副猴頭猴腦的賊相還是改不了的。」

那人果然大笑起來，道：「你這吃人不吐骨頭的混球蛋，多少年不見，你對老子說話，難道就不能稍微客氣些麼？」

小魚兒在他對面坐了下來，桌子上有兩副杯筷，卻只有一碗紅燒肉，小魚兒皺了皺眉頭道：「你這窮賊實在愈來愈窮了，快叫那山東老鄉來，待老哥哥我叫你痛痛快快的吃上一頓。」

白開心道：「他不會來的。」

小魚兒道：「為什麼？他在哪裡？」

白開心笑嘻嘻指著那隻碗，道：「就在這隻碗裡。」

小魚兒神色不動，哈哈笑道：「你倒會拍老子的馬屁，還未忘記老子喜歡吃什麼。只是瞧那山東老鄉好幾年沒洗澡的樣子，只怕連肉都已臭了。」

白開心嘻嘻笑道：「我早已把他從頭到腳洗得乾乾淨淨再下鍋的。」他舉杯敬了小魚兒一杯酒，又倒滿了一杯。

小魚兒笑道：「你這兒子倒真孝順。」

他只得挾起一塊肉，但剛吃了兩口，又吐了出來，瞪眼道：「這是什麼鳥肉敢混充人肉？」

白開心拊掌大笑道：「姓李的，你果然還有兩下子，這張鳥嘴竟一吃就能嚐得出是不是人肉來。你也不想想，老子會殺人來餵你麼？」

他自然本是想用這方法試試來的人是否真的李大嘴，小魚兒肚子裡暗暗好笑，卻不說破，瞪眼道：「你不孝順老子孝順誰？那山東老鄉人雖髒些，肉倒還結實，老子早已有心將他紅燒來吃了，你卻將他弄到哪裡去了？」

白開心道：「他早已回家去了，老子已將他這家店買了下來……哈哈，他受了老子裡面灌鉛的假銀子，居然還開心得很，以為上當的是老子。」

小魚兒嘆道：「這家破麵館你要來鳥用也沒有，你卻騙苦了他，又害得老子吃不著好肉，你那『損人不利己』的賊脾氣，當真是一輩子也改不了。」

白開心嘻嘻笑道：「老子的脾氣改不了，你那賊脾氣又改得了麼？狗是改不了要吃屎的……你躲在狗窩裡這許多年，突然又鑽出來幹什麼？」

小魚兒眼睛一瞪，大聲道：「我先問你，你假借老子的名頭，送了副輓聯給鐵無雙，又假借老子的名頭，將人家的小丫頭燉來吃了，究竟想幹什麼？」

白開心怔了怔，道：「你全知道？」

小魚兒大笑道：「你還想有什麼事能瞞得過老子的。」

白開心笑道：「那些人太沒事幹了，老子瞧得不順眼，所以找些事給他們做，燉了肉請人來吃，卻又去告他一狀，要他們兩家都鬧得人仰馬翻，老子才開心……你憑良心說，老子這一手做得妙不妙？」

小魚兒冷笑道：「只可嘆姓秦的和那南宮小兒，活到這麼大了，隨隨便便來個人告訴他們一件事，他們居然也相信。若換了是我，你來告狀，老子就先將你扣下來，問問你別人吃人肉，你又怎會知道。」

白開心道：「老子不會寫信麼？為何定要自己去？」

小魚兒道：「一封無頭信他們就相信了？」

白開心道：「他們縱不相信，好歹也得去瞧瞧。」

小魚兒一拍桌子，笑道：「正是這道理！我正是要你說出這句話來。」

白開心眼珠子轉動，道：「你又在打什麼鬼主意，要叫老子上當？」

小魚兒笑道：「你冒了老子的名，老子暫且也不罰你，只要你再寫封信給那姓秦的與南宮小兒，他們既已證明了你第一封信說得不假，你第二封去，他們自然更相信了。」

白開心道：「什麼信？」

小魚兒道：「自然也是害人的信，若不是害人的信，你想來也不肯寫的。」

白開心展顏笑道：「要害人嘛，老子還馬馬虎虎可以答應你，卻不知要害的是誰？」

小魚兒道：「你只要告訴他們，今夜三更，到段合肥家的後院客房裡去瞧瞧，自然會瞧見令他們感到有趣的東西……但必定要在正三更，早也不行遲也不行，至於要害的是什麼人，你遲早會知道的。」

白開心道：「老子若不肯寫呢？」

小魚兒冷笑道：「我知道你肯寫的，你看可以害人的事不做，你還睡得著覺麼？何況，你若不寫這封信，老子總有法子叫你……」

突然取出寫給江別鶴的那封信，拿在手裡，一掌擊滅了桌上的油燈。白開心面色變了變，道：「你幹什麼？」

五四 略施巧計

小魚兒悄聲道：「有人來抓咱們了，準備逃吧！」

話猶未了，窗外已有刀光閃動。

只聽有人喝道：「姓李的，姓白的！你們作惡多端，今天再也休想跑了，出來受死吧。」黑暗中人影幢幢，這思鄉館竟也被人團團圍住。

白開心喃喃道：「奇怪，這些人怎會知道咱們在這裡？……」

小魚兒悄聲道：「這人滿口仁義道德，必定是江別鶴。」

白開心道：「嗯。」

小魚兒道：「咱們就從他這邊衝出去。」

白開心道：「從武功最強的人那邊衝出去？你莫非瘋了！」

小魚兒微微一笑，道：「我自有道理。」

這時外面已又喝道：「你們再不答覆，咱們就衝進去了。」

其實這些人對「十大惡人」也頗爲忌憚，一時之間，是誰也不敢衝入這黑黝黝的屋子裡的。

小魚兒霍然站起，大喝道：「李大嘴來也，你們等著吧！」提起張凳子往東面門外擲了出去，人卻已從西面窗口竄出。

這「李大嘴」三個字，果然有些嚇人，凳子飛出來，東面一陣大亂，幾柄刀不問青紅皂白就砍了出去，全都砍到凳子上。

小魚兒竄出窗外，也有兩柄刀直劈而來，小魚兒一聲虎吼，飛起一腳將左面的一柄刀踢飛！

他身子卻已自右面一人頭上掠過，順勢一腳，蹴在那人頭上，那人登時矮了半截。

這一著「鴛鴦雙飛腳」，本非什麼玄妙的武功，但在他手裡稍加變化，卻立時制住了兩個高手。

要知他在那密窟中所得，正是普天之下，各門各派的武功精妙所在，他融會貫通之後，無論哪一派的招式到了他手裡，他都可化腐朽爲神奇，卻教別人再也猜不出他的武功來歷。

只聽有人驚呼道：「這姓李的果然厲害，大家要小心……」

話未說完，只聽「啪」的一響，接著又是一陣大笑，說話的人想是已被白開心打歪了嘴巴。

小魚兒一招北派「鴛鴦雙飛腳」踢倒了兩人，跟著又用一招南派「沖天炮」，一拳將一條大漢打得飛上半空。

突見眼前劍光閃動，迅急辛辣，神定氣足。

一人冷笑道：「李大嘴，你武功雖不錯，今日還是休想逃走。」

三句話功夫，已刺出八劍，劍劍俱是殺著。

小魚兒連瞧都不必瞧，已知道是江別鶴來了，連連閃過八劍，卻不還手，只是壓低聲音道：「你想知道你兒子和鏢銀的下落麼？」

江別鶴掌中劍果然緩了一緩，失聲道：「你說什麼？」

小魚兒將那封信穿在江別鶴的劍尖上，道：「你先瞧瞧再說。」

江別鶴也不知是收縮回劍來瞧信，還是刺出劍去傷人，稍一猶豫間，小魚兒已自他身旁竄了出去。

白開心也怪叫著跟著掠出。

江別鶴竟眼睜睜瞧著他兩人逃了，等到別的人圍過來時，小魚兒和白開心早沒了影子。

小魚兒和白開心竄入個暗林中，方自停下。

白開心瞧著小魚兒冷笑道：「這些人怎會知道咱們在那裡？」

小魚兒眨了眨眼睛，笑道：「自然是有人密告的。」

白開心冷笑道：「密告的人，只怕是你自己吧？」

小魚兒道：「若是我，我為何還要助你逃出來？別人又不是瞎子，難道不見那告示上飯碗那麼大的字？」

白開心冷笑道：「那些話，這些人又怎瞧得懂？」

小魚兒笑嘻嘻道：「自然有人瞧得懂的。」

白開心變色道：「誰？難道咱們的老朋友也有人到了城裡？」

小魚兒想了想，道：「我不妨告訴你，有兩個人，一個叫羅九、一個叫羅三，一心想找咱們的麻煩，對咱們的事知道得清楚得很。」

白開心皺眉道：「這兩人長得是何模樣？」

小魚兒道：「胖胖的、高高的，兩個人長得一模一樣，是個雙胞胎。」

白開心道：「我只認識個瘦瘦的雙胞胎，卻不認得胖的。」

小魚兒道：「你不認得他們，他們卻認得你。」

白開心怒道：「你既已早已知道他們瞧得懂那張告示，既然早已知道他們要告密，為什麼偏偏還要這樣做？」

小魚兒笑嘻嘻道：「我正是要他們告密，正是要叫他們找人來抓咱們，這樣我才能將那封信交到江別鶴手上……我若用別的法子將信交給他，他未必重視，但這封信既是李大嘴親手交給他的，份量可就不同了。」

白開心道：「但你又怎知道江別鶴必定會來？」

小魚兒道：「他自命大俠，聽說有『十大惡人』在城裡，他能不管麼？只要他來了，聽到我說的話後，就必定要放咱們走的。」

白開心默然半晌，嘆了口氣，道：「你樣樣事都算得這麼準，只怕連真的李大嘴都不如你。」

這次小魚兒卻不禁怔了怔，咯咯笑道：「什麼真的李大嘴，老子難道是假的不成？」

白開心突然大笑起來，道：「你能將李大嘴的模樣腔調學得這麼像，簡直連我都有點佩服你，簡直有些捨不得瞧著你死在我面前，只可惜你已是非死不可的了！」

小魚兒皺了皺眉，道：「非死不可？」

白開心怪笑道：「你喝的那杯酒裡，老子早已下了獨門『水晶斷腸散』，本來還可多活半個時辰，但方才那麼一折騰，只怕現在就要你的命了！」

小魚兒怒喝道：「你這惡賊，我和你拚了！」

他跳起來想撲過去，但身子才跳起，便「咚」的跌在地上，臉色發白，雙手捂著肚子，顫聲道：「不好，我……我……就已不行了……」

白開心手舞足蹈，咯咯大笑道：「你如今總該知道『十大惡人』可不是好對付的吧？」

小魚兒嘶聲道：「但……但你又怎知道我……我不是李大嘴？我不信你能瞧得破。」

白開心道：「你將李大嘴一舉一動，都學得唯妙唯肖，想必是認得他的，是麼？」

小魚兒疼得全身都抖了起來，道：「是……是。」

白開心道：「你可聽見他說起過我麼？」

小魚兒呆了呆，道：「沒……沒有。」

白開心道：「這只因他與我恨深似海，他將我恨之入骨，連我的名字都不願提起，又怎會將我當做朋友，和我在一張桌子上喝酒？」

他大笑接道：「你以為『十大惡人』既然都是惡人，大家臭味相投，想必全是朋友，卻不知『十大惡人』中也有互相恨得入骨的冤家對頭……你千算萬算，終於還是算錯了一著，這一著就夠要你的命了！」

小魚兒呻吟著道：「原來你早已知道我不是李大嘴了，但你為什麼……為什麼……」

白開心嘻嘻笑道：「老子一直在裝糊塗，只是為了想瞧瞧你到底存何居心？也想逗著你玩玩，如今老子已玩夠了，你就等死吧。」

小魚兒突然慘笑道：「我今日雖然死在你手上，但是你有件事……」

他身子突然一陣抽搐，整個人仰天躺到地上，雖然拚命想說話，但嘴唇啓動，卻說不出聲音。

白開心道：「老子有什麼事，你說呀？」

小魚兒掙得滿頭大汗，道：「你……你……」

他雖然用盡力氣，但聲音卻仍小得像蚊子叫。

白開心忍不住走過去，低下頭來，道：「你說大聲些，老子聽不見。」

小魚兒突然大吼道：「我說你是個大笨蛋！」

吼聲中，他出手如風，已點了白開心身上十來處穴道。白開心剛被吼聲駭得一震，人已躺了下來。

小魚兒一躍而起，大笑道：「十大惡人雖然一個個精似鬼，但遇見了我，還是要上當的，你如今總該知道，老子不是好對付的了吧？」

白開心躺在地上，眼睜睜的瞧著，他實在想不到這世上竟有比「十大惡人」還要詭計多端的人。

小魚兒又笑道：「老子雖然拿不準那杯酒裡是否有毒，但對你們『十大惡人』，總是要提防一著的，你以爲老子喝下了那杯酒，其實老子卻不過將酒藏在舌頭下，早已隨著那塊假人肉一齊吐出來了！」

白開心道：「我……我怎麼未瞧出？」

小魚兒笑道：「這種騙人的本事，老子五歲時就學會了，老子莫說將小小一杯酒藏在嘴裡，就算嘴裡藏著個大鴨蛋，你也是瞧不出的。」

白開心像是瞧見了鬼似的，顫聲道：「你……你究竟是什麼人？」

小魚兒笑道：「你也知道害怕了麼？老子這樣的人，原是誰都要害怕的，你若要問老子是誰，乖乖替老子辦完事後，老子也許會告訴你。」

白開心聽說這比鬼還厲害的人居然並無殺死自己之意，只不過要替他辦事而已，不禁大喜道：「是，是……小子這就立刻去寫信。」

小魚兒大笑道：「你如今已從『老子』變成『小子』了麼……好小子，但老子若這樣就放了你這樣的小子，還未免有些不放心。」

他雙手背在身後，早已悄悄搓了個泥團在手裡，此刻突然捏著白開心的鼻子用力塞了下去。

白開心只覺一粒又黏又濕，還微微帶著種說不出的臭氣的東西，從喉嚨裡滑下了肚，不禁大駭道：「這……這是什麼？」

小魚兒道：「你有你獨門的『水晶斷腸散』，我也有我獨門的『黑煞催命丸』……」

白開心變色道：「黑煞催命丸？我……我怎地從未聽過這名字？」

小魚兒悠然道：「你自然沒有聽見過這名字，這是我苦心研究多年，最近才配成的，天下無藥可解，服後七個時辰之內，全身發黑發腫，再過半個時辰，便全身潰爛而死，變成一灘又黑又臭的膿水。」

他信口說來，說得當真是活靈活現。

白開心滿頭冷汗涔涔而落，顫聲道：「你……你不是還要我做事麼？」

小魚兒笑道：「當然，我自己是有獨門解藥的。」

白開心道：「我和你無冤無仇，求求你……」

小魚兒眼睛一瞪，大聲道：「你七個時辰之內，若能將我吩咐的那件事辦得妥妥當當，若能令我滿意，再來這裡等著，我自然會救你的。」

他順手拍開了白開心的穴道。

白開心卻仍軟癱在地上，似乎連站起來的力氣都沒有了，道：「你……你不會將我忘記的吧？」

小魚兒冷冷道：「時候已不多，你還不快去，只怕就來不及了。」

白開心不等他話說完，已從地上跳了起來，就像是隻被人在屁股上砍了一刀的野馬，風也似的走了。

小魚兒瞧著他去遠，哈哈笑道：「人人害怕的『十大惡人』，原來也是很容易上當的。」

起更前，小魚兒又回到那閣樓上。

羅九、羅三兄弟果然都不在，慕容九正坐在地氈上，手裡提著個無錫泥娃娃慢聲低唱著道：「小寶貝，快快睡，窗外天已黑，小鳥回家去，烏鴉也休息……」

小魚兒笑了笑，接著唱道：「到天亮出太陽，又是鳥語花香……」

慕容九頓住歌聲，茫然瞧了他半晌，吶吶道：「你是誰？我不認得你。」

小魚兒柔聲笑道：「你忘了麼？我就是昨天教你如何去打跑心裡那惡魔的人。」

慕容九道：「呀！原來是你，你模樣看來怎地有些變了？」

小魚兒故意悄聲道：「我爲了怕那惡魔來找我，所以故意扮成這樣子，好教牠找不著，你可千萬莫要對別人說。」

慕容九連連點頭道：「我知道，我懂得，那惡魔厲害得很，千萬不能被牠找著。」

小魚兒笑道：「我知道你會懂的，你是很聰明的女孩子。」

慕容九嫣然一笑，她憂鬱的臉上出現笑容，就像是陰沉的天氣裡突然出現了陽光，鮮艷的花朵也在這一瞬間開放。

小魚兒瞧了兩眼，心裡竟似有些異樣的感覺，他立刻知道不能再瞧下去了，趕緊拉起她的手道：「現在我要帶你去一個地方，不久你就可以瞧見比我本事還大，能幫你趕走那惡魔的人了。」

也不知怎的，慕容九竟對他順從得很，立刻就站了起來，走了兩步，眨了眨眼睛忽然又道：「那麼……你呢？」

小魚兒苦笑了笑，道：「以後，你只怕就瞧不見我了。」

慕容九立刻停下腳步，道：「若是以後瞧不見你，我就不走了。」

小魚兒怔了怔，心裡也不知道什麼滋味，趕緊大聲道：「你心裡那惡魔被趕走之後，你自己也不會願意再見著我的，那時，會有許多別的人天天陪著你。」

慕容九想了想，道：「那麼，就讓這惡魔待在我心裡吧。」

小魚兒鼻子竟像是有些痠了起來，大聲笑道：「傻孩子，你難道想一輩子這樣麼？」

慕容九凝目瞧著他，咬著嘴唇笑道：「這樣其實也沒什麼不好。何況，只要你天天來陪著我，你也可以將那惡魔趕走的，是麼？」

小魚兒揉了揉鼻子，板著臉道：「你這樣不聽話，我怎會來陪你？」

慕容九垂下了頭，幽幽道：「你一定要我去，我就去，但是你……」

小魚兒終於忍不住嘆了口氣，道：「只要你記得今天的話，我以後還是會去瞧你的……」

小魚兒替慕容九披起了件長大的披風，走到段宅後園的小門外，段三姑娘早已在那裡等著了。

她的眼睛閃著光，一顆心跳個不停，身子雖然正冷得發抖，但一張臉卻在發燒，燒得連耳根都紅了。

她遠遠就瞧見小魚兒了，狂喜著迎了上去，到了小魚兒面前，才發現小魚兒身後竟還有個人。

她一顆心立刻沉了下去，咬著嘴唇道：「你……你不是一個人來的？」

小魚兒也不知究竟是真的不懂她心裡的感覺，還是裝著不懂，揚起了眉毛，瞧著她嘻嘻一笑道：「我本來就沒有說要一個人來呀！」

三姑娘這才瞧見他的臉，失聲道：「你……你是什麼人？」

小魚兒笑道：「你方才能認出了我，現在怎地又不認得了？」

三姑娘已聽出了他的聲音，但還懷疑著，吶吶道：「方才我只是感覺……感覺到是你來了，但你的臉……」

小魚兒壓住聲音，道：「我有件秘密的事要做，所以不能不扮成這樣子，你可千萬莫要告訴別人，這件事只有你一個人知道。」

他雖然根本沒有說出「這件事」是什麼，但他知道少女們一聽到只有自己一個人知道她心愛男人的秘密時，別的事就再也不會追究了的。

三姑娘果然又愉快了起來——小魚兒畢竟對她不錯，否則又怎會將這沒有人知道的秘密告訴她？

她立刻也壓低聲音，道：「你放心，絕不會告訴別人的。」

小魚兒皺起眉頭，道：「但這件事，我還需要人幫忙。」

三姑娘急忙問道：「我能幫忙麼？」

小魚兒道：「我本來可以找別人的，但是你……你若肯幫忙，那當然再好也沒有。」

三姑娘更開心了，道：「我早就說過，無論你要我做什麼事，我都答應你。」她心愛的男人不找別人幫忙，只找她，可見對她確實和別人不同，她簡直開心得要死。

小魚兒瞧她的神色，知道事情已絕不會有問題了，這才沉聲道：「其實，這件事也並沒有什麼困難，只要你將這人帶到你屋裡，等到三更時，才悄悄將她放到江別鶴屋裡，找個地方藏起。」

三姑娘道：「這容易得很，我一定能做到。」

小魚兒道：「但你卻要記住兩件事，第一，你千萬不能讓任何人瞧見她，第二，你必需要在準三更時已將她藏好，千萬不能太早，更不能遲。」

三姑娘笑道：「你放心，我絕不會誤事的。」

她這時才留意到慕容九。

五五 巧妙安排

慕容九全身都籠罩在黑色的披風裡，連頭也被蓋著，三姑娘也瞧不出她長得是何模樣，遲疑了半晌，終於忍不住問道：「這人是誰？」

小魚兒含糊著道：「她和我做的那件事關係很大，你以後就會知道的。」

他將慕容九推到三姑娘面前，道：「你們兩人趕緊去吧。」

慕容九回頭瞧著他，似乎還想說什麼，但小魚兒已趕緊走了。三姑娘瞧著他們的神情，面上不禁露出了懷疑之色，但終於只是嘆了口氣，道：「喂，你隨我來吧。」

小魚兒早早便趕到那祠堂，在四面巡視了一遍，他所約的人，都還沒有來，他在四面略爲佈置了一下，便尋了個最佳地勢，藏了起來。

然後，他將這事從頭到尾再想了一遍。

秦劍和南宮柳接到慕容九的字條後，必定會來的。

江別鶴瞧了那封信，也是非來不可。

秦劍那批人身帶著八十萬兩現銀，江別鶴那一批人卻要來尋「鏢銀」，這兩批人在這裡碰面後，還會沒有熱鬧瞧麼？

黑夜之中，兩邊人心裡都焦急得很，一言不合，不打起來才有鬼。

就算他們還未打起來，但等到三姑娘將慕容九送到江別鶴的屋子，慕容家的人聽了白開心的密告，去找出她來之後，慕容家的人還會放過江別鶴麼？江別鶴縱然厲害，慕容家可也不是好惹的。

小魚兒這個計畫，又豈只是一舉兩得而已？

第一、他以其人之道，還治其人之身，讓江別鶴也嚐嚐被人栽贓的苦頭，他心裡總算能出了口惡氣。

第二、南宮柳、小仙女這些人昨夜冤枉了他，他也要他們吃些苦頭——他算準他們接到白開心的密告後，必定要分兩批人到段宅的後園去瞧瞧，但這祠堂也是不能不來的，來的人最多不過是秦劍、小仙女與顧人玉，這三人縱能制住江別鶴，少不得也是要吃些苦的。

第三、他終於將慕容九送回她自己的親人身旁，她日後神智縱不恢復，但在親人身旁，總不會再被人欺負。這樣，小魚兒也了卻一分心事。

第四、江別鶴上過這次當後，縱然不死，也必定要老實得多，白開心等人，也想必不敢再多事。這樣，江湖中又有些太平日子了。

第五、段家的鏢銀也可能因此而物歸原主，段家父女對他總算不錯，他這樣也等於報了他們的恩了。

第六、鐵無雙所受的冤枉，也因此可以洗清，也免得這「愛才如命」的老人，死後還落個污名。

他靈機一動間想出個計畫，竟一舉而六得，這計畫實行起來縱然困難些，複雜些，卻也是值得的了。

小魚兒思前想後，愈想愈覺得這計畫是天衣無縫，妙到極點，江別鶴縱然心計深沉，只怕也想不出這樣的妙計來。

江別鶴、秦劍、南宮柳、白開心、羅九、羅三……有關這計畫的每一個人，雖然都是厲害透頂的角色，但卻都被他利用了而不自知，他絕不相信世上有任何 個人能將他的妙計瞧穿。

小魚兒愈想愈是得意，忍不住喃喃笑道：「誰敢說我不是天下第一個聰明人，誰敢講我不是天才？」

「喂，跟我走吧。」

三姑娘將這話又說了一次，說得聲音更大，慕容九卻還是在瞧小魚兒身影消失之處，癡癡的出神。

三姑娘冷冷道：「他人已走了，你還瞧什麼？」

慕容九歪著頭想了想，幽幽笑道：「不錯，他人已走了……但你知不知道，他以後還會來看我的。」

三姑娘大聲道：「他騙你的，他將你送來這裡，就不再理你了。」

慕容九嫣然一笑，道：「他絕不會騙我的，我知道。」

她充滿自信的抬起頭，月光便照上了她那微笑著的臉，那充滿對未來幸福憧憬的明亮眼波。

三姑娘雖是女人，也不禁瞧得癡了，顫聲道：「你……你怎知道他不會騙你？」

慕容九微笑著道：「他將我送到這裡來，只是爲了要將我心裡的惡魔趕走，然後，他就會來找我的。」

三姑娘瞧著她那張癡迷而美麗的臉，緩緩道：「你什麼都不記得了麼？」

慕容九道：「嗯。」

三姑娘道：「若不是因爲你神智不清，他就不會將你送來了？」

慕容九道：「我知道他也捨不得離開我的。」

三姑娘道：「等……等你好了後，他……他就來找你！」

她語聲竟已因嫉妒而微微發抖，這麼強烈的嫉妒，已足以使一個女人不惜做出任何事來。

慕容九卻全不知道，嫣然笑道：「他一定會找我的。」

三姑娘道：「他……他還說了些什麼？」

慕容九迷惘的眼睛也發了光，笑道：「他還說，我是個聰明的女孩子，只要我聽話，他就會天天陪著我，我自然會聽話的，你說我應不應該聽他的話呢？」

三姑娘突然吼聲道：「不應該！不應該！」慕容九怔住了。

三姑娘狂吼道：「你非但一點也不聰明，也一點都不漂亮，你只是個瘋子，又醜又怪的瘋子，他絕不會喜歡你的！」

慕容九終於忍不住放聲大哭起來，掩面道：「我不是瘋子，我不是瘋子……」

三姑娘道：「你不是瘋子，我問你，你可知道自己是誰麼？」

慕容九她拚命想，也想不起自己是誰，只覺得忽然頭疼欲裂，竟拚命打著自己的頭，痛哭道：「求求你，莫要問我了，我不知道，我不知道……」

三姑娘冷笑道：「一個人連自己是誰都不知道，不是瘋子是什麼！」

慕容九嘶聲狂呼道：「我是瘋子，是瘋子……他不會喜歡我的，不會喜歡我的……」

呼聲中，她竟痛哭著狂奔了出去。

三姑娘直瞧著她身影走得不見了，才鬆了口氣，她嘴角不禁泛起了一絲殘酷的勝利的微笑。

小魚兒千算萬算，終於還是忘記了一件事。他竟忘了天下絕沒有任何一個女人不是嫉妒的。

小魚兒在黑暗中靜靜的等著，竟始終瞧不見一個人影，荒郊中自然聽不見更鼓，他也不知到了什麼時候。

但他卻還能沉得住氣，這時遠處終於有了人聲。

小魚兒精神一振，喃喃道：「先來的不知是誰？兩批人雖然都很著急，但江別鶴大約總比較沉得住氣，按理說先來的應該是秦劍。」

只聽人聲中竟還雜著有滾滾的車輪聲，隱隱的驢叫聲。

小魚兒暗道：「來的果然是秦劍一夥人，竟以驢車將銀子運來了……」

心念一轉，突又發覺不對。

秦劍、南宮柳那樣的世家公子，要用車來運送銀子，也必定是用馬拉，絕不會用驢子的。

這時車馬已來到他視線之內。

來的竟非秦劍和南宮柳一夥人，也不是江別鶴，竟是五、六個披頭散髮，穿著麻衣孝服的鄉下婦人。

驢車上載的也不是銀子，而是口棺材。

小魚兒不禁呆住了，半路上怎地突然殺出了個程咬金，深更半夜的，這些鄉下婦人跑到這裡來幹什麼？

只見這幾個婦人走入了祠堂，竟一齊跪在地上，放聲大哭了起來。左面的一個婦人磕著頭哭道：「我死去的公公呀，你在天上有靈，替我評評這個理吧，我為你們家守寡守了幾十年，好容易守到兒子長大，指望他好生孝敬我，讓我下半輩子享享清福，哪知他竟被人害死了，你叫我下半輩子怎麼過呀！」

這婦人年齡看來已有四、五十歲，雖然穿著孝服，但看來卻還是端端正正，她一面哭，身旁的一個年輕婦人就不住替她搥背，也痛哭著道：「姨奶奶，你可千萬不能哭壞了身子，你傷心死了，家產可就全落到別人手裡了，你又何必讓別人得意？」

這邊一哭，右面那婦人也不甘示弱，立刻痛哭著道：「死去的公公婆婆呀，你們在天上有靈，就替我撕爛那賤人的嘴巴，兒子雖然不是我生的，但總是我們家的骨血，要算只能算我的兒子，那賤人名不正，言不順，又算什麼東西？她冤枉我，只不過是想謀奪家產罷了。」

這婦人年紀較大，長的也較醜，看來雖然瘦骨伶仃，但哭起來的聲音卻比什麼人都大。

她一哭，身旁立刻也有個較年輕的婦人陪著哭道：「大奶奶，你千萬莫哭壞了身子，大家都是有眼睛的人，絕不會讓那惡毒的婦人將家產霸佔去的。」

小魚兒聽了幾句，心裡已明白了。

到祠堂裡來評理倒也沒什麼不該，千不該，萬不該，只是不該在這節骨眼兒上撞到祠堂來。

小魚兒實在也未想到天下竟有這麼巧的事，不禁又是好氣，又是好笑，真想將這些婦人趕走。

他心裡正在暗罵，突見幾條黑衣人影，悄然掠了過來，幾個人俱是黑衣勁裝，黑衣蒙面。

小魚兒心裡一跳：「江別鶴來了。」

那幾個婦人還在邊哭邊罵，全未發覺祠堂裡已多了幾個人，幾個黑衣人冷冷的站在後面，也不說話。

只見那大奶奶和姨奶奶本是各罵各的，此刻已變得對罵了起來。那大奶奶指著姨奶奶罵道：「你這賤人，仗著幾分狐媚，迷死了我的丈夫，現在你兒子也死了，這是老天報應你，你還敢罵我？」

那姨奶奶怎肯示弱？立刻也反唇罵道：「你這醋壜子，醜八怪，自己也不撒泡尿照照自己，還想和人爭風吃醋，我丈夫就是被你氣死的！」

大奶奶怒道：「誰是你丈夫，不要臉，丈夫明明是我的。」

姨奶奶冷笑道：「你才不要臉，嫁給他那麼多年，連個屁都沒有放出來，若不是我，他死了連個上墳的人都沒有。」

這姨奶奶竟是能說會道，罵起人來又尖酸，又刻毒，那大奶奶被她氣得全身發抖，突然一個耳光摑了過去。

姨奶奶臉上挨了一巴掌，大罵道：「好，你敢打人，我和你拚了。」她撲上去，就揪住了大奶奶的頭髮。

她們身旁那兩、三個年紀較輕的婦人，趕著來勸架，但到了後來，你一耳光，我一巴掌，勸架的反而打得更兇。

幾個婦人揪頭髮，扯衣服，竟打做了一團，竟滾在地上，愈滾離那幾個黑衣人愈近。

那幾個黑衣人倒也奇怪，眼瞧著她們在面前打，竟也像是沒有瞧見似的，還是冷冷的站在那裡。

就在這時，只聽「嗤，嗤，嗤」一連串聲響，竟有幾十道烏光自那些打架的婦人堆裡暴射而出。

這些暗器來得竟是又毒又快，那幾個黑衣人全在暗器籠罩之下，眼見是沒有一個人能逃得了的！

小魚兒早已覺得有些不對了！

這幾個婦人雖是蓬頭散髮，臉上也是又粗又老，但每個人的手，卻都是十指尖尖又白又嫩。

小魚兒發現這點，眼睛立刻一亮，暗道：「慕容家的姑娘，果然厲害，江別鶴看來這個當是上定的了。」

他這念頭剛轉完，暗器已暴射而出。誰知那些黑衣人居然也似早已料到有此一著。暗器飛出，這幾人便已沖天而起，「嗆」的，凌空拔出了刀劍，寒光如流星，向那些婦人筆直刺下！

這些婦人竟也無一是弱者，身子一滾分開，閃過了凌空刺下的一劍，躍起時掌中都已多了件兵刃。

為首那黑衣人冷笑道：「好個無知的婦人，竟敢在我面前玩弄奸計，你們還差得遠些，我早已調查過，這祠堂一家的後代，都已死淨死絕……你們究竟是什麼人，若不說出來麼，今日休想有一個能活著走出去。」

小魚兒嘆道：「這江別鶴果然是隻老狐狸，無論做什麼事之前，竟都先將對方每一著都提防著，將每件事都調查得仔仔細細，絕不肯放鬆一步。」

只見那大奶奶冷冷一笑，道：「咱們是為著什麼來的，你難道還不知道？」

這句話本來很容易答覆，甚至可以說不答覆都沒關係，但這黑衣人心計深沉，別人聽來簡簡單單的一句話，經過他一想，卻變得複雜得很。

他若說「知道」，就無異承認這「鏢銀」確是他動手劫下的，對方若只不過是做個圈套誘他吐實，他豈非便要上當了？

那些婦人見他遲疑不敢作答，心裡也不免動了疑心。那大奶奶和姨奶奶交換了個眼色，姨奶奶道：「你究竟是什麼人？難道不是為那封信來的？」

黑衣人這次再不遲疑，冷笑道：「若不是為了那封信，我怎會來到這裡？」

姨奶奶道：「如此說來，那些銀子你是非要不可了？」

黑衣人心裡再無懷疑，厲聲道：「不但要銀子，還要人！」

大奶奶面色微微一變，怒道：「你要了銀子，還要人？」

黑衣人道：「兩樣缺一不可！」

那姨奶奶大怒道：「你憑著什麼，敢如此強橫霸道！」

黑衣人冷笑道：「就憑我掌中這柄利劍！」

雙方愈說火氣愈大，小魚兒卻愈聽愈是開心，只希望他們快些動手打起來，打得愈兇愈好。

只見那大奶奶和姨奶奶又交換了個眼色。

那姨奶奶大聲道：「老實告訴你，銀子和人，你一樣也休想要得到，銀子咱們根本未帶來，人呢……你若想要人，咱們就要你的命！」

黑衣人目光一轉，冷笑道：「我早已說過，銀子和人，缺一不可，如今就先取過銀子再說吧！」

話聲未了，已悄悄在身後打了個手勢。婦人們雖未瞧見他的手勢，小魚兒卻瞧得清清楚楚。

另四條黑衣人自然也瞧見了，前面兩人突然出手，刀光閃動處，竟生生將那匹拉車的驢子砍倒在地！

後面兩人卻提起了車上的棺材，往下一倒，只聽「嘩啦啦」一聲巨響，棺材裡倒下了無數錠銀子。

雖在黑夜之中，這許多銀子仍是燦爛生光，耀人眼目，那幾條黑衣大漢驟見這許多銀子，竟不覺呆了。

爲首那黑衣人縱聲笑道：「我早已說過，你們若想弄鬼瞞我，是差得遠哩！」

這銀子自然正是他的鏢銀無疑。

說話間他已悄悄打了第二個手勢，那幾條黑衣大漢揮刀便待撲上。這時，就在這時，突聽又是「嗤，嗤，嗤」一連串聲響，那裝銀子的棺材裡，竟也暴射出數十道烏光，向黑衣人們飛出！

那幾條黑衣大漢慘呼一聲，俱都仆倒在地。

只是爲首那黑衣人站得較遠，應變也較迅，劍光飛舞，震飛了暗器，但瞧見他屬下竟無一倖免，目光也不禁露出驚怒之色，大喝道：「好狠毒的婦人，竟敢……」

那大奶奶冷笑截口道：「對付你這樣狠毒的人，自然也只有用這種狠毒的法子！」

幾個人漸成合圍之勢，「砰」的一聲，棺材底被震得飛起，又有個人躍出來，站在黑衣人身後，厲聲道：「你還有什麼話說？」

那黑衣人孤零零被圍在中央，竟是絲毫不懼，反而冷笑道：「想不到你們行事倒也周密，我們未免低估了你們。只是你們此刻便得意，還嫌太早了些！」

自棺材裡躍出的那人一身緊衣，身材婀娜，面上雖仍蒙著層輕紗，但小魚兒還是一眼就認出她是小仙女。

想是因爲她性子急躁，又不會裝假啼哭，所以別人才先要她藏在棺材裡，免得露出馬腳誤事。

此刻她在棺材裡憋了一肚子悶氣，早已忍不住了，一劍刺向那黑衣人的後背，叱道：「廢話少說，你拿命來吧！」

那黑衣人背後竟似生著眼睛，頭也不回，反手一劍上撩，將她掌中的劍幾乎脫手震飛！

小仙女手腕被震得又痠又麻，才知道面前這黑衣人竟是自己平生未遇的強敵，又驚又怒，大喝道：「你死到臨頭，還敢逞強！」

黑衣人藉長劍一揮之勢退到牆角，冷冷笑道：「死到臨頭的究竟是誰，你們不妨瞧瞧吧！」

大家不由自主隨著他目光轉頭一瞧，只見這荒祠外竟多了無數條黑衣人影，一個個俱已張弓搭箭。

窗戶裡，牆隙間，已佈滿了黑黝黝的閃亮箭鏃。婦人們不禁俱都為之失色。

黑衣人冷冷道：「這祠堂外已伏下一百四十張鐵胎弓，每張弓俱有三百石力氣，我數到三，你們若還不放下掌中的兵刃，束手就縛，後果如何，你們自己也該想像得到！」

一百四十張鐵胎強弓，若是分成兩批，輪流不斷發射，縱是頂尖的武林高手，最多也不過只能抵擋一時而已。

這些婦人們心裡自然也知道，自己這群人中，縱或有一、兩人能衝得出去，但別的人卻只怕都要喪生在箭下！

幾個人又聚在一齊，竊竊私議。小仙女和那姨奶奶語聲忽停，似要硬闖，大奶奶卻緊緊抓住她們的手。

黑衣人冷眼旁觀，悠然道：「一！」

大奶奶突然道：「銀子和人就都給你如何？」

黑衣人冷冷道：「你先將人……」

話聲未了，突然一陣驚呼，祠堂外的黑衣人，已有幾個倒了下去，嚴密佈下的箭陣，剎那間便已大亂。

那姨奶奶眼睛一亮，嬌呼道：「三妹、菁妹，還不動手，等待何時！」呼聲中，一柄閃亮的短劍，已向黑衣人直刺過去！

小魚兒一聽那大奶奶說出那句話來，就知道再也不能讓他們談判下去，否則這事就要揭穿了！他一念至此，掌中早已準備好的尖石，便直擊出去！

他手法又快，藏身之處又隱秘，十餘人被打得頭破血流，滿地翻滾，竟無一人瞧出那些暗器是從哪裡發出的。

這時那姨奶奶短劍已化做一片寒光，轉瞬間便刺出了十餘劍，她雖是婦道人家，但劍法之辛捷毒辣，縱是當年浪跡江湖，時刻與人拚命的黑道豪強、白道遊俠，竟也都難及得她萬一。

黑衣人驟然間劍勢竟被她逼住，暗中不禁吃了一驚。

這姨奶奶劍法不但狠辣，而且招招都有不惜和對方兩敗俱傷的姿態，放眼江湖，這樣的女子委實沒有幾個。

再瞧那大奶奶，平劍當胸，在旁掠陣，竟無出手夾攻之意，女子和男人動手，總是吃虧些，是以女子縱然以多爲勝，江湖中也沒有人會說閒話的，這大奶奶到了這種地步，居然還是自恃身份，不屑以二敵一，這麼大氣派的女子，在江湖中更如鳳毛麟角，絕無僅有。

黑衣人愈瞧愈奇怪，愈想愈吃驚。

更令他吃驚的是，那兩個丫頭暗器手法竟也準得嚇人，只要手一揚，外面立刻就有一、二人驚呼著倒下去。

小仙女更早已衝了出去，百來個黑衣大漢，此刻倒下至少已有四、五十個，剩下的自顧尚且不暇，哪裡還有功夫放箭？

小魚兒瞧得張大了嘴，幾乎要笑出聲來，他吃了江別鶴幾次虧，這口氣到今天才總算是出了。

又是數十招拆過，那姨奶奶劍出更快、更毒，劍劍不離黑衣人的要害，劍尖已堪堪到了黑衣人的咽喉。別人看著，都只道她已佔了上風。

卻不知那黑衣人心機最多，此刻又在想著心事，掌中劍雖在展動，只不過是虛應故事，但求護身而已。此刻他心意貫通，突然朗聲大笑，平平一劍削出。

那姨奶奶頓覺對方一柄輕飄飄的長劍，竟驟然變得千鈞般重，劍還未到，已有一股大力湧來。她應變不及，只有揮劍迎了上去。

她劍雖辛辣，內力卻和這黑衣人相去甚遠，黑衣人這一劍力已用足，她捨己之長，用己之短，揮劍迎上，這無異以卵擊石。

這只因她委實太小瞧這黑衣人的武功，等到發覺時卻已遲了，縱然明知吃虧，也只有硬著頭皮一拚。

那大奶奶瞧得清楚，失聲道：「千萬別和他鬥力！」

她縱然不屑以多為勝，此刻事態緊急，也說不得了。喝聲中，長劍揮出，也迎擊了上去！只聽「嗆」的一聲龍吟，火花四下飛濺。

大奶奶和姨奶奶以二敵一，竟還是力不能及，兩人但覺半邊身子發麻，掌中劍幾乎脫手飛去！

小魚兒瞧得暗暗頓足道：「這些丫頭們不用自己拿手的功夫，反和人家鬥力氣，豈不是自找倒楣麼！」

只見這大奶奶和姨奶奶身子凌空飄開了兩丈，幾乎已退到牆上，兩人臨危不亂，掌中早已扣好了暗器。

慕容家的姑娘輕功暗器，天下揚名，黑衣人若是求勝心切，貪功追來，只怕就很難全身而退了。

誰知黑衣人一擊未成，竟立刻住手，朗聲笑道：「今日我什麼都不要了，就此別過。」一面說話，身子已向後退。

這一著倒是連小魚兒都大感意外，那大奶奶和姨奶奶見他明明佔了上風，卻反而要走了，不禁更是奇怪。

姨奶奶忍不住道：「你方才死命逼人，此刻卻想一走了之，這是為了什麼？」

黑衣人大笑道：「方才我不知你們是誰，若是走了，日後再也難以尋找，那時我自然是萬萬不肯走的！」

姨奶奶道：「現在呢？」

黑衣人冷笑道：「慕容家的姑娘有名有姓，有家有業，我今日要不回東西來，以後日日到府上拜訪，還怕要不回來麼？」

姨奶奶變色道：「你已瞧出了咱們的來歷？」

黑衣人道：「慕容二姑娘劍法辛辣，天下皆知，我若再瞧不出，就真是瞎子了！」

那姨奶奶突然自頭上扯下了把頭髮、一張面具，露出了一張白生生的臉，只見她杏眼圓睜，柳眉帶煞，冷笑道：「你認出了我，我卻不認得你，日後正是再也打不著你了，你想想，今天咱們還能讓你走麼？」

一人大聲接口道：「他走不了的！」

小仙女已擋在黑衣人身後，堵住了門！

黑衣人厲聲狂笑道：「我今日若走不脫，方才也不會說那番話了！」

慕容雙喝道：「我們要看看你如何走得脫！」

這位慕容二姑娘，脾氣果然急躁，方才雖吃了個虧，此刻竟絲毫不懼，揮劍又撲了上去。

只聽「噹」的一響，那「大奶奶」竟攔住了她的劍。

慕容雙怒道：「三妹，你難道要放他走，你難道不想尋回九妹了麼？」

慕容珊珊道：「我看此事，其中似乎有些蹊蹺。」

慕容雙道：「什麼蹊蹺？」

慕容珊珊道：「此人既將我等約來，便應早已知道我們是誰，但他卻直到此刻才知道我們的來歷，這豈非有些奇怪麼？」

慕容雙怔了怔，還是跺腳道：「這有什麼奇怪，誰知道他這不是在裝佯。」

小仙女應聲道：「不錯，先制住他再說。」

那黑衣人一直留神傾聽，此刻突然大聲道：「三位且莫動手，你我只怕都中了別人挑撥之計了。」

話聲未了，突聽「嘩啦啦」一陣響，一隻香爐，從屋樑上滾了下來，還帶著拉下了一大條白布。

那白布上竟寫著：「江別鶴，你作惡多端，到現在想賴也賴不掉了！」

白布上碗大的黑字，雖在黑夜中也瞧得分明，幾人見了，俱是大吃一驚。

慕容雙失聲道：「你……你竟是江別鶴？」

黑衣人目中露出驚惶之色，他聽了慕容姑娘的對話，已知道自己雖然精打細算，今日還是落入了別人的圈套，卻連那真正在暗中主謀的人是誰都不知道。

他心機素多，別人只想起了一件事，他已想起了十件，這有時反而害了他，只因他心裡有事就忘了答話。

慕容雙冷笑道：「堂堂的江南大俠，竟也做出這樣的事來，倒真是令人想不到的。」

黑衣人還未答話，只聽又是「嘩啦啦」一陣響，一個香爐蓋從樑上滾了下來，又帶下條白布。

白布上還是寫著海碗那麼大的字：「江別鶴，你藏的人已被尋著了，你還有什麼話說。」

這些布條，自然是小魚兒方才早已準備好的，他將布條一端釘在樑上，用香爐包著布條的另一端，又在香爐下繫著條又長又細的線，從屋樑上繞到他藏身之地，只要線一拉，香爐滾下來，布條自然也就隨著落了下來。

方才他聽得慕容珊珊愈說愈不對了，再說下去，他這妙計便要被揭穿，所以趕緊將線一拉。

他算定秦劍等人此刻必定已在江別鶴屋裡尋著了慕容九，等到他們將慕容九帶來，江別鶴縱有一百張嘴，也休想辯說得清了，這計畫原是萬無一失，他做夢也想不到其中竟會出了差錯。

五六　作法自斃

兩張布條落下後，就連慕容珊珊心裡也再無懷疑，小仙女和慕容雙更是滿面殺氣，恨不得將江別鶴先宰了再說。

那「黑衣人」既未承認自己就是江別鶴，卻也未否認，竟是一言不發，眼睛只是瞪著對方的幾柄劍。

慕容雙瞪著眼睛道：「三妹，現在你說怎麼辦？」

慕容珊珊嘆了口氣，道：「先拿下他再說吧。」小仙女等不及她這話說完，掌中劍已刺了出去。

她劍法迅急潑辣，慕容雙劍法辛狠辣惡。

慕容珊珊的劍法雖然急不如小仙女，狠不如慕容雙，但眼光敏銳，頭腦清楚，每刺一劍，必是對方的必救之處！

這三個人三柄劍，可說都不是好惹的，而且姐妹自幼同堂練劍，招式配合得更是滴水不漏。

那黑衣人武功雖高，卻也難以應付，擋了幾招，劍法突轉淩厲，已是以進爲退，想奪路而逃了。

怎奈對方三個女子，與人交手經驗之富，並不在任何人之下，他劍法一變，三個人已全都瞧破了他的心意。

他不走還好，這一想走，對方更是認定了他無私也有弊，小仙女與慕容雙更是不要命的纏了過來。

她們帶來的三個丫頭，應付外面剩下的黑衣大漢們，竟也是綽綽有餘。

黑衣人頭上汗珠，已濕透了蒙面的黑巾，這才知道名動天下的慕容姐妹，果然不是好鬥的。他卻不知道劍法還非慕容姐妹所長，暗器輕功，才是她們的絕技！只是此刻她們生怕他見隙而逃，是以才沒有抽身使出暗器。

只聽「嗖」的一聲，慕容珊珊一招「分花拂柳」，迎面刺來，劍光閃動不歇，也不知是虛是實。

她這一招其實不在傷敵，只在眩亂對方的眼目，好教別人出手，但黑衣人若不閃避，虛招立刻變成實招。

黑衣人不假思索，斜身揚劍，小仙女與慕容雙果然已等著他了，劍光如驚虹交剪，左右刺來。

她三人所使出的這三招，並非什麼高妙的招數，但配合得卻實在佳妙無比，三招普普通通的劍式一齊刺來，威力何止大了三倍？閃動的劍光，竟將對方的所有去路全都閉死，眼看是避得開這一劍，也避不開那一劍的。

誰知黑衣人一招擋開了慕容珊珊的劍後，竟突然鬆手，拋卻了掌中劍，出手如風，已捏著了慕容珊珊的手腕！

這一招變得委實險極，也委實妙極，若非他這樣的人，也想不出這樣的招式，就連小魚兒瞧得都幾乎失聲喝采！

黑衣人另一隻手已到了她咽喉，叱道：「你們還要不要她的命？」

這時黑衣人雖然背後全是空的，小仙女與慕容雙的兩柄劍，隨時都可以將他身子刺上幾個窟窿。

但慕容珊珊性命已被別人捏在掌中，她兩人又怎敢出手？兩柄劍抵住黑衣人的身子，竟不敢刺下去！

慕容雙跺腳道：「快放手，否則我就宰了你！」

黑衣人冷笑道：「你們若不放手，我就宰了她！」

小仙女道：「你先放，我們就放。」

黑衣人大笑道：「男兒不該與女子爭先，還是你們先放吧！」

慕容雙怒道：「我們怎能信得過你？」

黑衣人冷冷道：「我也未見能信得過你們！」

雙方誰也不敢出手，卻也不敢放手，這樣僵持了一會兒，小仙女與慕容雙性子急躁，早已急出了滿頭大汗。

慕容珊珊反倒不著急，緩緩道：「二姐你們切切不可放手，他是決計不敢傷我的。」

黑衣人冷笑道：「我素來沉得住氣，就這樣耗下去也沒關係。」

慕容雙怒極之下，劍尖忍不住向前一移，那邊慕容珊珊立刻就透不過氣來。

小仙女怒吼道：「你究竟要這樣耗到幾時？」

黑衣人道：「直到你們放手爲止。」

小仙女滿頭大汗，似已急得不知該如何是好！

小魚兒苦笑暗道：「傻丫頭，你著急什麼，你難道還怕沒有幫手來麼？……」

就在這時，遠處三條人影一閃，刹那間便到了眼前，果然是南宮柳、秦劍與顧人玉來了！

小魚兒、慕容姐妹俱都大喜，但那黑衣人有恃無恐，竟也不甚驚惶——秦劍來了，更不會讓慕容珊珊死的。

他只要挾持著慕容珊珊，就不愁走不出去。

秦劍見到愛妻被人挾制，面色果然大變，顧人玉江湖經驗最嫩，瞧見這情況，更是呆住了。

小仙女跺腳道：「呆子，你還不過來幫忙？」

黑衣人大喝道：「誰敢過來！」

秦劍道：「這……這究竟是怎麼回事，朋友有話好說。」

黑衣人厲聲道：「此事純屬誤會，但事已至此，我縱然解釋，你們也是不會相信的，什麼話只有等我先走出去再說了！」

這時南宮柳已瞧見了樑上掛著的布條，失聲道：「閣下莫非真的是江大俠？」

小仙女喝道：「什麼狗屁的大俠，此人正是江別鶴！」

慕容珊珊喘了口氣，道：「你們先別管我，先問問九妹可曾找著了麼？」

南宮柳嘆了口氣，道：「我等方才已到江大俠的居所去了一次……」

小魚兒聽到這裡，一顆心已拎了起來，他們若在江別鶴住所尋著了慕容九，又怎會還對他如此客氣，稱他爲「大俠」！

慕容珊珊也已著急道：「九妹難道不在那裡？」

秦劍急道：「你先別管九妹，你自己……你自己……」

南宮柳苦笑道：「九妹並不在江大俠那裡，我等只怕是全都被人捉弄了！」

小魚兒這一驚才是非同小可，幾乎要從藏身之處跳了出來。慕容九怎會不在那裡，莫非是他們找錯了地方？

秦劍道：「我等方才也見過了那花無缺公子和鐵心蘭姑娘，都說九妹早已失蹤，絕不會和江大俠有關！」

慕容雙怔在那裡，劍已不覺垂下。

小仙女喃喃道：「鐵心蘭想來是不至於幫江別鶴說話的。」

慕容珊珊嘆了口氣，道：「我也早已覺得此事有些不對，試想江大俠若存心要我們贖金，爲何要自己出頭？縱然他自己來了，又怎會不知道我們是誰？何況，他要將九妹藏起，地方也多得是，又何必藏在自己的居處？」

秦劍頓足道：「這件事你既然早已想到，爲何還要與江大俠動手？」

他見到那黑衣人還未鬆手，自然只得先責備妻子的不是。

慕容雙卻不服道：「他……江大俠自己一句話不說，咱們怎會知道？」

慕容珊珊眼珠子一轉，突然問道：「但……閣下是否真的是江別鶴大俠？」

這句話問出來，眾人又不覺動了疑心。

只見黑衣人終於緩緩放下了手，微笑道：「誤會既已解開，在下是否江別鶴都是一樣的了。」

他竟是還不揭開蒙面的黑巾。

秦劍早已竄到慕容珊珊身旁，悄聲道：「你沒事麼？」

慕容珊珊一笑握住了他的手，眼睛卻還是盯著那黑衣人道：「賤妾等傷了江大俠那麼多屬下，實是罪該萬死，但望江大俠恕罪。」

她故意將「江大俠」三個字語聲說得特別重些，而且一連說了兩次。

黑衣人還是既不承認，也不否認，笑道：「雙方既已出手，傷亡自所難免，又怎能怪得了夫人？只是，那暗中陷害我等的人，卻實在可恨！」

說到這裡，他一雙冷森森的眼睛，突然盯到小魚兒的藏身之處，眾人的目光也不禁隨之望了過去。

慕容雙大聲道：「不錯，那人的確是不能放過！」

小仙女道：「我若找著了那人，先割下他的舌頭，挖出他的眼睛，再問問他爲什麼要使出這害死人的毒計。」

幾個人一面說話，一面已將小魚兒的藏身之處隱然圍住。這許多頂尖高手將一個人圍住，無論是誰，也是休想逃得了的！

小魚兒掌心也不覺沁出了冷汗，他知道這些人若是抓住了自己，那後果真也是不堪設想。他弄巧成拙，害人不著，竟害著自己。

就在這一瞬間，他腦筋已動了幾百次，卻也想不出一個法子能逃得了。

這時那黑衣人已冷笑道：「到了這時，閣下還不出來麼？」

慕容雙恨聲道：「你既然早已知道他藏在這裡，爲何不早說？」

黑衣人道：「那時我見到暗器自這裡飛出，擊傷了在下的同伴，還以爲是夫人們預先將人埋伏在這裡的。」

小魚兒暗罵道：「這雙狗眼，倒當真是毒得很。」

他罵儘管罵，卻已知道自己此番是在劫難逃的了，要想從這些人包圍中衝出去，那豈非是做夢？

只聽黑衣人冷冷道：「朋友再不自己出來，在下便要令人發箭了！」

慕容雙突然搶過柄弓箭，大聲道：「且叫你見識見識慕容姑娘弓箭上的本領！」

小魚兒那天參觀著慕容雙的閨房後，便已知道她在弓箭上必有非凡的身手，他可不願蹲在這裡做她的箭靶子！

就在這時，突聽一人咯咯笑道：「這裡好熱鬧呀，莫非是看戲麼？」

眾人不由得齊地轉頭望去，只見一人長袍披髮，咯咯的癡笑著，幽靈般走了過來，不是慕容九是誰！

慕容九方才到哪裡去了？此刻又怎會來到這裡？這的確連小魚兒也瞧得怔住了。

慕容姐妹驚喜交集，失聲呼道：「九妹，你可想死我了！」呼聲中，兩人已撲過去抓住了慕容九的手。

慕容九瞧了她們一眼，目中卻滿是茫然之色，咯咯笑道：「你們是誰？我不認得你們呀！」

慕容雙顫聲道：「九妹……你……你難道連二姐都不認得了麼？」話未說完淚珠已

奪眶而出。

慕容珊珊也是熱淚盈眶，流淚道：「九妹，你怎地會變得如此模樣？」

慕容九癡癡的瞧著她們，也不說話。

顧人玉終於忍不住走過去，顫聲道：「九妹！你認得我麼？」

小仙女頓足道：「她連二姐三姐都不認得了，又怎會認得你？」

顧人玉垂下頭來，眼淚已滴在地上。秦劍與南宮柳亦是滿面慘痛之色。

慕容雙頓腳道：「是誰將她害成這樣子？是誰？」

小仙女突然大哭道：「她見了小魚兒死而復活，所以才嚇成這樣子的。其實小魚兒根本沒有死，是故意嚇嚇她的。」

慕容雙大喝道：「誰是小魚兒？他現在哪裡？」

小仙女道：「現在只怕是死了。」

慕容雙怔了怔，道：「你方才說他未死，此刻又說他死，他到底死了沒有？」

小仙女道：「他本來沒有死，後來卻跌到懸崖死了。」

語聲微頓，又道：「但這人一肚子鬼主意，一身鬼本事，別人明明算定他死了，他卻常常沒有死，沒有親眼瞧見他的屍身，誰也不敢說他是否真的死了！」

黑衣人突然道：「他還沒有死。我最近又瞧過他的。」

慕容雙大聲道：「你知道他在哪裡？」

黑衣人冷冷道：「依我看來，他此刻只怕就在……」

他像是已猜出藏著的便是小魚兒，小魚兒一顆心又拎了起來，哪知他一句話還未說完，慕容九突然大聲道：「小魚兒……小魚兒！我想起來了！」

大家又是既驚且喜，慕容雙顫聲道：「你……你什麼都想起來了麼？」

慕容九癡癡的瞧過她，緩緩道：「你是二姐。」

慕容雙狂呼一聲，抱住了她，竟歡喜得放聲痛哭了起來。

慕容珊珊也不覺喜極而泣，道：「九妹……九妹……天可憐見，你終於好了。」

慕容九笑道：「三姐……三姐，我還能見著你們？我這是在做夢麼？」

姐妹又笑又哭，哭成一團，小魚兒在一旁偷偷瞧著，眼睛竟也不覺濕了，心裡也不知是何滋味。

只聽那黑衣人突然嘆道：「那江小魚將令妹害成如此模樣，江湖中誰也放不過他的。」

他留在這裡不走，原來就是為了對付小魚兒的，生怕慕容姐妹歡喜中忘記這事，趕緊又提醒了一句。

慕容雙果然頓住哭聲，恨恨道：「我若知道那小賊在哪裡，不宰了他才怪。」

慕容九突又截口道：「這事其實是怪不得小魚兒的。」

這句話說出來，大家又吃了一驚。最吃驚的當然還是小魚兒自己，其次就是小仙女了。

她忍不住問道：「不怪他怪誰？你豈非恨他入骨的麼？」

慕容九淒然一笑，道：「我見他死而復活，當時駭了一跳，雖然有些迷迷糊糊，但過了沒有多久，便已漸漸清醒了過來。」

慕容雙奇道：「你既然早已清醒，為何方才不認得我們？」

慕容九道：「那是被江別鶴害的。」

這句話說出來，連小魚兒也糊塗了。

江別鶴又怎會害她？

只聽慕容九接著道：「他見我清醒，就又以迷藥迷住了我，他想乘我暈迷時，逼我和他……和他成親，為的也是想做慕容家的女婿，他日日夜夜看著我，直到方才，我見他不在，才偷偷溜出來的。」

眾人方才雖已認為江別鶴受了冤枉，但此刻這話親口從慕容九嘴裡說出來，那還會假麼？

慕容雙怒喝道：「好個可惡的江別鶴，咱們竟險些被他騙過了！」

南宮柳亦自怒道：「難怪我等方才尋不著她，原來她已自己逃出。幸虧老天有眼，叫她逃來這裡，這當真是天網恢恢，疏而不漏。」

喝聲中，幾個人又將那黑衣人團團圍住。

小魚兒瞧得可真是又驚又喜，但卻又是滿頭霧水，一肚子糊塗，事情竟會演變到這地步，小魚兒就算真的是天下第一個聰明人，卻再也想不通是怎麼回事。

只聽慕容雙喝道：「江別鶴，你到現在還有何話說？」

誰知那黑衣人竟忽然放聲大笑起來，道：「誰說我是江別鶴？」

他順手抹下了蒙面的黑巾，露出了一張滿是虬髯的臉，眾人俱都瞧過江別鶴，這張臉果然不是江別鶴。大家不禁都怔住了。

慕容雙失聲道：「你究竟是誰？」

慕容珊珊道：「你若不是江別鶴，江別鶴在哪裡？」

黑衣人大喝道：「江別鶴就在這裡！」

他竟突然衝入了小魚兒藏身之地，呼道：「江別鶴，你出來吧。」

呼聲中一掌閃電般拍下！

五七　意外之外

小魚兒見黑衣人閃電般一掌拍下，又是一驚，百忙中迎了一掌，喝道：「你才是江別鶴易容改扮的，騙得了誰？」

那黑衣人竟也喝道：「你才是江別鶴易容改扮的，騙得了誰？」

小魚兒眼珠子一轉，破口大罵道：「江別鶴，你這惡賊，你這混帳王八蛋，屁精活烏龜！」

他算定江別鶴也是個人物，怎肯自己罵自己。

那知黑衣人也大罵道：「江別鶴，你這惡賊，你這混帳王八蛋，屁精活烏龜！」

小魚兒大笑道：「我就算不能逼出你的原形，聽你自己罵自己，倒也出了我胸中一口惡氣，哈哈，自己罵自己烏龜，可笑呀可笑。」

那黑衣人竟也大笑道：「我就算……」

他竟然將小魚兒說的話，一字不改、原封不動的說出來，小魚兒罵得愈來愈開心，他也罵得毫不遜色。

兩人一面罵，一面打，眾人都不覺瞧得呆了。

慕容珊珊道：「江別鶴武功人稱江南第一，想必不差。」

慕容雙道：「不錯，武功高的一個，必定就是江別鶴！」

只見兩人拳來腳往，不但功力俱都極深，招式也是千變萬化，奇詭絕倫，竟都是頂兒尖兒的高手！

一時之間，誰也分不出他們武功誰強誰弱。

只聽「砰砰蓬蓬」之聲不絕於耳，無論什麼東西只要挨著他們的拳風，立刻就被打得粉碎。

只見兩人從裡打到外，從近打到遠。

要知這黑衣人雖不願被人瞧破來歷，小魚兒卻也是如此。兩人抱著同樣的念頭，自然愈打愈遠。

兩人招式看來雖仍凌厲，其實都已不願再纏戰下去，突然齊地一縱，一個往東，一個往西。

兩人身法俱快，慕容雙等人雖然追來，卻已追不著了。何況他兩人分頭而逃，大家也不知該去追誰！

就在這時，突見一個人自樹林的暗影中掠了出來，竟攔住了小魚兒的去路，指著小魚兒怪笑道：「這才是江別鶴，這才是真的。」

目光下瞧得清楚，這人竟是那「損人不利己」的白開心！

小魚兒又驚又怒，喝道：「你瘋了麼？你不想要解藥救命了？」

白開心嘻嘻一笑，道：「誰救誰的命，你害了我，我不害你？」突然一個觔斗，倒縱了出來，走得瞧不見了。

這時慕容姐妹等早已趕來，幾柄劍已將小魚兒圍住。

慕容雙怒道：「江別鶴，這次若再讓你逃了，我就不姓慕容。」

小魚兒跳腳道：「誰是江別鶴？王八蛋才是江別鶴！」

慕容珊珊冷笑道：「你不是江別鶴爲何要逃？」

小魚兒愣了愣，這句話他實在回答不出。

慕容雙應聲喝道：「是呀，你若不是江別鶴，爲何不讓我們檢查檢查你的臉？」

她們上過一次當，再也不肯上當了，嘴裡說話，手也不停，掌中劍刺出去一劍比一劍狠。

小魚兒道：「我堂堂男子漢，怎能讓你們女子碰我的臉，常言道：男人臉上有黃金，女人手上有糞土。」

他一急之下，索性胡說八道起來，也正是想藉此激怒她們，自己才好有機會衝出去。

慕容雙果然大怒道：「放屁，你臉上才有糞土。」

小仙女道：「你少時落在姑奶奶手中，不將你泡到糞缸去才怪。」

小魚兒道：「就算泡在糞缸裡，也不能被女人摸來摸去。」

眾人已猜出他心意，知道他故意胡言亂語來打岔，誰也不再理他，只有那顧人玉最老實，忍不住道：「我不是女人，你讓我檢查檢查如何？」

小魚兒道：「你原來不是女人麼？我還以爲你也是她們的妹妹哩。」

他自己說著，自己也不覺好笑，剛笑出來，「嗤」的，前胸衣裳已被劃破，若不是他武功精進，腸子只怕已被劃了出來。

到這種時候，他反正已豁出去了，瞧見秦劍與南宮柳未動手，只是在旁掠陣，便又笑道：「慕容家的女婿，江湖中是人人羨慕的，都說你們艷福不淺，依我看來，卻不如娶得麻子跛腳還好得多。」

他嘴裡說得開心，肩頭又著了一劍，雖未傷著骨頭，但劍鋒過處，鮮血已汩然流了出來。

只聽秦劍冷笑道：「秦某本不想以多欺你，但你如此，我也說不得了。」

話聲中已刺出三劍，這三劍功沉力猛，面面俱到，正好補上了慕容姐妹劍法沉穩之不足。

他心裡雖暗暗叫苦，嘴裡還是不饒人，大笑道：「南宮柳，你爲何不也一齊上來呀，難道你武功原本見不得人，只是靠老婆在江湖中混的麼？」

南宮柳面色果然微變，突然沉聲道：「腹結、府舍……市風、瀆中……環跳……」話未說完，已有三柄劍照著他所說的部位刺了出去。「嗤」的一聲，小魚兒「環跳」穴旁又被劃了條血口！

此刻他冷眼旁觀，嘴裡淡淡道來，正是小魚兒難以閃避、難以招架的破綻之處。這一來小魚兒更是手忙腳亂。

只聽南宮柳接著道：「靈門、中府……陰市、梁邱……承扶！」

唰、唰、唰三劍過後，小魚兒「承扶」穴旁果然又挨了一劍，他心裡本在暗自思忖著道：「我聽你先說出部位，難道不會躲麼？」誰知等著別人說出來時，他竟是偏偏躲不開。

南宮柳縱橫全局，對小魚兒的出手已瞭如指掌，所指點出來的部位，自然正是小魚兒的必敗之處。

南宮柳又道：「幽門、通谷……府會、歸來……湧泉！」

這「湧泉」穴乃是在腳底之下，小魚兒聽得不禁一愣，心想：「你們的劍難道還能刺在我足底麼？」

只見慕容珊珊劍勢擊來，直刺「府會」、「歸來」兩穴，他本可躲避，怎奈別的劍已封住了他去路。

他危急之中，不及細想，只有飛起一腳，去踢慕容珊珊握劍的手腕。慕容珊珊劍雖退去，但慕容雙「唰」的一劍刺來，正恰巧刺在他「湧泉」穴上，小魚兒穿著皮靴，這一劍傷的雖不重，但他卻已不覺冷汗涔涔而落。

南宮柳悠然道：「神堂、心俞……委中、陰谷……缺宣！」

這一次小魚兒更加注意，全神貫注，防護著「缺宣」穴，誰知後背一涼，「會陽」穴旁已中了一劍。

而南宮柳正恰巧在此時道：「會陽！」

小魚兒不禁暗嘆一聲：「罷了……」

哪知就在這時，遠處突然傳來慕容九的慘呼聲：「救命呀……江別鶴……你這惡賊……三姐……二姐……救命……」

呼聲一聲比一聲遠。

慕容珊珊大駭道：「不好，我們將九妹忘在那祠堂裡了！」

小仙女道：「江別鶴在那邊。」

顧人玉道：「這人果然不是江別鶴！」

紛紛呼喝間，已都向慕容九聲音傳來處飛撲過去，只南宮柳走得最慢，竟向小魚兒微一抱拳，道：「閣下身手非凡，似是集各門之長，卓然自成一家，只是出手間還不能渾然圓通，似是易露破綻。想是因爲閣下旁騖太多，不能專心於武，日後若能改去此點，我縱在旁指點，也是無用的了。」

小魚兒愣了一愣，道：「你為何要對我說這些話？」

南宮柳道：「閣下實非江別鶴，江別鶴出手必不致如此生疏。」

小魚兒怒道：「你早看出來了，為何不早說？」

南宮柳道：「在下雖早已瞧出，但那時還想瞧瞧閣下究竟是誰，是以也未說破，此刻既是九妹有難，自又當別論了。」

小魚兒嘆了口氣，道：「只怕是我罵了你兩句，你就故意叫我受些苦吧！」

南宮柳微笑道：「在下若非心中也有些不安，又怎會對閣下說那番話……」

微一抱拳，也展動身形追去了。

南宮柳已走得沒影子，小魚兒還是在反覆咀嚼著他方才說的那番話，愈想愈覺滋味無窮！

「……想是因為閣下旁騖太多，不能專心學武……」

小魚兒嘆了口氣，喃喃道：「他這話倒還真是說在我節骨眼上了，看來這些武林世家的子弟的確是有些門道的，倒也輕視不得。」

他呆了半晌，放開大步，向前走去，只想先尋著那「損人不利己」的白開心好好算一算賬。

他一面走，一面又忍不住喃喃自語道：「白開心怎會突然不怕死了，連解藥也不想

要？……慕容九又是怎麼回事？此刻又是否真的是被江別鶴劫去了？」

小魚兒愈想愈糊塗，索性不再去想了，但覺滿身傷口，都發起疼來，就在樹林裡找了株大樹坐下歇歇。

這時星群漸稀，東方漸漸露出了曙光，樹林裡漸漸響起了啾啁鳥語，大地顯得說不出的和平寧靜。

小魚兒閉起眼睛，喃喃道：「我只怕真的是閒事管得太多了，但一個人光吃飯不做事也不行呀，何況，事情找上門來時，想躲也躲不了的。」

誰知就在這時，突聽一人呼喚著道：「小魚兒……小魚兒……你在哪裡？」

小魚兒跳了起來，苦笑著：「事情果然真的找上門來了……卻不知來的這人是誰？又怎會知道我在這樹林子裡？」

只聽那人又道：「小魚兒，我知道你就在這樹林子裡，你快出來吧，我有很要緊的話要對你說……你還不出來麼？」這聲音竟似慕容九。

小魚兒眼睛一亮，笑道：「若是慕容九，來得倒正好，我正想找她，她就來了。」

只見一人披髮長袍，踏著乳白色的晨霧飄飄而來，看來就像是乘雲飛降的山林女神，可不正是慕容九？

小魚兒突然跳到她面前大聲道：「喂！」

慕容九像是駭了一跳，撫著胸口，嬌嗔道：「你又想嚇死我？」

小魚兒上下瞧了她兩眼，笑道：「半天不見，你看來愈發漂亮了。」

慕容九抿嘴笑道：「半天不見，你看來也愈發英俊了。」

小魚兒嘻嘻笑道：「你不恨我了？」

慕容九道：「女人的心，常常會變的，你難道不懂麼？」

小魚兒道：「我正是上過女人的當了。」

慕容九笑道：「誰讓你上當的？誰騙過你？莫非是……那位鐵姑娘？」

小魚兒心裡一痛，大聲道：「不是！是慕容九。」

慕容九咯咯笑道：「我幾時騙過你了？」

小魚兒眼睛裡發著光，一字字道：「你不是慕容九！」

慕容九大笑道：「我不是慕容九是誰？難道你也發了昏，竟不認得我了。」

小魚兒瞪著眼瞧了她半晌，突然跳起來，翻了個觔斗，落在地上，又揉了揉眼睛，終於大笑道：「我想來雖絕不會是你，但卻又一定是你。」

慕容九笑道：「你到底說我是誰呀？」

小魚兒一把抓住她，大笑道：「你是屠姑姑……屠嬌嬌！」

那「慕容九」也瞪著眼睛瞧了他半晌，突也大笑道：「小鬼頭，到底是你聰明，果然被你瞧出來了，普天之下，除了你之外，只怕誰也瞧不破我的。」

小魚兒道：「不錯，只是……我又不相信屠姑姑真的會到這裡來，我簡直做夢也想不到你會離開惡人谷。」

屠嬌嬌竟嘆了口氣，緩緩道：「天下有許多事，都是人想不到的。」

小魚兒瞪大眼睛，道：「我實在想不到屠姑姑竟也會嘆氣了，也想不出你怎會離開了『惡人谷』，更想不到你怎會知道我的事，而扮成了慕容九。」

他心裡想不通的事實在太多，忍不住一口氣問了出來。

屠嬌嬌笑道：「你連珠炮似的問了我這麼多，叫我怎麼樣回答你呀？」

小魚兒道：「這一、兩年來，根本就沒有人知道我在哪裡，你又怎會知道我的事，又怎會扮成慕容九呢？」

屠嬌嬌笑道：「我離谷之後，雖然聽見過一些你的傑作，但確實不知道你躲到哪裡去了！打聽也打聽不出。」

小魚兒得意的眨了眨眼睛，笑道：「你當然打聽不出，我若想躲起來，誰能知道我在哪裡。」

屠嬌嬌道：「我找來找去找不著，前幾天卻在無意中見到了你！我非但見過你，還跟你說過話。」

小魚兒摸著頭，苦笑道：「這倒怪了……我居然還跟你說過話？……」

屠嬌嬌咯咯笑道：「你那時好兇呀，直瞪著眼睛叫我滾，我可真是不敢惹你，只好被嚇得乖乖的遠遠滾開了。」

小魚兒跳了起來，瞪著眼大笑道：「我知道了，你就是……就是……」

屠嬌嬌悠然笑道：「我就是羅九兄弟樓下的那傻丫頭。」

小魚兒大笑道：「我實在佩服你，你實在裝得真像，我真是做夢也想不到。」

他大笑了一陣，突又頓住笑聲，問道：「但在那天之前你並沒有見過我，是麼？」

屠嬌嬌道：「沒有。」

小魚兒道：「你當然也不會算到我會到羅九家裡去的。」

屠嬌嬌笑道：「我又不是神仙，自然算不出的。」

小魚兒道：「那麼你又怎會扮成個傻丫頭，躲在那裡等我？」

屠嬌嬌目中突然射出了兇惡的光芒，一字字道：「我爲的是那羅九兄弟！」

小魚兒恍然道：「我知道了，他兄弟本和你有些仇恨。」

屠嬌嬌道：「我此番出谷，除了找你之外，還一心要找兩個人。」

小魚兒道：「你要找的，就是他們？」

屠嬌嬌也不回答，只是緩緩接著道：「二十年前『十大惡人』中，有五個被逼入惡人谷，那時情形十分危急，他們走得十分倉促，所以有許多重要的東西，都來不及帶走。」

小魚兒點頭道：「不錯，你和李叔叔、杜叔叔等人，縱橫江湖多年，自然不會是身無長物，而能被你們瞧得上眼的東西，自然也必定珍貴得很。」

屠嬌嬌道：「你知道，我們在江湖中根本沒有朋友，只有『十大惡人』中另外那五個人，勉強可以算是和我們臭味相投。」

小魚兒微笑道：「這點我當然清楚得很。」

屠嬌嬌道：「所以，我們只有將東西交給他們。但那『狂獅』鐵戰總是瘋瘋癲癲，發起瘋來時，連自己的命都可以不要，何況是別人交給他的東西？那『損人不利己』白開心非但靠不住，而且又和李大嘴是對頭。」

小魚兒笑道：「若是交給『惡賭鬼』軒轅三光，又怕他輸光。」

屠嬌嬌忍不住也笑道：「是呀，『惡賭鬼』雖然賭了一輩子，雖然自命賭得比誰都精，但還是常常輸得幾乎連褲子都沒有，總是等到『天光、人光，錢也光』時才肯罷手，他那軒轅三光的名字，正也是爲此而來的。」

小魚兒笑道：「常言道：久賭神仙輸，何況他還只不過是個賭鬼而已，還夠不上神仙的資格又怎麼能不輸？」

屠嬌嬌道：「那時，大家本決定要將東西交給『迷死人不賠命』蕭咪咪的，但她卻又偏偏不知躲到哪裡去了，我們竟找她不著。」

屠嬌嬌又接著道：「所以我們想來想去，只有將東西交給那歐陽兄弟。」

小魚兒道：「依我看，這兄弟兩人更靠不住，這兄弟既然連拚命都要佔人便宜，你們將東西交給他們，豈不是送羊入虎口？」

屠嬌嬌苦笑道：「那時我們雖也想到這點，但這歐陽兄弟平生最怕的，就是從不愛佔人便宜，只愛殺人的『血手』杜殺，所以咱們便認爲他們絕不敢將東西吞沒的，誰知這倆兄弟一打算盤，想到『血手』杜殺既已逃到『惡人谷』不敢出頭，爲何還要怕他，竟真的將東西吞下去了。」

小魚兒道：「所以你一出谷，就找他們？」

屠嬌嬌道：「正是！」

小魚兒眨著眼睛道：「那歐陽兄弟莫非和羅九兄弟有什麼關係不成？」

屠嬌嬌一字字道：「羅九兄弟，就是歐陽兄弟！」

小魚兒失聲道：「難怪他們手段那麼毒辣，我早已疑心他們的來歷絕不尋常……不過，據我所知，他們和那歐陽兄弟長得一點也不像呀！」

屠嬌嬌道：「這些年來，他們故意將自己養得又肥又胖，整個人都像是腫了起來，他們兩人本來比鬼還瘦，這一發起胖來，連臉上的樣子都變了，簡直沒有人再認得出他們，這兄弟當真比誰都精，竟想出了個最好的易容之法。」

小魚兒拍手道：「不錯，用這天生出來的一身肥肉來易容，當真是再好不過，他們想出來的這法子，當真妙絕天下！」

屠嬌嬌道：「所以，我就將他們選來的一個傻丫頭，拖出去宰了，再扮成這傻丫頭的模樣，他們果然沒有瞧出來。但我卻瞧出了他們的破綻，早已瞧出他們就是歐陽兄弟，只是我若立刻揭穿，既怕被他們跑了，又怕他們不肯說出那批東西的下落。」

小魚兒道：「所以，你還要等到查出那批東西的下落後再動手？」

屠嬌嬌道：「本來我雖不知道那癡癡呆呆的少女就是慕容九，但已覺得她有些奇怪了，所以我在閒著無聊時，就早已照著她的臉做了副面具，否則在方才那麼短的時間裡，我手邊什麼都沒有，又怎扮成她的模樣？」

小魚兒眼珠子轉動，突然冷笑道：「你做成這面具，只怕並不是爲了閒著無聊吧！」

屠嬌嬌笑道：「那麼，你說我是爲了什麼呢？」

小魚兒道：「你本想在必要時，將她也宰了，扮得她的模樣，那『羅九』兄弟更不會提防於她，你要查什麼事，也就更容易了。」

屠嬌嬌笑道：「究竟是你這小鬼聰明，我的心意也只有你猜得中。」

五八 天降怪客

小魚兒道：「你這主意打得雖妙，誰知慕容九竟被我帶走了，你要這面具也無用，所以樂得做個順水人情，用它來救了我。」

屠嬌嬌笑道：「我一瞧是你，就知道你必定又在弄鬼，所以時時刻刻都要留意著你，今天早上，你和那黑蜘蛛來叫慕容九寫信，我就聽到了。」

她嬌笑著接道：「若不是我在外面爲你們把風，只怕今天早上你們就被那歐陽兄弟撞破了。」

小魚兒心裡吃了一驚，面上卻笑道：「就算被他們撞破，也沒什麼關係。」

屠嬌嬌笑道：「你倒真是死不領情。」

小魚兒道：「你就是聽到了那封信，所以才知道我們晚上會到那祠堂裡去……」

屠嬌嬌道：「除此之外，我還遇見了一個人。」

小魚兒失聲道：「白開心？」

屠嬌嬌笑道：「你在手上搓泥丸子時，我已瞧見了。」

小魚兒喃喃道：「奇怪，你就在附近，我怎會聽不見？」

屠嬌嬌笑道：「以你現在的能耐，本來是應該聽得見的，只不過那時白開心正面對著我，我早已和他悄悄打了個手勢，叫他故意大叫大喊，分散你的注意力，何況你那時心裡正在得意，又怎會留意別的？」

小魚兒苦笑道：「看來一個人無論在什麼時候，都不該太得意的。」

話聲微頓，突又失笑道：「難怪白開心方才竟不問我要解藥了，原來你早已告訴他那不過是個泥丸子，他吃了我手上的泥，自然要害我一害來出氣了。」

屠嬌嬌笑道：「這件事若不是樣樣湊巧，又怎會便宜了你？」

小魚兒正色道：「這件事看來雖然湊巧，其實也不完全是湊巧的，每件事都有前因後果，這樣的結果正是再合理也沒有。」

屠嬌嬌笑道：「算來算去，只苦了那江別鶴。」

小魚兒大笑道：「要害人，自然就要害他這樣的人才有意思，若是去害個老老實實的規矩人，那倒不如坐在家裡數手指頭算了。」

屠嬌嬌沉思著點了點頭，微微道：「這話倒也有道理，害壞人確實比害好人有趣得多，而且壞人自己心裡有鬼，你能害得了他，他只有自認霉氣，絕不敢宣揚出去。何況，就算別人知道你害了他，也只有佩服你，沒有人會找你算賬的。」

小魚兒笑道：「所以，你若學我，只害壞人，不害好人，這樣既可過足害人的癮，又不必躲躲藏藏怕人找上門來算賬，豈非又風光、又體面、又上算？」

屠嬌嬌吃吃笑道：「上算的事，當真都被你這小鬼一個人做盡了。」

小魚兒道：「但我還是想不到你怎會離開『惡人谷』的。」

屠嬌嬌又嘆了口氣，道：「天下有許多事，都是人想不到的。」

這同樣的一句話，她竟說了兩次，而且每說這句話時，竟都忍不住要長嘆口氣出來。

小魚兒心念一動，道：「莫非『惡人谷』裡，竟發生了什麼令人想不到的變故不成？」

屠嬌嬌長嘆道：「的確嚴重得很。」

小魚兒著急道：「究竟是什麼，你快說呀！」

屠嬌嬌緩緩道：「你可知道……」

突聽「嘶」的一聲輕響，一條人影，自樹梢飛來，大聲道：「你們原來在這裡，卻找得我好苦。」

來的這人，正是黑蜘蛛。

黑蜘蛛長嘆道：「我險些連你們的人都瞧不見了。」

小魚兒這才發現他那一身比緞子還亮的黑衣，此刻竟滿是泥污，頭髮也凌亂不堪，不禁失聲道：「你怎會變得如此模樣？」

黑蜘蛛道：「我去送那信時，只見南宮柳屋裡一個人也沒有，於是我就悄悄進去，將信放在桌上……」

他話未說完，小魚兒已頓足道：「你爲何要走進屋，將那封信拋下去不就成了麼？他們的貼身丫頭都被人宰來吃了，對自己的居處又怎會不分外警戒？」

黑蜘蛛苦笑道：「我正是太大意了些，剛將信放在桌上，就突然有條長鞭捲來，將信捲了過去，我知道不妙，想奪路而走時，門窗已全被人堵住了！」

小魚兒嘆道：「他們故意將那屋子空著，正是要誘你進去上當的。否則你想南宮柳和慕容雙住的屋子，會容人大搖大擺的來去自如麼？」

黑蜘蛛又接著道：「我當時一驚之下，便要衝出去，哪知那些人竟無一弱者，暗器尤其佳妙，我非但衝不出去，反而眼看就要受傷被制。」

「慕容家的暗器，果然是名下無虛……但你既能自他們包圍中衝出來，豈非比他們還要強得多？」

黑蜘蛛長嘆道：「若憑我一人之力，哪裡能衝得出來！」

小魚兒訝然道：「難道還有人幫你的忙不成？」

黑蜘蛛道：「我正眼見不敵，突然有個人飄了進來，顧人玉家傳神拳，武功可算不弱，但被這人袍袖輕輕一拂，就直跌了出去！」

小魚兒失聲道：「這人武功竟如此厲害？」

黑蜘蛛嘆道：「此人武功之高，當真是我平生未見，我簡直連做夢都未想到世上竟有武功如此厲害的人。」

小魚兒動容道：「連你都服了他，這倒難得的很。」

黑蜘蛛道：「這人袍袖拂了拂，就將暗器全都反射出去，力道竟比他們用手發出來時還強，他們大驚閃避時，這人已帶著我掠了出來。」

他苦笑著接道：「我竟被他挾在脅下，動都動不得，只見他身子輕輕一縱，便凌空飛出去七、八丈，就好像騰雲駕霧似的。」

小魚兒笑道：「你簡直愈說愈神了，世上哪有輕功如此高明的人？」

黑蜘蛛沉聲道：「非但你此刻不信，就連我雖親眼瞧見，都幾乎有些不相信自己的眼睛，但你不妨想想，這人武功若非高得嚇人，能將我挾在脅下麼？」

小魚兒嘆道：「不錯，能將你挾在脅下的，世上簡直不可能有這樣的人。」

屠嬌嬌聽到這裡，竟也忍不住道：「他長得是何模樣？」

黑蜘蛛道：「這人身材並不高大，但卻有無窮的力量，我被他挾了盞茶時刻，竟是全身痲木，連動都動不得了。」

屠嬌嬌聽得這人「身材並不高大」，已鬆了口氣。

小魚兒卻追問道：「他的臉呢？」

黑蜘蛛道：「他臉上戴著個猙獰醜陋的青銅面具，一雙眼睛更是說不出的鬼氣森森，我素來自命膽大包天，但瞧了他一眼，手心竟不覺直冒冷汗。」

小魚兒也不禁被他說得寒毛悚慄，全身都涼颼颼的，像是要打冷顫。

黑蜘蛛道：「他挾著我奔上座小山，又掠上株大樹，才放在一根樹椏上。我全身麻木，動也動不得，也根本不敢動，生怕一動就要掉下去。」

小魚兒道：「他呢？」

黑蜘蛛道：「他自己也坐在一枝樹枝上，冷冷的瞧著我，也不說話，那樹枝柔弱不堪，連嬰兒都能折斷，他坐在上面，卻似舒服得很。」

小魚兒嘆道：「這倒的確是個怪人……莫非武功特別好的人，都有些怪毛病。」

屠嬌嬌笑道：「那麼你想必就要倒楣了。」

黑蜘蛛道：「的確如此，他等了半天，又點了我兩處穴道，竟將我留在那棵大樹上，袍袖一展，已走得瞧不見影子。」

說到這裡，突然像是想起了什麼，瞪著屠嬌嬌道：「慕容姑娘神智已恢復了麼？」

屠嬌嬌咯咯笑道：「我神智恢復了麼……我也不知道呀？」突然轉身，飛也似的走了。

黑蜘蛛還想追，小魚兒拉住他笑道：「你讓她走吧，你且莫管她，先說說你在那樹上的事吧。」

黑蜘蛛目中滿是迷惘，呆了半晌，終於接著道：「那時風愈來愈大，將我的身子吹得直搖，樹枝也像是快斷了，我連根手指都動不了，當真是提心吊膽。」

小魚兒道：「後來你是怎麼從樹上下來的呢？」

黑蜘蛛苦笑道：「我心裡正在想著報仇，那人竟已來了，而且竟像是看透了我的心意，突然問我：『你可是想報仇麼？』」

小魚兒笑道：「你心裡在想什麼，我也能瞧得出來的，你嘴裡就算不說話，但那雙眼睛卻已將什麼都說出來了。」

黑蜘蛛道：「我被他說破了心意，就更是狠狠的瞪著他，心想就算被他踢下去，也比在樹上活受罪得好。誰知他竟反而笑了，又道：『我救了你的性命，你不先想該如何報恩，就想如何報仇了麼？』」

小魚兒笑道：「這句話倒也問得妙極。」

黑蜘蛛道：「當時我也被他問住了，仇固然要報，恩也是要報的，我老黑怎能做忘恩負義之徒？只是他武功既然那麼高，我非但無法報仇，簡直連報恩也不知該從何報起，這報恩有時實比報仇還困難得多。」

小魚兒道：「你這番心意，只怕又被他瞧破了。」

黑蜘蛛嘆道：「果然是被他瞧破了，我還未說話，他已說道：『你不知該如何報恩，是麼？』我哼了一聲，他又道：『你能替別人送信，難道就不能替我送信？』我忍不住問他：『我替你送了信，就算報了恩麼？』他居然點了點頭，取出封信，叫我送給

……你猜送給誰？」

小魚兒道：「這我倒猜不透了。」

黑蜘蛛道：「他竟要我將信去送給花無缺。」

小魚兒眼睛發亮，笑道：「這倒真的愈來愈有趣了，他和花無缺又有何關係？爲何要你爲他送信，他自己明明可以直接和花無缺說話的呀！」

黑蜘蛛道：「也許他不願和花無缺見面。」

小魚兒道：「他就算不願和花無缺見面，以他的那樣輕功，就算將信送到花無缺的床頭，花無缺也是不會發覺的。」

黑蜘蛛突然又道：「也許他只是知道我無法報恩，所以想出這件事來叫我做。」

小魚兒沉吟道：「這倒有可能，像他那樣的怪人，的確可能會有這種怪念頭，你固然不願欠他的情，他可能也不願讓別人欠他的情……」

黑蜘蛛道：「正是如此，我不欠人，自也不願別人欠我，彼此各不相欠，日子過得才舒服，我若知道有人一心想報我的恩，我也會難受得很。」

小魚兒笑道：「如此說來，你兩人脾氣倒是同樣古怪的了，這就難怪他會救你……但那封信上寫的是什麼，你可瞧見了麼？」

黑蜘蛛怒道：「我老黑難道還會偷看別人的信麼？他解開我的穴道後，我立刻就將信送給花無缺，連信封上寫著什麼，我都未去瞧一眼。」

小魚兒笑道：「你果然是個君子，但花無缺瞧過那封信後，總該說了些話吧？」

黑蜘蛛道：「就是因爲他瞧過信後，說的話十分奇怪，所以我才急著找你。」

小魚兒立刻追問道：「他說了什麼？」

黑蜘蛛道：「他說：『我與江別鶴相識雖不久，但卻已相知極深，又怎會被別人謠言中傷，就認爲他是惡人，這位前輩也未免太過慮了。』」

小魚兒皺眉道：「那怪人卻又是江別鶴的什麼人？爲何要這樣幫江別鶴的忙？」

黑蜘蛛道：「花無缺說了這番話後，我正想問他：『這位前輩是誰？』誰知他已先問我：『你已瞧見了這位前輩，真是福氣，卻不知他老人家長得是何模樣，臉上是不是真的戴著青銅面具？』」

小魚兒道：「花無缺既然沒有見過他，又怎會聽他的話？」

黑蜘蛛道：「我本來也覺奇怪，但花無缺卻說道，移花宮主已囑咐他，要他日後若遇見了一位『銅先生』，就萬萬不能違抗這人的話，無論這『銅先生』說什麼，他都必須聽從。」

小魚兒道：「原來那怪人叫『銅先生』，這名字倒真和他一樣古怪！」

黑蜘蛛道：「移花宮主還告訴花無缺，這『銅先生』乃是古往今來，江湖中第一位奇人，武功更是高絕天下，移花宮主竟說她自己比起這『銅先生』來，都要差得多。」

小魚兒動容道：「移花宮主那麼高傲的人，也會說這樣的話麼？若連移花宮主都對他如此服氣，這『銅先生』的武功倒的確是可怕得很了。」

黑蜘蛛道：「但花無缺既然對那『銅先生』言聽計從，日後對江別鶴必定更要幫忙到底，有他那樣的人幫江別鶴的忙，也夠你頭疼的了。」

小魚兒淡淡一笑，道：「那倒沒什麼關係。」

黑蜘蛛瞪著眼瞧了他半晌，突然道：「再見。我的恩雖已報過，仇卻還未報哩！」

小魚兒失聲道：「你要去找那『銅先生』報仇？」

黑蜘蛛冷冷道：「不行麼？」

小魚兒道：「但……但他的武功……」

黑蜘蛛怒道：「他武功強過我，我就怕去報仇了麼？我老黑難道是欺善怕惡的人？」他一面大喊大叫，人已飛掠而去。

現在，小魚兒心裡又多了三樣解不開的心事：

第一、那真的慕容九到哪裡去了？

第二、「惡人谷」中究竟發生了什麼驚人的事？

第三、那「銅先生」究竟是何許人也？和江別鶴又有什麼關係？為什麼定要說江別鶴是個好人？

這時天已大亮，小魚兒已將臉上面具弄了下來，大白天裡，他可不願以李大嘴面目見人。

大路上行人已漸漸多了起來，但十個中倒有九個多是自西往東去的，而且看來大多是江湖朋友，有的袖子上還繫著黑布，一個個面上都帶著興奮之色，嘴裡嘀嘀咕咕也不知在說些什麼。

小魚兒心中正覺奇怪，就在這時，突然有一輛形式奇特、裝飾華麗的馬車，自道旁馳來，驟然停在小魚兒面前。

車門打開，一個人探出頭來，道：「快上車。」

日光照著她的臉，她容貌雖清秀，但皮膚看來卻甚是粗糙，正是那改扮成慕容九的屠嬌嬌。小魚兒跳上馬車，只見車廂裡裝飾得更是華麗，坐墊又厚、又柔軟、又寬大，坐上去舒服得很。

小魚兒忍不住笑道：「你倒真是神通廣大，又從哪裡變出這麼輛馬車來了？」

屠嬌嬌也不回答，卻反問道：「我等了你好半天，你怎地到此刻才出來？你和那黑蜘蛛，究竟有些什麼事好說的？」

小魚兒笑道：「我們在談論著一位『銅先生』，你可聽見過這名字？」

屠嬌嬌失聲道：「救他的那怪人就是『銅先生』？」

小魚兒道：「你知道這人？」

屠嬌嬌像是怔了怔，但立刻就大聲道：「我不知道這人，我從未聽說過這名字。

五九　驚人之變

小魚兒見屠嬌嬌提到銅先生時，說話吞吞吐吐，悶在心裡，也不再追問。只見這輛大車也是由西往東而行，正和那些江湖朋友所走的方向一樣。

他忍不住道：「這些人匆匆忙忙，是要去幹什麼的？」

屠嬌嬌道：「瞧熱鬧。天下武功最高的門派弟子，和江湖中地位最高、勢力最大的一個集團鬥法，你說這熱鬧有沒有趣？」

小魚兒眼珠子一轉，道：「莫非是花無缺和慕容家的姑爺們？」

屠嬌嬌道：「南宮柳和劍去找江別鶴算賬，花無缺卻一力保證江別鶴是清白的，雙方相持不下，只有在武功上爭個高低了。」

小魚兒眼睛發亮笑道：「這場架打起來，倒當真是有趣得很。不過，這件事是今天凌晨才發生的，怎地已有這麼多人知道了？」

屠嬌嬌笑道：「這只怕就是江別鶴叫人去通知他們的，他算定自己這面有了花無缺撐腰，必勝無疑，自然要多找些人去看熱鬧。」

小魚兒嘆道：「不錯，慕容家雖強，但比起花無缺來，還要差一些……這世上難道就真的沒有人能對付花無缺麼？」

屠嬌嬌含笑瞧著他，道：「只有你。」

這問題他實在不願意再談下去，幸好此刻正有個他最願意談的問題，他眼珠子一轉，立刻改口道：「你方才的話被黑蜘蛛打斷了，惡人谷裡，究竟發生了什麼大事？」

屠嬌嬌嘆了口氣道：「你可記得谷裡有個萬春流？」

小魚兒笑道：「我怎會不記得？小時候，他天天將我往藥汁裡泡，泡得我頭暈腦脹，我現在揍人的本事雖未見得如何，但挨揍的本事卻不錯，正是他將我泡出來的。」

屠嬌嬌道：「你可記得萬春流屋裡，有個人叫『藥罐子』？」

小魚兒心裡吃了一驚，面上卻不動聲色，笑道：「我自然也是記得的，他吃的藥比我還多，萬春流只要採著一種新的藥草，總是先讓他嚐嚐的。」

屠嬌嬌眼睛盯著他的臉，一字字道：「十個月前，萬春流和這藥罐子，都失蹤了！」

小魚兒一顆心幾乎要跳出腔子外來，但你就算鼻子已貼住他的臉，也休想瞧出他臉上肌肉有一絲顫動。

他只是淡淡一笑，道：「這又算得了什麼大事，你們窮緊張些什麼？」

屠嬌嬌也笑了笑，道：「你可知道那藥罐子是誰？」

小魚兒茫然睜大了眼睛，道：「誰？」

屠嬌嬌道：「你可聽說過，昔日江湖中有個人，他一劍揮出，可以令你在十丈外都能感覺出他的劍風，也可以將你的鬍子頭髮都削光，而你卻一點也感覺不到。」

小魚兒笑道：「這人我聽說過，他好像是叫燕南天，是麼？」

屠嬌嬌嘆道：「除了燕南天，哪裡還有第二個？」

小魚兒道：「但他豈非早已死了？」

屠嬌嬌道：「他沒有死！他就是那藥罐子！」

小魚兒故意失聲道：「藥罐子竟然就是天下劍法最強的燕南天，這倒真是令人想不到的事，但燕南天劍法若是真的那麼高，又怎會變成那種半死不活的模樣？」

屠嬌嬌嘆道：「這還不是爲了你的緣故。咱們爲了要從他手上將你救下來，所以才不得已而傷了他。」

她說的居然活靈活現，小魚兒若非早已聽萬春流說起過這件事的秘密，此刻只怕真要相信她的話了。

他暗中嘆了口氣，忖道：「燕南天雖是我的恩人，雖是大俠，但卻和我毫無情感，你們雖是惡人，但這麼多年來，已和我多少有了些感情，我怎忍心爲了他而找你們復仇？你們又何苦還要騙我！」

嚴格說來，小魚兒雖不能算是個十分好的人，但卻是熱血澎湃、感情豐富，表面雖硬，心腸卻軟得很。

小魚兒心裡嘆著氣，面上卻笑道：「爲了我？他又和我有什麼關係？」

屠嬌嬌道：「這件事說來話長，以後慢慢再說吧，只要你記住，咱們爲你得罪了燕南天，燕南天此番一走，咱們就連『惡人谷』也不敢待下去了。」

小魚兒道：「爲什麼？」

屠嬌嬌道：「惡人谷雖被江湖中人視爲禁地，但燕南天若要闖進來時，天下又有誰攔得住他？他上次已上過了一次當，這次必定更加小心。」

她狡黠而善變的眼睛裡，竟也露出了恐懼之色，長嘆著接道：「這次他再來時，咱們這些惡人，只怕就都要變成惡鬼了……」

小魚兒目光閃動，道：「你想……他武功難道已恢復了麼？」

屠嬌嬌恨恨道：「他武功現在縱未恢復，但那萬春流想必已試出某種藥草可以治癒他的傷，否則又怎會帶他逃出惡人谷去？」

小魚兒悠悠道：「但也許此刻已治好了，是麼？」

屠嬌嬌身子竟不由得一震，盯著小魚兒道：「你希望他現在已治好了？」

小魚兒神色不動，緩緩道：「雖不希望如此，但無論什麼事，總得先作最壞的打算才是。」

屠嬌嬌默然半晌，終於嘆道：「不錯，說不定他此刻武功早已恢復了，說不定他現在已經在找咱們……」眼睛轉向車窗外，再也打不起精神說話。

車馬愈走愈快，趕車的皮鞭打得「劈啪」直響，似乎也急著想去瞧瞧那一場必定精采萬分的龍爭虎鬥。

三面低坡下，有個小小的山谷。這時山坡上已高高低低站著幾百個人，甚至連樹椏上都坐著有人。

車馬停在山谷外，小魚兒也瞧不見山谷裡的動靜。

只聽人聲紛紛議論著道：「那看來斯斯文文的弱書生，難道就是『移花宮』的傳人麼？我真瞧不出他能有多麼高的武功。」

「據說當今江湖上，武功沒有人能比得上他，甚至連江大俠都對他佩服得很，這話不知是真是假。」

有人嘆道：「他年紀輕輕，武功既是天下第一高手，人又生得那麼漂亮，普天之下，只怕誰也比不上他了。」

議論紛紛間，盡是一片讚美羨慕之聲，小魚兒卻聽得一肚子悶氣。屠嬌嬌瞧著他微笑道：「你聽了這話，心裡可是有些不舒服？」

小魚兒瞪眼道：「誰說我不舒服？我舒服極了。」

屠嬌嬌大笑道：「他雖是天之驕子，但咱們的小魚兒卻也不比他差，未來的江湖中，只怕就是你兩人的天下了。」

小魚兒突然推開了門，道：「我可要去瞧熱鬧了，你呢？」

屠嬌嬌道：「你去吧，我就在這裡等著，不過……你卻要爲我做件事。」

小魚兒道：「什麼事？」

屠嬌嬌道：「設法去把那歐陽……羅九兄弟，弄到這車上來，你可能辦得到？」

小魚兒笑道：「只要你這車子夠大，我就算要把這山谷裡的人全都弄上車來，也簡單得很。」跳下車子大步而去，突然轉頭盯了那趕車的一眼。那趕車的正摸著頷下的一撮絡腮鬍子，瞧著他嘻嘻的笑。

小魚兒毫不費事的就擠進了人叢，爬上山坡。

山坡上，百棵大樹，坐在上面，正可縱觀全局，只可惜此刻上面已坐滿了人。小魚兒眼珠子一轉，突然搖頭，嘆道：「真奇怪世上竟有這麼多不怕死的人，竟敢坐在毒蛇穴上，若被毒蛇在屁股上咬一口……」

他話未說完，樹上的人已嚇得跳了下來，亂了一陣，卻發現方才嘆氣說話的人，已舒舒服服的坐在樹上了。

這些人忍不住道：「喂，朋友，你說這株樹是個蛇穴，自己怎敢坐上去？」

小魚兒笑嘻嘻道：「哦？我方才說過這話麼？」

那些人又驚又怒，卻聽小魚兒喃喃又道：「有江南大俠與慕容家的姑娘們在這裡辦正事，若想在這裡亂吵，那才是活得不耐煩了哩。」

那些人面面相覷，只得忍下了一肚子火，有些人又爬上了樹，擠不上去的也只好自認晦氣。

只見山谷內的空地上，停著輛馬車，那花無缺正悠閒地靠著車門，似乎正在和車廂裡的人說話。

江別鶴卻坐在他身旁一塊石頭上，也不住的和四面瞧熱鬧的人微笑著打招呼，看不出絲毫「大俠」的架子。

小魚兒也瞧見了那「羅九」兄弟，這兩人又高又胖，站在人叢裡，比別人都高出一個頭。

但慕容家的人卻連一個也沒有來，四面的江湖朋友已開始有些不滿，都覺得他們架子實在太大。

花無缺看來卻毫不著急，面上的笑容也非常愉快，每當他眼睛望進車廂中去時，那一雙銳利的目光，也變得分外溫柔。

小魚兒不禁捏緊了拳頭，心裡說不出的彆扭：「車廂裡的人是誰？難道花無缺真的和鐵心蘭寸步不離，將她也帶來了？」

突見人群一陣騷動，十二個身穿黑衣，腰束彩帶的彪形大漢，抬著三頂綠呢大轎奔了進來。

每頂大轎後還跟著頂小轎，轎上坐的是三個明眸嫵媚的俏丫頭。轎子停下，三個俏丫頭下了小轎，掀起大轎的門簾，大轎裡便盈盈走下三個艷光照人的絕代佳人來。

這三人正是慕容雙、慕容珊珊和「小仙女」張菁。三個人今天都是宮鬢華服，刻意修飾過，就像是高貴人家出來作客的大小姐、少奶奶似的，哪裡像是要來與人爭殺搏鬥的女中豪傑、江湖高手？

在山坡上等著瞧熱鬧的江湖朋友，大多久聞慕容九姐妹的聲名，但見過她們真面目的，卻少之又少，此刻但覺眼睛一亮，十個人中，倒有九個瞧得呆住了。就連小魚兒都幾乎瞧不出那文文靜靜地走在最後面的大姑娘，便是昔日躍馬草原，瞪眼殺人的小仙女！

花無缺的眼睛，果然已從車廂裡移到她們臉上，他那眼神與其說是讚賞，倒不如說是驚奇還恰當些。

慕容珊珊蓮步輕移，走在最前面，斂衽笑道：「賤妾等一步來遲，有勞公子久候，還請恕罪。」

她說的是這麼溫柔客氣，花無缺又怎會在女子面前失禮？立刻也長長一揖，躬身微笑道：「不是夫人們來遲，而是在下來得太早了。」

慕容珊珊笑道：「今日天氣晴朗，風和日麗，風雅如公子，自當早些出來逛逛的，只恨賤妾等俗務羈身，不能早來奉陪。」

兩人嫣然笑語，竟真的像是早已約好出來遊春的名門閨秀和世家公子似的，哪裡瞧得出有絲毫火氣？

只聽花無缺道：「南宮公子與秦公子只怕也快要來了吧？」

慕容珊珊笑道：「他們家裡有事，已先趕回去了。」

慕容雙接口道：「慕容家的事，向來是不容外人插足的。」

花無缺又呆住了，道：「但……但夫人們豈非……」

慕容雙笑道：「我姐妹雖是他們的妻子，但妻子的事，有些也是和丈夫無關的，我慕容姐妹，又怎會嫁給個愛管妻子閒事的丈夫？」

慕容珊珊笑道：「公子只怕也不願娶個愛管丈夫閒事的妻子吧！」

這姐妹兩人你一句、我一句，竟將花無缺說得呆在那裡，作聲不得。小魚兒卻暗笑忖道：「誰娶了慕容家的姑娘做妻子，果然是好福氣，明明是南宮柳與秦劍自己不敢和花無缺動手，但被她們這一說，就非但絲毫不會損了他們的聲名，人家反要稱讚他們真是個善體人意的好丈夫哩。」

只是，他們既放心肯讓自己的愛妻前來，想必是深信她們有致勝的把握，小魚兒不禁又在暗中猜測！

江別鶴也真沉得住氣，直到此刻，才微笑著道：「南宮公子與秦大俠若不來，此事豈非無法解決了麼？」

慕容雙眼睛轉到他身上，臉上的笑容立刻不見了，瞪眼道：「誰說無法解決？」花無缺輕咳一聲，苦笑道：「在下又怎能與夫人們交手？」

慕容珊珊笑道：「公子若不願和賤妾等交手，就請公子莫要再管賤妾等與江別鶴之間的事，江別鶴又不是孩子了，難道還不能料理自己的事麼？」

她笑容雖溫柔，但話卻說得比刀還鋒利。群豪聽了都不禁聳然失笑，只道江別鶴無論如何，都是忍不下這句話的。

誰知江別鶴還是聲色不動，微笑道：「江湖朋友都知道，在下平生不願出手傷人，何況是對夫人們？更何況只是爲了些小誤會。」

慕容雙大聲道：「江別鶴，你聽著，第一、這絕不是誤會，第二、你也未必能傷得了我們，你只管出手吧！」

江別鶴淡淡笑道：「這件誤會暫時縱不能解開，但日久自明，在下此刻又怎能向夫人掄拳動腳？夫人就算宰了在下，在下也是不能還手的。」

這句話說得更是漂亮已極，群豪聞言有的已忍不住喝起采來，就連小魚兒也不禁在暗中讚嘆：「普天之下，對付人的本事，只怕誰也比不上江別鶴的，尤其在這種場合裡，才顯得出他的本事。」

慕容雙大喝道：「你明知花公子不會讓咱們宰了你，所以才故意說這種漂亮話。」

突聽一人大喊道：「至少江大俠絕不會自己溜回家去，卻讓老婆出頭來和人家吵架。」

小魚兒瞧得清楚，這呼喊的正是那化名羅九的歐陽丁。慕容姐妹卻瞧不見他，也不知說話的是誰。

她們索性裝作沒有聽見，心裡卻知道不能再和江別鶴說下去了，雙方手段既然差不多，索性彼此包涵幾分還好些。

小仙女突然大聲道：「這樣說來說去，是非黑白，還是分不清，不如還是動手吧，就讓我來領教領教花公子的高招如何？」

花無缺上下瞧了她一眼，笑道：「你想我能和你動手麼？」

慕容珊珊笑道：「花公子想來定然是不肯和婦女之輩動手的了。」

花無缺笑道：「在下若是不慎，亂了夫人們的容妝，已是罪過，何況真的與夫人們動手。」

慕容雙大聲道：「此事必須解決的，公子若沒有法子，我倒有一個。」

花無缺道：「請教。」

慕容雙道：「賤妾等說出三件事，公子若能做到，賤妾等便從此不再尋這江別鶴。

但公子若無法做到，便請公子莫再管江別鶴的事！」

聽到這裡，小魚兒才恍然大悟，秦劍與南宮柳故意不來，慕容姐妹故意如此打扮，正是要拘住花無缺不能真的出手，她們才好拿三件事來難住花無缺，只要花無缺上鈎，這一仗便算他輸了！

但花無缺也不是呆子，微一沉吟，笑道：「夫人說出的三件事，若是根本無法做到的又如何？」

小仙女大聲道：「這三件事說出後，你若無法做到，咱們就做出來讓你瞧瞧，這樣總該算是公平得很了吧！」

慕容珊珊道：「這三件事自然是不分男女，人人都能做到的，賤妾等只不過是想領教領教公子的武功與智慧而已。」

花無缺笑道：「若是如此，在下便從此退出江湖。」

小魚兒早已算定慕容姐妹說出的那三件事必定是百靈精怪，極盡刁鑽之能事，此刻不禁暗笑道：「花無缺呀花無缺，你一答應，只怕就要上當了。她們挖空心思想出來的事，連我都只怕未必能做到，何況你！」

需知花無缺那句話說得雖輕鬆，但「退出江湖」四字，份量卻實在太重，他此刻聲名正如日之方昇，此後數十年的江湖生涯必定是多采多姿，絢麗無比，但他今日若輸了，這一生便將沒沒以終。是以他自己雖然充滿自信，旁邊瞧熱鬧的人卻不禁爲他緊張起來，只見慕容姐妹悄悄商議了一陣。

慕容雙終於笑道：「賤妾等要公子做的第一件事，便是請公子以『金雞獨立』姿勢站著，然後再令人來推，若是推不倒公子，公子便算贏了。」

花無缺笑道：「但不知夫人要多少人來推呢？」

慕容雙眼波一轉道：「隨便多少人！譬如說，兩百個吧！」

花無缺略一沉吟，竟含笑道：「好，就是如此。」

這句話說出來，群豪又不禁聳然動容。兩百個人加在一起，那力量是何等巨大，縱然兩百條普通壯漢，加起來的力量也絕非花無缺一個人所能抵擋的，何況他還要以「金雞獨立」姿勢站著。

「這件事有什麼稀奇，只要花些腦筋，任何人都能做的，你只要把背貼著山壁而立，莫說兩百人，就算兩萬個人也是『推』不倒你的。」

小魚兒只當花無缺也想通了這點，誰知他並不走向山壁，竟在空地上就曲起一腿，微微笑道：「在下數到『三』時，夫人便可令人來推了。」

慕容姐妹交換了個眼色，目中都不禁露出欣喜之色，齊聲道：「遵命。」

這時山谷內外幾百個人，包括小魚兒在內，都以爲花無缺是輸定了，有的人甚至已在嘆息。

以花無缺之武功而論，百十壯漢，的確不是他的敵手，但這種硬拚力氣的事，卻毫無技巧可言，既不能借力使力，也不能躲讓閃避，別人有一百斤力氣推來，你也必須要一百斤力氣才能抵擋。

只聽花無缺道：「一、二、三……」數到「三」字，他踏在地上的一隻腳，竟突然下陷了半寸，那堅硬的石地在他腳下，竟變得像是爛泥似的。慕容珊珊瞧得心裡暗吃一驚，揮手道：「花公子已準備好了，你們還等什麼？」

抬轎的十八條彪形大漢，立刻快步奔來，他們顯然是早經訓練，奔行之中，第二人的手已搭上第一人的肩頭，第三人搭上第二人的……十八個人腳步愈來愈快，衝向花無缺，推了出去。

這一推之力，非但聚集了這十八個人本身的力量，還加上他們的衝力，力量之大，可以想見。

六十　天之驕子

誰知那十八條大漢一推之後，花無缺非但未曾跌倒，連後退都沒有後退，他身子竟又往下陷落了幾寸。

十八條大漢用的力量愈大，他身子也就往下陷得愈快，十八條大漢滿頭汗珠滾滾而落，用盡了全身力氣。

花無缺身子竟已下陷了兩尺，半條腿都已沒入石地裡，但他面上卻仍帶著微笑，竟似沒有花絲毫力氣，就好像站在流沙上似的。

群豪如瞧魔法，瞧得目瞪口呆，幾乎以爲自己眼睛花了……他腳下站著的難道不是真的石地，而是流泥？

小魚兒也瞧得呆了。

花無缺用的這法子雖然比他所想的要笨得多，也困難得多，但這樣的法子卻只有更令人吃驚，更令人佩服。

小魚兒想了想，連自己也不知道究竟是花無缺所用的這法子聰明，還是自己所想的那法子聽明了。

只見花無缺身子下陷已愈來愈慢，顯然是那十八條大漢推的力量也已愈來愈是微弱。

到後來，花無缺不再下陷時，那十八條大漢突然跌倒在地，竟已全身脫力，再也站不起來了。

花無缺竟已以「移花接玉」的功夫，巧妙地轉變了他們的方向，他們的力量本是往後推的，但經過花無缺的轉變後，已變成向下壓了，是以他們看來雖是在推花無缺，卻無異在推那地面。

群豪自然不懂這其中的巧妙，但愈是不懂，對花無缺的武功就愈是驚訝佩服，終於忍不住暴雷般喝起采來。

慕容姐妹面上也不禁變了顏色。只聽花無缺微笑道：「夫人們還要另找他人來推麼？」

慕容珊珊強笑道：「公子神通果然不可思議，賤妾佩服得很。」

小仙女撇了撇嘴，大聲道：「這第一件事就算你能做到，還有第二件呢！」

花無缺微微一笑，身子自地下拔起，有風吹過，他那條腿上所穿的半截褲子，立刻化為蝴蝶般隨風而去。

群豪采聲歷久不絕，等到采聲過後，那車廂裡還在響著清脆的掌聲。小魚兒聽得一顆心立刻絞了起來。

他雖然不得不承認花無缺的武功，確實值得「她」拍掌的，只是他想到這一點，卻不免更是難受。

花無缺已微笑道：「那第二件事是什麼，還請夫人吩咐。」

慕容珊珊眼波一轉，笑道：「安慶城裡，有家專售點心的館子叫『小蘇州』，不知公子可知道麼？」

花無缺微笑道：「江兄曾帶在下去嚐過幾次。」

慕容珊珊道：「這『小蘇州』所製的八寶飯、千層糕，甜而不膩，入口即化，當真可說得上是妙絕天下。」

花無缺笑道：「在下雖然對此類甜食毫無興趣，但在下卻有位朋友，對這兩樣東西，也是讚不絕口的。」

小魚兒自然知道他說的這「朋友」是誰，想到鐵心蘭和他在一起吃八寶飯的樣子，小魚兒幾乎氣得跌下樹來。

慕容珊珊已嬌笑道：「賤妾等對這兩樣東西非但讚不絕口，簡直已是魂牽夢縈，時刻難忘了，不知公子可否勞駕去一趟，解解賤妾的饞？」

這件事也未免太不合情理，也太容易。

花無缺心裡也奇怪，但對於女子們的要求，他從來不願拒絕，他怔了怔，終於笑道：「在下若能爲夫人們做點事，正是榮幸之至。」

慕容珊珊道：「但這兩樣東西，卻要趁熱時才好吃。」

花無缺沉吟道：「在下買回來時，只怕還是熱的。」

慕容珊珊笑得更甜道：「但公子此去，兩隻腳卻不能沾著地面，不知公子能做得到麼？」

這句話說出來，群豪才知道她們出的難題，原來在這裡，但兩隻腳不沾地，卻又怎能到安慶城來回一次？

小魚兒卻又忍不住要笑了，暗道：「諸位慕容姑娘們出的題目，簡直愈是荒唐了，兩隻足不沾地，難道不能坐車去，騎馬去麼？」

這件事又是個詭譎狡計，但花無缺若做不到，等到慕容珊珊做出來時，以花無缺的爲人，也只好認輸的。

只見花無缺突然脫下鞋子，露出一雙潔白的羅襪，笑道：「在下雙足是否沾地，此襪可爲證。」

話聲未了，他身形已像輕煙般掠起。

他既沒有坐上車子，也沒有騎上馬，卻掠到一株大樹前，折下了兩段樹枝，左手的樹枝在地上一點，已掠出三丈，右手的樹枝接著一點，人已到了六丈開外，只聽他語聲遠遠傳來，道：「夫人稍候片刻，在下立即回來。」

他竟將這一手「寒凫戲水」的輕功，運用至化境，別人縱然使用這手輕功，但要在片刻間來回數里，也是絕不可能的。

議論之間，時間像是過去得很快，只見遠處人影一閃，花無缺已到了近前，嘴裡果然啣著東西。

他兩根樹枝點地，身子倒立而起，腳底向天，一雙潔白的羅襪，果然還是乾乾淨淨，點塵不染。

歡呼聲中花無缺身子一翻，兩隻腳已套入方才脫下的那雙鞋子裡，拋去樹枝，將那包東西送到慕容珊珊面前，笑道：「在下幸不辱命，請夫人趁熱吃吧。」

慕容珊珊勉強擠出一絲笑容，道：「多謝公子。」

她接過紙包，拆了開來，裡面果然是包著熱氣騰騰的八寶飯和千層糕，她只得拿起一塊，慢慢吃下去。

這又甜又香的千層糕，吃在她嘴裡，卻像是有些發苦。

不錯，花無缺用的又是個笨法子，但小魚兒非但不能說他笨，甚至也不禁在暗中有些佩服。

他用第一個「笨法子」顯示出他驚人的內力，再用這第二個「笨法子」顯示出他超群拔俗的輕功。

他用的若不是這兩個「笨法子」，群豪此刻非但不會拍掌，簡直已要將臭雞蛋、橘子皮拋在他身子了。

慕容珊珊好容易才將一塊千層糕吞下去，她簡直從未想到千層糕也會變得這麼樣難吃的。

花無缺不動聲色，等她吃完，才笑道：「那第三件事呢？」

小仙女早已忍不住了，大聲道：「有間屋子，門是關著的，你全身上下都不許碰著這扇門，也不許用東西去撞，能走進這屋子麼？」

小魚兒暗笑道：「這第三件事簡直比第二件還要荒唐。他手腳不能去碰那扇門，難道就不能打開窗子進去麼？」

但他此刻也知道花無缺必定是不會用這法子的。

只見花無缺沉吟了半晌，道：「此地並無房屋，不知這馬車……」

慕容雙道：「馬車也行，你手不許碰馬車的門，能走進馬車裡，就算你勝了。」

花無缺目光轉向慕容珊珊，道：「是這樣麼？」

慕容珊珊想了想，道：「馬車和屋子是一樣的。」

花無缺微笑道：「在下做到此事後，夫人還有無意見？」

慕容雙瞧了慕容珊珊一眼，慕容珊珊道：「公子若能做到此事，賤妾等立刻就走。」

她實在想不出還有什麼事能難得倒花無缺，若是動武，更非花無缺的敵手，不走又能如何？

花無缺笑道：「既是如此，夫人但請瞧著……」他一面說話，一面已走向那馬車。

小魚兒暗道：「這小子難道能用『隔山打牛』一類的劈空掌力，將這馬車的門震裂不成？」

只見花無缺走到馬車前，突然道：「鐵姑娘，開門吧。」

車廂裡人銀鈴般嬌笑道：「這就開了。」

群豪先是驚訝，後是奇怪，終於忍不住大笑起來，連小魚兒都幾乎忍不住要笑起來，但聽見那銀鈴般的嬌笑聲，他實在笑不出。

慕容姐妹眼睜睜瞧著花無缺走進車門，也呆住了。

只聽花無缺在車廂裡笑道：「在下並未違背夫人們的規矩，已走進馬車來了，夫人是否同意在下已勝了？」

慕容姐妹張口結舌，竟說不出話來。

花無缺用的這法子，竟比慕容姐妹和小魚兒所想的還要聰明，還要荒唐，在他等到最後才用出來，群豪已非但不會對他輕視，覺得失望，反而只有更佩服他的機智，一個個紛紛歡呼道：「花公子自然該算是勝了，誰也沒有話說。」

慕容珊珊再想勉強擠出一絲笑容，也沒法子了。

她跺了跺腳，轉身走上轎子，慕容雙也跟著她，小仙女狠狠瞪了江別鶴一眼，狠狠道：「你莫要得意，我不會有好日子給你過的。」

江別鶴微笑瞧著她，也不說話。

十八條大漢又抬起了三頂大轎、三頂小轎，逃也似的走出了這山谷。

江別鶴笑道：「花兄的機智與武功，當世已不作第二人想，小弟當真嘆爲觀止了。」

群豪歡聲雷動，花無缺自車廂中抱拳答禮，於是這輛馬車也在這歡呼喝采聲中，駛了出去。

小魚兒瞧著這輛馬車，想到車廂裡的鐵心蘭，竟呆住了，一顆心像是手巾似的被絞住，過了半晌，突又呼道：「我幾時對她這麼好的？我爲何要爲她痛苦？這不是活見鬼麼？」

鐵心蘭在他身邊時，他絲毫也不覺得什麼，但等到鐵心蘭到了旁人身旁，他竟突然覺得鐵心蘭比什麼都重要。

小魚兒呆了半晌，突見人叢裡走過兩個又高又大的胖子，他這才想起已答應過屠嬌嬌的事。

他躍下樹，擠了過去，輕輕拍了拍那「羅九」歐陽丁的肩頭。歐陽丁霍然回過頭，臉色已變了。

小魚兒笑道：「你總是如此緊張，為何還不瘦，倒也是件怪事。」

歐陽丁認出了他，面上這才露出笑容，道：「最難消受美人恩，在下總無美人之恩可以消受，只有以吃來打發日子，自然要愈來愈胖了。」

小魚兒眼珠子一轉，笑道：「兩位原來早已知道是我將那位姑娘帶走的？」

歐陽丁笑道：「除了兄台之外，她還會跟著誰走？」

歐陽當笑道：「只是小弟卻想不到兄台竟對那傻丫頭也有興趣，居然將她也帶走了。」

但兩人這一次算盤都沒有打對，更未想到那「傻丫頭」竟是屠嬌嬌，以為那「傻丫頭」也是被小魚兒帶走的。

小魚兒自然也不說破，笑道：「有總比沒有好，兩個總比一個好，是麼？」

談笑間三人已走出山谷，快走到屠嬌嬌的馬車前。

小魚兒突然停下腳步，道：「兩位請走吧，晚上再見。」

歐陽丁笑道：「兄台莫非又要去會佳人了麼？」

小魚兒神秘的一笑，道：「也許是……」他有意無意間，往那馬車瞟了一眼。

歐陽丁眼珠子一轉，大笑道：「在下等反正無事，正想陪兄台聊聊。」

小魚兒故意著急道：「我還要到別處去，兩位……」

歐陽當大聲道：「兄台只怕不是要到別處去吧？」

歐陽丁已衝到那馬車前，一把拉開了車門，拍手笑道：「我猜得果然不錯，佳人果然就在這裡。」

這兄弟兩人一個拚命要佔便宜，一個寧死也不吃虧，見到自己尋到的「美人兒」被別人弄走了，愈想愈覺得這虧實在吃得太大了，不佔些便宜回來，以後簡直連覺都睡不著，兄弟兩人竟不約而同，坐上了馬車。

歐陽丁笑道：「兄台也請上來吧。我兄弟兩人反正是打不走了的。」

小魚兒肚子裡暗暗好笑：「你這『寧死不吃虧』，看樣子今天已經是非吃虧不可的了。」

他愁眉苦臉的坐上馬車，嘆道：「早知如此，方才我就該避著你們才是，怎地還跑去招呼……唉，這只怕是瞧熱鬧瞧得暈了頭了。」

於是車馬啓行，向前直馳。

歐陽兄弟笑得更是得意，在那又厚又軟的車座上舒服的坐了下來，卻不知對面坐的就是要命的瘟神。

屠嬌嬌低垂著頭，彷彿羞人答答的模樣，其實卻是不願這張臉被對面的人瞧得太清楚。

歐陽丁大笑道：「一日不見，姑娘怎地變得更漂亮？」

歐陽當笑道：「新承雨露，花朵自更嬌艷，你難道連這道理都不懂？」

這兩兄弟雖然時時刻刻都在提防著別人，但此刻在這馬車裡，背後就是車壁，他們還有什麼好提防的？

小魚兒雖然知道屠嬌嬌要騙這兩人上車，必定是要向他們算賬了，但也想不出她要如何下手。

只見屠嬌嬌始終羞答答的坐著，並不急著出手，也沒有找小魚兒幫忙的意思，竟像是早已胸有成竹。

小魚兒只覺這熱鬧比方才還有意思，簡直等不及地想瞧瞧屠嬌嬌如何出手，歐陽兄弟又是如何對付。

這時車馬愈走愈快，已遠離人群，轉入荒郊。

歐陽丁忍不住問道：「兄台的香巢，怎地這麼遠呀？」

小魚兒笑道：「你若想吃李子，就該沉住氣。」

歐陽當大笑道：「是極是極，只不過……」

屠嬌嬌突然抬起頭來，嬌笑道：「只不過那李子酸得很，你們只怕吃不下去。」

歐陽兄弟齊地怔了怔，似已覺得有些不對勁了。

歐陽丁哈哈笑道：「姑娘什麼時候變得如此會說話了？」

屠嬌嬌笑道：「很久了，大概已經有二十年了。」

歐陽兄弟臉色又變了變，兩人已準備衝下車去。

小魚兒瞧得暗暗皺眉：「屠嬌嬌做事怎地也變得如此沉不住氣了，她這兩句話說出，也不怕打草驚蛇麼？……」

就在這時，只聽「噗」的一聲，那寬大的車座下，又厚又軟的墊子裡竟突然伸出四隻手來！

兩人只覺肘間一麻，雙臂已被這四隻手揑住，有如加上了道鐵匝，痛徹心骨，再也動彈不得了！

歐陽丁驚極駭極，顫聲道：「兄……兄台，你……你爲何如此？」

小魚兒又是驚奇，又是好笑，道：「這不關我的事，你們莫要問我。」

歐陽丁轉向屠嬌嬌，道：「難道這……這是姑娘的主意？」

屠嬌嬌笑道：「不是我是誰呢？」

歐陽兄弟聽得這語氣，臉上嚇得更無一絲血色。

歐陽當道：「你……你究竟是什麼人？」

屠嬌嬌笑道：「你方才認不出我，是真的，現在還認不出我，就是裝佯了。」

歐陽當道：「我……我兄弟怎會認得姑娘？」

屠嬌嬌道：「你不認得我，爲何會如此害怕？」

歐陽丁強笑道：「害怕？誰害怕了……」

歐陽當咯咯乾笑道：「我兄弟自然知道嬌姑娘這是開玩笑的。」

屠嬌嬌嘆了口氣，道：「歐陽丁，歐陽當，你們再裝佯也沒有用了……」

歐陽丁道：「屠大姐，你也覺得有趣麼！瘦子竟會變得如此胖了。」

屠嬌嬌笑道：「你們只怕是吃了發豬菜。」

歐陽丁道：「不錯不錯，我兄弟真像是吃了發豬菜了，哈哈。」

屠嬌嬌眼睛一瞪，冷冷道：「現在已經到了，你們該將發豬菜的菜吐出來的時候，是麼？」

兩人嘴裡不停地打著「哈哈」，卻連什麼話都不說，小魚兒知道這兩人不知又在打什麼壞主意了。

突聽車墊下一人笑道：「歐陽兄弟這二十年來除了養得又白又胖外，不想還學會了你這打哈哈的本事，我看不如收他們做徒弟算了。」

陰陽怪氣的語聲，竟是白開心的。

一人大笑道：「哈哈，我若是收了這兩個徒弟，只怕連褲子都要被他們算計去，只能光著屁股上街了，哈哈。」

這兩個「哈哈」聲音又宏又亮，正是貨真價實、「童叟無欺」的「笑裡藏刀小彌陀」哈哈兒來了。

歐陽兄弟本來還在打著脫逃的主意，一聽藏在車墊下的竟是這兩個人，他們還有什麼希望逃得掉？

歐陽丁乾笑道：「小弟不想竟將兩位兄長坐在屁股下了，真是罪過。」

白開心在車墊下笑道：「那倒無妨，屠大姐將這下面弄得比我家的床都舒服，還有酒有肉……」

哈哈兒接著笑道：「只是我想到你們兩張肥屁股就在頭上，卻有些吃不下了。」

歐陽當道：「兩位不放開手，小弟便無法站起來，小弟不站起來，兩位便只能在下面蹲著……屠大姐，你說這怎麼辦呢？」

屠嬌嬌笑道：「這還不容易辦麼？只要你們把發豬菜吐出來，他們立刻就放手。」

白開心道：「再不然就將你兩人宰了也行。」

哈哈兒道：「哈哈，這主意倒也不錯。」

歐陽丁嘆了口氣，道：「屠大姐交給我兄弟的東西，我兄弟早就想送到惡人谷去的，只是……」

屠嬌嬌冷笑道：「只是東西卻不見了，是麼？」

歐陽丁哭喪著臉道：「屠大姐猜得一點也不錯，你們入谷的第二年，那批東西就全都被人搶走了，我兄弟生怕屠大姐怪罪，所以只好……只好……」

屠嬌嬌完全不動聲色，甚至連眼睛都沒有眨一眨，悠然道：「這理由的確不錯，但搶東西的是誰呢？」

歐陽丁嘆了口氣，道：「路仲達。」

屠嬌嬌突然咯咯嬌笑起來，道：「哈兄，你說他們這謊話說得好麼？」

哈哈兒道：「哈哈，果然不錯，他明知咱們沒法子去問路仲達的。」

白開心嘻嘻笑道：「這種事就叫做死無對證。」

歐陽當道：「若有半句虛言，就叫我天誅地滅不得好死，下輩子投胎變個母豬，紅燒了來讓哈兄下酒。」

小魚兒暗笑道：「這人賭咒當真好像吃白菜似的，一天也不知說多少次，否則又怎能說得如此流利。」

只見屠嬌嬌仰起了頭，全不理睬。哈哈兒和白開心在車墊下也不說話，卻有陣咀嚼聲傳出，顯見白開心已在吃起肉來。

歐陽兄弟你一句我一句，說得滿頭大汗，幾乎連嘴都說破了，屠嬌嬌卻像是一句也沒聽見。

小魚兒愈瞧愈有趣，本來想走，也捨不得走了。這時車馬突然停下，接著，車窗外就露出了一張臉。

這張臉冷漠蒼白，白得已幾乎變得像冰一樣透明了。

歐陽兄弟瞧見了這張臉，就好像被別人抽了一鞭子似的，整個身子都縮成一團。歐陽丁道：「原……原來杜……杜老大也來了！」

六一　陰狠毒辣

歐陽兄弟方才還是滔滔不絕，能說會道，此刻見了杜殺，竟連幾個字都說不清楚。

小魚兒瞧見「血手」杜殺這張冰一般的臉，心裡不知怎地，卻生出一種親切之感，忍不住笑道：「杜大叔，你好麼？」

杜殺道：「好！」

他只瞧了小魚兒一眼，在這一瞬間，他目中的冰雪似乎有些溶化，但等到這雙眼睛盯在歐陽兄弟身上時，寒意卻更重了。

他拉開了車門，話也不說，另一隻手已摑在歐陽當臉上，正正反反，摑了二十幾個耳光，這才冷冷道：「你還認得我麼？」

歐陽當卻連哼都不敢哼，還陪著笑道：「小……小弟怎敢不……不認得杜老大？」

杜殺冷笑著反手一掌，切在他右膝「犢鼻」穴上，照樣給歐陽丁也來了一掌，轉過身子，厲聲道：「下來吧！」

歐陽丁道：「小……小弟腿已不能動了，怎麼下去？」

杜殺道：「腿不能動，用手爬下來！」

歐陽兄弟互望了一眼，果然乖乖的爬了下去。

馬車停在一棟荒宅外，趕車的卻已不見了。

幾人進了荒宅，只見殘敗破落的大廳裡，竟生著堆火，火上煮著鍋東西，也不知是什麼？還有好幾個瓦罐子，零亂地放在地上，像是做菜用的佐料。

一個人箕踞在火堆旁，正是那趕車的。這麼大熱的天氣，他坐在火旁頭上竟沒有一粒汗珠。

屠嬌嬌笑道：「小魚兒，你還不快過去見見你的李大叔，這些年來，他天天在想著你哩，只不過不知道他是不是想吃你的肉。」

小魚兒笑嘻嘻道：「看樣子，李大叔莫非在生氣麼？」

小魚兒走過去，笑道：「李大叔，你可莫要真的生氣，人一生氣，肉就會變酸的。」

李大嘴忍不住哈哈一笑，拉起小魚兒的手，笑道：「不想你這小鬼倒還記得這句話。」

這時歐陽兄弟才呻吟著爬了進來。「血手」杜殺冷冷的跟在他們身後，只要他們爬得慢了些，就重重給他們一腳，簡直把這兩人看得比豬還不如。

哈哈兒大笑道：「二十年來，咱們兄弟還是第一次聚了這麼多，當真是盛會難逢，不可不好生慶祝慶祝。」

屠嬌嬌咯咯笑道：「江湖中若有人知道咱們這班老夥伴又聚在一起了，不知該如何想法？」

哈哈兒笑道：「他們只怕連苦膽都要嚇破。」

李大嘴正色道：「苦膽千萬不可嚇破，否則肉就苦得不能吃了。」

小魚兒眼珠子四下轉動，瞧著這些人，想到自己童年時的光景，心裡也不知是什麼滋味。

這些人雖然是惡人，但在他眼中，每個人多少都有些可愛之處，真要比江別鶴那種僞君子可愛得多。

小魚兒覺得實在開心得很，但想到這些人每個都和瘟神一樣，此番重出江湖，又不知有多少人要倒楣了。他心裡不覺又有些發愁。

他實在不能眼睜睜的瞧著，他得想個法子。

只聽屠嬌嬌道：「現在，只差陰老九了，不知他遇見了什麼事，怎地還未趕來？」

歐陽丁趴在地上，陪笑道：「小弟瞧見諸兄又復重聚，實是不勝之喜。」

歐陽當也趕緊笑道：「這實在該喝兩杯慶祝慶祝才是。」

屠嬌嬌道：「是呀，但咱們的錢已被你騙光了，哪裡還有錢買酒？」

歐陽丁道：「屠大姐只要放了小弟，小弟必定立刻去找那姓路的，拚了命也要將那批東西搶回來。」

話未說完，杜殺的鋼鈎已鈎入了他肩頭，將他整個人都鈎了起來。歐陽丁再也忍不住殺豬似的慘呼道：「杜老大，小弟並未說謊，你饒了小弟吧！」

杜殺冷冷道：「東西在哪裡？說！」

歐陽丁道：「真……真被路仲達……」

杜殺一拳搗在他臉上，他「達」字出口，一嘴鮮血也隨著噴了出來，裡面還夾著三顆牙齒。

小魚兒明知這歐陽兄弟比誰都壞，但瞧見他們這副模樣，也覺大是不忍，正想設法幫他們個忙，歐陽丁已大呼道：「我說了，我說了，那批東西還在，路仲達根本連手指也沒有碰到，我方才全是說謊的，你們饒了我吧！」

小魚兒嘆了口氣，喃喃道：「你明知要說的，爲何不早說，難道非要人家用這種法子對付你不可？這也就怪不得別人心狠手辣了。」

杜殺道：「東西既在，在哪裡？」

歐陽丁顫聲道：「我說出之後，你們還要殺我麼？」

哈哈兒道：「哈哈，咱們本是如弟兄一樣，怎會殺你們？」

歐陽當道：「這話要杜老大說，我兄弟才放心。」

「血手」杜殺雖然心狠手辣，但平生言出必行，從未說過半句謊話，這點江湖中人都是知道的。

只聽杜殺冷冷道：「你說出之後，我等絕不傷你性命！」

歐陽丁長長鬆了口氣道：「那批東西就藏在龜山之巓的一個洞穴裡……」

歐陽當搶著道：「小弟還可爲諸兄畫一幅詳細的地圖。」

地圖畫好，眾人俱是喜動顏色，四雙手一起伸了出去，只聽一連串「劈啪」聲響，你打我的手，我打你的手，四雙手又一起縮了回去——只有四雙手，只因「血手」杜殺的手除了殺人外，是從不輕易伸出來的。

李大嘴終於大聲道：「此圖還是交給杜老大保管，否則我絕不放心。」

突聽一人悠悠道：「不錯，除了杜老大外，我也是誰都不放心的。」

縹縹緲緲的語聲中，窗外已多條人影。

哈哈兒道：「哈哈，陰老九果然是聰明人，等咱們費了半天力後，他才來搶便宜。」

陰九幽冷冷道：「你們費了力，難道我沒有？」

屠嬌嬌笑道：「你費了什麼力？難道被鬼纏住脫不了身？」

陰九幽一字字道：「我正是遇見鬼了。」

陰九幽目光在小魚兒身上打了個轉，突然陰惻惻的笑道：「小魚兒，你猜是什麼鬼？」

小魚兒眼珠子一轉，笑道：「能纏住你的鬼，倒也少有，但能令你害怕的人，倒有一個……」

屠嬌嬌跳了起來，失聲道：「你莫非遇見了燕南天？」

陰九幽詭笑道：「我若遇上他，還能來麼？……我只不過遠遠瞧見他了，瞧見他騎在馬上，生龍活虎，比以前好像還要精神得多。」

小魚兒聽得又驚又喜，李大嘴、哈哈兒、白開心、屠嬌嬌，臉上全都變了顏色，尤其是屠嬌嬌，一步衝過去，道：「他……他是往哪裡去的？」

陰九幽道：「我怎知他要到哪裡去？說不定是往這裡來的。」

這句話說出來，名震天下的「十大惡人」們竟連坐都坐不住了。李大嘴首先站了起來，道：「這裡的確不是久留之地，咱們走吧。」

哈哈兒道：「走自然要走，誰不走我佩服他。」

歐陽丁顫聲道：「求求你們，將我也帶走吧，我……我也不願見著燕南天。」

這「燕南天」三個字，竟像是有著什麼魔力，竟能使這些殺人不眨眼的人物坐立不安，失魂落魄。

小魚兒瞧得又是驚喜，又是羨慕，暗嘆道：「一個人若能做到像燕南天這樣，這輩子也就不算白活了……我自以爲滿不錯的，但比起他來，又能算什麼？」

但燕南天也是個人呀，燕南天能做到的事，江小魚爲什麼不能做到？江小魚又有什麼不如人的地方？

一時之間，小魚兒但覺心中萬念奔湧，忽而覺得心灰意懶，忽又覺得熱血澎湃，豪氣頓生……

忽聽歐陽丁狂呼一聲，鮮血飛激，他一條手臂、一條大腿，竟已被屠嬌嬌生生剁了下來。

歐陽當嘶聲道：「杜老大，你……你答應過的……你……」

屠嬌嬌笑道：「杜老大只答應不要你性命，並未答應別的呀。」

她一面說話，一面又將歐陽當的一手一腿剁了下來，又將罐子裡一滿罐白糖，全都倒在他們身上。

歐陽當大呼道：「你……你乾脆給我個痛快，殺了我吧！」

屠嬌嬌笑道：「杜老大說過不殺你，我怎能殺你！」

歐陽丁咬牙道：「你……你好狠的心，好毒的手段！」

屠嬌嬌咯咯笑道：「你現在雖然這麼說，但我若落在你手上，你只怕比我還要狠上十倍。」她嬌笑著走了出去，竟再也不瞧他們一眼。

歐陽兄弟的慘呼，竟像是沒有一個人聽見。

現在，夕陽滿天，已是黃昏。

小魚兒獨立在夕陽下，屠嬌嬌、白開心、李大嘴、杜殺、陰九幽都已走了，臨走之前，都和小魚兒說過一些話，但說的是些什麼，小魚兒並沒有認真去聽。他只知道他們都已到龜山去了，並沒有要小魚兒隨行，小魚兒更沒有跟他們去的意思，他只聽見他們說：

「小心提防著燕南天，好生將江別鶴鬥垮，你跟著我們走，也有些不便，我們日後定會來找你。」

小魚兒並沒有認真去聽他們說的話，只因也不知從什麼時候開始，他的心突然被「燕南天」三個字充滿。

「燕南天，我爲什麼不能學燕南天？而要學屠嬌嬌、李大嘴？……我恨一個人時……爲什麼不能學燕南天那樣，堂堂正正地找他，與他決鬥，反去學屠嬌嬌和李大嘴，只知在暗中和他搗鬼！」

歐陽兄弟的慘呼聲，猶不住自風中傳來。小魚兒突然轉身向那荒宅直掠而去。

歐陽兄弟倒臥在血泊中，成千成萬蟲蟻，已自荒宅中四面八方湧了過來，他們身受之慘，實非任何言語所能形容。

乾淨。

他們瞧見小魚兒來了，俱都顫聲呼道：「求求你，賞我一刀吧，我死也感激你。」

小魚兒嘆了口氣，竟將兩人提了出去，尋了個水井，將他們兩人身上的蟲蟻沖了個是感激。

歐陽兄弟再也想不到他竟會來相救，四隻眼睛只望著小魚兒，目光中既是驚訝，又是感激。

小魚兒喃喃道：「我突然變得慈悲起來了，你們奇怪麼？我雖然知道你們都不是好東西，但要你們這樣慢慢的死，卻也未免太過份了些。」

歐陽丁凝注著他，道：「你……你若肯救我，我……必定重重報答你。」

小魚兒笑道：「只要你能活下去，我一定救你，但我不要你什麼報答。」

歐陽丁瞧著他，就像是從未見過他這個人似的，突然道：「那批寶物並非藏在龜山。」

他忽然說出這句話來，小魚兒怔了怔。

歐陽丁那張本令任何人見了都要生出惻隱之心的臉，竟又露出一絲狡惡的獰笑，咬牙道：「我在那種情況下說出來的話，任何人都不會以爲是假的了，是麼？我正是要他們認爲如此，否則那些惡鬼又怎會上我的當！」

小魚兒道：「他們最多也不過空跑一趟而已，也算不得是上當。」

歐陽當疼得嘴唇上的肉都在打顫，此刻卻仍大笑道：「我兄弟要他們上當，豈只空跑一趟而已？」

歐陽丁獰笑道：「這一趟他們縱能活著回來，至少卻也得將半條命留在龜山上。」

小魚兒皺眉道：「爲什麼？」

歐陽當陰陰笑道：「我兄弟告訴他們的那個地方，沒有藏寶，卻有個惡魔。這惡魔已有許多年未露面了，他們做夢也不會想到他會藏在龜山。」

歐陽丁道：「咱們就算死了，但他們也沒有好受的，遇見了這惡魔，他們身受之慘，只怕比咱們還慘十倍。」

小魚兒搖頭笑道：「你們既已要死了，何苦要害人？」

歐陽丁大笑道：「我明知他們反正是放不過我的，索性多吃些苦，多受些罪，把他們也拖下水，我歐陽丁正是拚命也要佔便宜的。」

歐陽當大笑道：「我兄弟兩條命，要換他們五條命，這買賣做得連本帶利都有了，我歐陽當正是寧死也不吃虧。」

小魚兒瞧見他們這副一面疼得打滾，一面還要大笑的模樣，全身都起了雞皮疙瘩，搖頭苦笑道：「你們這簡直不是明知必死才害人的，簡直是爲了害人，而寧可去死，像你們這樣的人，倒也少見得很。」

只見這拚命害人的兩兄弟，雖在大笑，但笑聲已漸漸微弱。歐陽當滾到歐陽丁身旁，道：「老大，咱們真要將那藏寶之地告訴這小子麼？」

歐陽丁道：「這小子天生不是好東西，得了咱們那寶藏後，害的人必定更多了。咱們死後，能瞧著這小子用咱們的寶藏害人，也是樂事一件。」

小魚兒嘆道：「別人說：人之將死，其言也善。你們死到臨頭，也不肯說兩句好話麼？」

歐陽當道：「咱……咱們活著是惡人，死了也要……做惡鬼……」

歐陽丁道：「告訴你，那真的藏寶之處，是在……漢口城，八寶里，巷子到頭右面的三棟小屋子裡，那門是黃色的。」

歐陽當咯咯笑道：「他們都以爲咱們必定也將財寶藏在什麼荒無人跡的秘密山洞裡，卻不想咱們偏偏要將財寶藏在人煙稠密之處，叫他們做夢也想不到。」

兩人的語聲，也愈來愈微弱，簡直不大容易聽得清楚了，那傷口也漸漸不再有血流出來。

小魚兒忽然一笑，道：「很好，現在你們若要去做惡鬼，只管去做吧，但你們卻莫要忘了，做惡鬼是要上刀山、下油鍋的，那滋味並不好受。」

歐陽當身子突然縮成一團，嘶聲道：「我不是惡人……也不願意做惡鬼，我……我不願下地獄。」

小魚兒道：「你現在才想起說這話，不嫌太遲了麼？」

歐陽當大呼道：「求求你，用我們的財寶，去爲我們做些好事吧。」

歐陽丁道：「不錯不錯，我們壞事做得太多了，求求你爲我們贖贖罪吧！」

小魚兒搖頭嘆道：「奇怪，很多人都以爲用兩個臭錢就可以贖罪，這想法豈非太可笑了麼？若是真的如此，天堂上豈非都是有錢人，窮人難道都要下地獄。」

歐陽兄弟齊地慘呼道：「求求你，幫個忙吧！」歐陽兄弟全身顫抖，已說不出話來，只是拚命點頭。

小魚兒搖頭道：「若讓天下的惡人，全都來瞧瞧你們現在的樣子，以後做壞事的人，只怕就要少得多了。」

他嘆了口氣，接道：「但無論如何，我總會爲你們試試的，你們現在才知道懺悔，雖已遲了，但總比死也不肯懺悔好一點，你們只管放心死吧。」

每個人一生之中，都會有一個特別值得懷念的日子。

小魚兒自然也有這樣的一天。

小魚兒在這一天裡，突然發現了許多事……這些事他以前並非完全不知道，只是從未仔細去想而已。

這一天縱然對一生多姿多采的小魚兒說來，也是特別值得懷念的，就在這一天裡，他經歷到從來未有的傷心與失望，也經歷到從來未有的興奮與刺激，假如他以前始終還只是個孩子，這一天卻使他完全成長起來。

現在，小魚兒將臉上洗得乾乾淨淨，到成衣舖裡，換上套天青色的衣服，臨鏡一照，自己對自己也覺得十分滿意。

於是他又找了家地方最大、生意最好的飯館，飽餐了一頓。來自四面八方的江湖朋友，仍留在安慶城沒有走，這狀元樓裡幾十張桌子，倒有一大半坐的是武林豪傑。

小魚兒帶著欣賞的心情，瞧著他們大塊吃肉，大碗喝酒，他覺得這些粗豪的漢子們，委實都有他們的可愛之處。

只聽他旁邊桌子一人笑道：「歐陽兄弟今天晚上想必還是要到這狀元樓來的了。」

那「歐陽兄」哈哈笑道：「承蒙江大俠瞧得起，倒也發給俺一張帖子，今天晚上正是少不得還要到這裡來喝上一頓。」

他語聲故意說得很大，四下果然立刻有不少人向他瞧了過來，那眼光既是羨慕又有些妒忌。

小魚兒瞧得又好笑，又好氣。

江別鶴居然還有臉大請其客，被請的人居然還引以爲榮，這實在要令小魚兒氣破肚子了。

靠窗的一桌上，突然又有人訝然道：「江大俠今天晚上請客，正是要爲花公子慶功，花公子此刻卻怎地要走了？難道他竟不給江大俠面子？」

另一人道：「今天風和日麗，天色晴朗，花公子想必正是帶著他未來的妻子出城去踏青，絕不會是真要走的。」

只見一輛大車，自東而來，車窗上竹簾半捲，隱約可以瞧見一個烏髮堆雲的麗人倩影。

花無缺風神俊朗，白衣如雪，騎著匹鞍轡鮮明的千里馬，隨行在車旁，不時與車中人低低談笑。

小魚兒一眼瞧過，幾乎又變得癡了。

這時酒樓上的人大多擁到窗前憑窗下望，不覺又發出一片艷羨之聲，有的竟含笑招呼道：「花公子你好！」

花無缺抬起頭來，淡淡一笑。

酒樓上的人唯恐他瞧不見自己，一個個的頭都拚命向外伸，小魚兒卻生怕被他瞧見，趕緊縮回了頭。

直到花無缺的車馬過去，酒樓上的人都回到座上，小魚兒仍癡癡的坐在那裡，忽然喃喃自語道：「我這樣躲著他，究竟要躲到幾時？我難道真的一輩子都躲著他麼……」

想到這裡，忽然站起身子，衝下樓去。

六二 情有獨鍾

小魚兒根本全不管別人用什麼眼光瞧他，提著衣襟愈跑愈快，片刻間便已追上了花無缺的車馬。

車馬這時正要出城，突聽一人大呼道：「花無缺慢走！」

花無缺微微皺了皺眉頭，自然勒住馬，鐵心蘭剛從車窗裡探出半個頭，小魚兒已一個箭步竄了過來。

小魚兒會突然出現，就連花無缺都不免大吃一驚，幾乎不相信自己的眼睛。鐵心蘭更已駭呆了。

小魚兒拚命忍住，絕不去瞧鐵心蘭一眼，只是瞬也不瞬地瞪著花無缺，突然哈哈一笑，道：「你以為我是送死來的，是麼？」

花無缺嘆了口氣，道：「不錯。」

面對著這樣的人，小魚兒也有些笑不出來了，大聲道：「你既然這麼想殺我，為何不來找我卻等我來找你？」

花無缺緩緩道：「我自己本不願殺你，所以也並未急著找你，但此刻我既然見著你，卻還是非殺你不可！」

鐵心蘭這時才回過神，突然拉開車門，自車廂裡衝了下來，擋在小魚兒面前，大聲道：「這次是他自己來找你的，至少這次你不能殺他。」

小魚兒突然用力一推，將她推得撞在車上。花無缺臉色變了變，終於忍住沒有開口。

鐵心蘭瞧著小魚兒，顫聲道：「你……你爲什麼這樣對我？」

小魚兒連瞧也不瞧她一眼，瞪著花無缺冷笑道：「這鐵姑娘聽說是你未過門的妻子，爲何來管我閒事，我根本連認都不認得她。」

鐵心蘭用力咬住了嘴唇，雖然嘴唇已被咬得出血，雖然眼睛裡已有淚珠在打轉，卻還是不離開。

花無缺心裡只覺陣陣刺痛，故意不再去瞧鐵心蘭，淡淡道：「這次你不要別人幫忙了麼？」

小魚兒仰天大笑道：「我若要人幫忙，爲何來找你？」

他突又頓住笑聲，大聲道：「你心裡自然也知道，我這種人，是絕不會爲了送死而來找你的，那麼，我是爲何而來的，你心裡必定又在奇怪。」

花無缺道：「正是有些奇怪。」

小魚兒道：「你以爲我殺不死你，我也以爲你殺不死我，若是這樣拖下去，拖到兩百年後也不知究竟是你對，還是我對，我心裡著急，你只怕比我更急。所以，我今天來，正是爲了要和你做個了斷！」

花無缺目光閃動，微笑道：「你想如何來做了斷？」

小魚兒道：「你只要說個地方，三個月後，我必定去找你一決生死！沒有分出生死強弱前，誰也不許逃走！」

小魚兒長長吐了口氣，又道：「但在這三個月的約期未到之前，你縱然瞧見了我，也得裝個沒有瞧見，更不能來尋我動手！」

花無缺沉吟不語。

小魚兒大聲道：「我若不來找你，這三個月，你反正是找不著我的，這條件你並沒有吃虧，你爲何不肯答應？」

花無缺緩緩道：「你說出這條件，其中想必又有詭計。」

小魚兒瞪眼道：「你……你不答應？」

花無缺忽然勒過馬頭，道：「三個月後，我在武漢一帶，你必定可以找到我的。」

小魚兒大聲道：「很好，你如此信任我，我必定不會使你失望！」話未說完，也掉轉頭，大步而去。

鐵心蘭只望他會回頭來瞧一眼，但他始終也沒有回過頭來，直到他身影完全消失，鐵心蘭還癡癡的站在那裡。

花無缺靜靜的坐在馬上，也沒有催她。

也不知過了多久，鐵心蘭才緩緩上了馬車，拉起車門，瞧見花無缺仍坐在馬上等她，她心裡也不知是什麼滋味。

花無缺本是爲了要讓鐵心蘭散散心，才勸她出城走走的，但此刻出得城來，兩人心裡反而都打了個結，眼見再難化解得開。

鐵心蘭不停地將車窗上的竹簾捲起來，又放下去，城郊外雖然風物如畫，但她再也沒有心情去瞧上一眼。

前面一叢花樹，千千萬萬朵不知名的山花，開得正盛。一道小溪流過花林，溪水在初秋的太陽下閃閃發光。

遠處，有個窮漢，正仰面臥在小溪旁曬太陽，近處蟲鳴陣陣，鳥語花香，地上的泥土，軟得像毯子。

花無缺下了馬，站在一株花樹下，又出起神來，微風吹動著他雪白的長衫。

鐵心蘭輕輕推開了車門，走在柔軟的泥土上，瞧著花無缺的背影，也癡癡地出了會兒神，突然道：「你明知那其中必有詭計，爲何還要答應他？」

花無缺似乎嘆了口氣，但沒有回頭，也沒有說話。

鐵心蘭自他身旁走過，自低枝上摘下了一朵小花，揉碎了這朵不知名的山花，突然回過頭，面對著他，道：「你爲何不說話？」

花無缺淡淡一笑，終於緩緩道：「沉默，有時豈非比沒什麼話都好？」

鐵心蘭霍然扭轉了身子，道：「這兩年來，你處處照顧著我，若不是你，我早已死了，我這一輩子，從來也沒有人像你對我這麼好。」

花無缺瞧著她脖子後隨風飄動的髮絲，又沒有開口。

鐵心蘭輕嘆著接道：「我這一生中，也從沒有人像他對我那麼壞，但是我……我也不知爲了什麼，一瞧見他，就沒了主意。」

花無缺閉起了眼睛，道：「這些話，你本來不必對我說的。」

鐵心蘭肩頭不住顫抖，道：「我也知道這話不該說的，但若不對你說個明白，我心裡更難受，更覺得對不起你。」

花無缺柔聲道：「這怎能怪你?你又有什麼對我不起？」

遠處那窮漢，長長伸了個懶腰，喃喃道：「年紀輕輕，爲了這種小事就痛苦不堪，等你們長大了，就會知道世上比這種更痛苦千萬倍的事，還多著哩！」

花無缺本未留意他，更未想到自己在這邊的輕言細語，竟會被遠在數丈外的人聽在耳裡。

就連鐵心蘭也不覺止住了低泣聲，抬起頭來。

那窮漢打了個呵欠，突然翻身掠起。

只見他面上瘦骨稜稜，濃眉如墨，滿臉青滲滲的鬍渣子，在陽光下亮得刺眼，驟眼瞧去，也瞧不出他有多大年紀。

花無缺出道以來，天下的英雄，誰也沒有被他瞧在眼裡，但也不知怎的，這懶洋洋的窮漢，竟似有一種說不出的懾人之力。他身形雖非十分魁偉，但無論誰在他面前，都不禁要自覺渺小。

那窮漢瞧見花無缺，也似吃了一驚，喃喃道：「莫非就是他？否則怎會如此相像，別人的事我可不管，但是他……我豈能不成全他的心意？」花無缺與鐵心蘭也未聽清他說的是什麼，這窮漢已走了過來，他懶洋洋地走著，像是走得很慢。

但只走了兩步他竟已到了花無缺面前。這時花無缺才將他瞧得更清楚了些。

只見他身上穿的是件已洗得發白的黑布衣服，腳下穿著雙破爛的草鞋，一雙筋骨凸出的大手長長垂了下來，幾乎垂過膝蓋，腰畔繫著條草繩，草繩上卻斜斜插著柄生了鏽的鐵劍。

這窮漢已上上下下仔細地打量了花無缺幾眼，突然咧嘴一笑，道：「你心裡可是很喜歡這位姑娘？」

花無缺實未想到他竟會問出這句話來，怔了怔，吶吶道：「這……」

她。」

那窮漢喝道：「什麼沉默比說話好，全是狗屁！你不說出來，人家怎知你喜歡

花無缺的臉竟紅了紅，更說不出話來，他從來以含蓄爲美，但也不知怎地，這種粗俗不堪的話，自這窮漢嘴裡說出來，竟另有一種豪邁之氣，令人不覺心動神馳。

鐵心蘭的臉雖也紅了，卻忽然道：「有些話，他不必說，我也知道。」

那窮漢閃電般的眼睛，立刻瞪在她臉上，哈哈大笑道：「很好，不想你竟比他痛快的多，這樣的女孩子，莫說是他，就連我見了，都有些喜歡。」

那窮漢道：「你喜不喜歡他？」

鐵心蘭道：「我不……」

她抬頭瞧了花無缺一眼，又垂下了頭，接著道：「我也不是不喜歡，只是……」

那窮漢不等她再說，已大笑道：「既然不是不喜歡，自然是喜歡了。你兩人既然彼此喜歡，就由我來作媒，今日就在這裡成了親吧！」

他這句話說出來，花無缺與鐵心蘭不覺大吃一驚。

花無缺失聲道：「閣下莫非在開玩笑麼！」

那窮漢眼睛一瞪，大聲道：「這怎會是開玩笑？你瞧此地，鳥語花香，風和日麗，你兩人在這裡成親，豈非比什麼地方都好得多？」

他愈說愈是得意，又不禁大笑道：「紅燭之光，又怎及陽光之美？世上所有的紅

氈，更都不比這泥土的芬芳柔軟，你兩人就在這陽光下、泥土上，快快拜了天地，豈非人生一大樂事？就連我都覺得痛快已極！」

花無缺聽他自說自話，也不知是該惱怒，還是該歡喜。鐵心蘭呆呆地怔在那裡，更是哭笑不得。

她此刻雖有心一口拒絕，卻又不忍去傷花無缺的心。

花無缺瞧了瞧她的神色，卻忽然道：「閣下雖是一番好意，怎奈我等卻歉難從命。」

那窮漢笑聲頓住，瞪眼道：「你不答應？」

花無缺長長吸了口氣道：「是。」

那窮漢突又大笑道：「我知道了，這不是你不願意，只是你怕她不願意。但她既未說話，你又何苦多心？」

花無缺想了想，緩緩道：「有許多話，是不必說出來的。」

那窮漢嘆道：「你明明喜歡她喜歡得要命，但為了她，卻寧可硬著心腸不答應，這樣的多情種子，倒真不愧是你爹爹的兒子。」

花無缺也聽不懂他這話是什麼意思，那窮漢已瞪著鐵心蘭道：「像這樣的男人，你不嫁給他嫁給誰？」

花無缺雖然明知他是為了自己，此刻也不覺怒氣發作，冷笑道：「在下什麼人都見過，倒真還沒有見過如此逼人成親的。」

那窮漢道：「你如此說話，想必是以爲我宰不了你，是麼？」

「是麼」兩字出口，突然拔出腰畔的劍，向身旁一株花樹上砍了過去。這柄劍已鏽得不成模樣，看來簡直連根樹枝都砍不動，誰知他一劍揮去，那合抱不攏的巨木，竟「喀喇」一聲折爲兩段！

鐵心蘭生怕花無缺開口得罪了他，只因此人武功實是深不可測，就連花無缺，都未必是他的敵手。

要知鐵心蘭心腸最是善良，雖不願花無缺傷了小魚兒，也不願別人傷了花無缺，不等花無缺開口，搶先道：「我答應了。」

花無缺突然道：「我絕不答應。」

那窮漢奇道：「她都答應了，你爲何不答應？」

花無缺明知鐵心蘭不是真心情願的，他愈是對鐵心蘭愛之入骨，便愈是不肯令鐵心蘭有半分勉強。

花無缺冷冷道：「我不答應，就是不答應，你若要殺我，只管動手就是！」

鐵心蘭失聲道：「你……你難道不喜歡我？」

花無缺再也不瞧她一眼——他看來雖和小魚兒全無絲毫相同之處，但使起性子來，卻和小魚兒完全一模一樣。

那窮漢瞪著眼瞧著他，道：「你寧可終生痛苦，也不答應？」

花無缺道：「絕不答應。」

那窮漢喝道：「好！我與其讓你終生受苦，倒不如現在就宰了你！」

劍光一展，向花無缺直刺過去！他這一劍自然未盡全力，但出手之快，劍勢之強，環顧天下武林，已無一人能望其項背。

只聽「啪」的一聲，花無缺雖然避開了這一劍，束髮的玉冠，卻已被劍氣震斷，滿頭頭髮，都被激得根根立起！這一劍之威，竟至如此，實是不可思議！

鐵心蘭失色驚呼道：「前輩快請住手，他不肯答應只是爲了我，我心裡才真是不肯答應的，前輩你要殺，就殺了我吧！」

她驚駭之下，不禁吐了真言，花無缺只覺心裡一陣刺痛，出手三掌，竟不顧一切，搶入劍光反撲過去。

誰知那窮漢反而收住劍勢，哈哈大笑道：「姓江的果然都是牛一般的脾氣，只是你卻比你爹爹還呆。試想她若真的不肯答應你，真的不喜歡你，又怎肯爲你死？」

花無缺怔了一怔，鐵心蘭也跟著怔住了，道：「他自然不姓江，他叫花無缺。」

那窮漢摸了摸頭，滿面驚訝之色，喃喃道：「你不姓江？這倒真的是件怪事，你簡直徹頭徹尾像個姓江的，你簡直和他長得一模一樣。」

花無缺也忘了出手，只覺這人簡直有些毛病。

那窮漢嘆了口氣，苦笑道：「你既然不姓江，成不成親，就全都不關我的事了，你要走就走吧。」他竟然真的什麼都不管了，喃喃苦笑著轉身而去。

花無缺、鐵心蘭兩人面面相覷，誰也弄不懂這究竟是怎麼回事。只見那窮漢一面走，一面還在自言自語，道：「這少年居然不是江小魚，奇怪奇怪……」

鐵心蘭又驚又喜，失聲道：「前輩莫非以爲他是江小魚，才逼著我們成親的麼？」

那窮漢淡然道：「我雖然是不忍見著你們爲情受苦，但若非認定他是江小魚，我實在也不會多管閒事。」

那窮漢忽然回過頭來，瞧了瞧鐵心蘭，又瞧了瞧花無缺，突然大笑道：「我明白了，我明白了！原來你說的那對你最壞的人，就是江小魚，你兩人本來是會成親的！就爲了江小魚，才弄成這般模樣。」

鐵心蘭幽幽嘆息一聲，垂下了頭。

那窮漢用手敲頭，失笑道：「我本來想成人好事，誰知卻將這件事愈弄愈糟了……」

他一生精研劍法，再加上終年闖蕩江湖，奔波勞苦，從來也未能領略到兒女柔情的滋味。

花無缺聽得這笑聲，心裡又是憤怒，又是酸苦，突然道：「你就想走了麼？」

那窮漢笑道：「我知道你心裡不舒服，就讓你打兩拳出出氣吧。」

花無缺冷笑道：「你武功縱然強絕天下，卻也萬萬受不了我一掌，你若不招架，可是自尋死路！」語聲中一掌拍了出去。

這一掌看來雖輕柔，但所取的部位，卻是毒辣無比，而且掌心深陷，蓄力不吐，顯然一發便不可收拾。

那窮漢是何等眼力，聳然道：「果然好掌力！」

他天性好武，此刻驟然遇見此等少年高手，也不禁想試試對方功力究竟如何，手掌竟迎了上去！

誰知花無缺掌勢突變，直劈如矢的一掌，竟突然向右一引，轉變之巧妙亦是令人不可思議。

這一著正是「移花宮」獨步天下的「移花接玉」，花無缺一招使出，只道對方這一掌必定要反打在自己身上。

誰知那窮漢身形滴溜溜一轉，竟將這普天之下無人能破解的「移花接玉」，輕輕化解。

花無缺這才真的大驚失色，動容道：「你究竟是誰？」

那窮漢突然仰天笑道：「我一生總以未能一試『移花宮』武功為恨，不想今日竟在此地遇見了『移花宮』門下……」

宏亮的笑聲，震得四面枝頭山花，雨一般落下。

鐵心蘭悚然道：「前輩莫非與『移花宮』有什麼過不去麼？」

那窮漢戛然頓住笑聲，喝道：「我正是與『移花宮』仇深如海，我十年磨劍，爲的正是要將『移花宮』門下，殺盡殺絕！」

花無缺突然失聲道：「燕南天！你是燕南天！」

「移花宮」最大的對頭，就是燕南天，普天之下，除了燕南天之外，也沒有別人敢和「移花宮」爲仇作對！

六三 劍氣沖霄

花無缺和鐵心蘭正發愣間，只見那窮漢目中光芒一閃，道：「我正是燕南天！」

花無缺默然半晌，忽然緩緩脫下自己的長衫，仔仔細細疊好，緩緩走到鐵心蘭面前，雙手交給鐵心蘭。

鐵心蘭自然也知道他交給自己的，雖然只不過是件衣服，但其中卻不知有多麼沉重、多麼複雜的含義。

花無缺道：「能與燕南天一戰，正是學武的人畢生之願，就是移花宮門下，也以能與燕南天一戰為榮。」

鐵心蘭壓低聲音，道：「你……你難道不能走麼？我替你擋住他，他絕不會殺我的！」

花無缺微微一笑，道：「我這一戰並非為了自己，而是為了移花宮……」語聲戛然而止，但言下未竟之意，卻又不知有多麼沉重。

他緩緩轉過身子，忽又回首道：「我還要你知道，我要殺江小魚，也非為了自己，也是爲了移花宮。三個月後，你見著他時，不妨告訴他，我雖然一心殺他，對他卻始終沒有懷恨之意，希望他……他也莫要恨我。」

鐵心蘭淚流滿面，嘶聲道：「你爲什麼做事都要爲著別人？你這一生難道是爲別人活著的，你……你難道不該爲自己做些事麼？」

花無缺已轉過身子，仰首望天，突然一笑，道：「爲著我自己？……我又是誰呢？……」

這是他第一次在別人面前表露了自己的悲痛，這雖然是很簡單的兩句話，但其中的悲痛卻比山更重。

鐵心蘭瞧著他，流淚低語道：「別人都說你是世上最完美、最幸福、最令人羡慕的人，又有誰知道你的痛苦？別人都說你是最鎭定、最冷靜，又有誰知道你連自己都已迷失，別人都想過你的日子，又有誰知道你竟是爲別人活著？」

燕南天始終在一旁瞧著，此刻突然大笑道：「花無缺，你果然不愧爲『移花宮』門下！無論這一戰你是勝是負，移花宮之聲名，都因你而不墜！」

花無缺道：「多謝。」

燕南天大聲道：「但我也要你知道，除了你外，世上還有許多人，他們所做的事，也並非爲了自己的。永遠只知爲自己活著的人，他們心裡也未必便能快樂，甚至說不定比你還要悲哀得多！」

花無缺凝目瞧著他，緩緩道：「你要殺我，莫非也是為了別人麼？」

燕南天默然半晌，突然仰天長嘯，似也含蘊著滿腔抑鬱的悲憤，難以向人敘說。

花無缺嘆了口氣，突然自懷中抽出一柄銀劍。

鐵心蘭也曾見他交手多次，卻從未見他用過兵刃，她幾乎以為「移花宮」門下都是不用兵刃的。

只見他掌中這柄銀劍，劍身狹窄，看來竟似比筷子還細，卻長達五尺開外，由頭至尾，銀光流動，似乎時刻都將脫手飛去！

燕南天目光閃動，對這怪異的兵刃，只淡淡瞧了一眼，厲聲道：「你兵刃既已取出，為何還不出手？」

花無缺左手中指輕彈，銀劍「錚」的一聲龍吟。龍吟未絕，劍已出手！

這柄劍不動時，已是銀光流動，眩人眼目，此刻劍光一展，宛如平天裡潑下一盆水銀來。

燕南天持劍而立，如山停嶽峙，花無缺一劍刺來，他竟是動也不動，但見銀光一旋，劍勢突然變了方向。原來花無缺那一劍本是虛招。

花無缺以虛招誘敵，不料對方竟如此沉得住氣。

花無缺竟一連使出七劍虛招。

這一連七劍正是「移花宮」劍法中的妙著，雖然皆是虛招，但在如此眩目的劍光下，誰也不敢拿穩這是虛招的，誰都會忍不住去招架閃避，無論他如何招架閃避，卻早已全都在這七劍的計算之中。

怎奈燕南天竟絲毫不爲這眩目的劍光所動，這七劍虛招中的妙用，在燕南天面前，竟完全發揮不出。

花無缺第七劍方自擊出，燕南天掌中鐵劍便已直刺而出，穿透滿天光影，直刺花無缺胸膛。

這一劍平平實實，毫無花樣，但出劍奇快，劍勢奇猛，正是自平淡中見神奇，自紮實中見威力！

花無缺劍法縱有無數變化，卻也不得不先避開這一著，但聞劍風呼嘯，燕南天已刺出三劍！

花無缺避開三招，才還了一劍。

只見滿天銀光流動，燕南天似已陷於流光之中，其實這滿天閃動的劍光根本無法攻入一著。

花無缺圍著燕南天飛馳不歇，燕南天腳下卻未移動方寸。花無缺劍如流水，燕南天卻如中流之砥柱。

這兩人劍法一個極柔，一個極剛，一個飛雲變幻，一個剛猛平實，一個如水銀瀉地，無孔不入，一個卻如鐵桶江山，滴水不漏。

花無缺看來雖然處處主動，其實處處都落在下風，鐵心蘭瞧得目眩神迷，幾不知身在何處。花林中繁花如雨，落了滿地。

小魚兒尋了個客棧，想好生睡一覺，但翻來覆去，再也睡不著，索性穿起衣服，逛了出去。

偌大的院子，除了小魚兒外，只有一間屋子住著有人，像是剛搬進來的，屋子裡不住有語聲傳出，門窗卻是關得緊緊的。

突見一個青衣大漢闖進了院子，手裡還拿著根馬鞭，像是趕車的，一走進院子，就大聲呼喚著道：「江別鶴江大爺可是在這裡麼？」

小魚兒嚇了一跳，江別鶴怎地也到了這裡？他是爲什麼來的？小魚兒來不及多想，閃身藏到根柱子後。

只見那屋子的門開了一半，裡面有人道：「誰？」

那趕車的道：「小人段貴，就是方才送花公子出城的……」

話未說完，江別鶴已走了出來，那門卻又立刻掩起。

江別鶴皺眉道：「你怎地回來了？又怎會尋到這裡？」

段貴道：「花公子在城外像是遇著麻煩了，小人趕著回來稟報，恰巧碰到送江大爺到這裡來的段富，才知道江大爺到這裡來訪客了。」

江別鶴微微一笑，道：「花公子縱然遇著麻煩，他自己也能對付的，還用得著你著急？」

段貴道：「但……但那人看來卻很扎眼，鐵姑娘看來像是很著急，小人想，鐵姑娘是知道花公子本事的，連鐵姑娘都著急了，這麻煩想必不小。」

江別鶴沉吟道：「既是如此，我就去瞧瞧吧。」

江別鶴回首向著屋內道：「至遲今夜，弟子必定再來……」

一面說話，一面已隨著段貴匆匆走了出去。

小魚兒本想瞧瞧那屋子裡究竟是誰？形跡為何如此神秘？但想了想，這人反正要在此等江別鶴的，也不急在一時。

他實在想先瞧瞧是誰能給花無缺這麼大的麻煩。

小魚兒和花無缺非但沒有交情，而且簡直可以說是對頭，但也不知怎地，花無缺的事，總是能令小魚兒心動。

門外有輛馬車剛走，江別鶴想必就坐在車子裡。

小魚兒尾隨了去，但大街上不能施展輕功，兩條腿的究竟沒有四條腿的走得快，出城時，馬車已瞧不見了。

馬車出城，江別鶴在車廂中大聲問道：「花公子可曾與那人動過手麼？」

段貴道：「好像接了一掌。」

江別鶴皺眉道：「這人能接得住花公子一掌，倒也有些功夫，卻不知他長得是何模樣？」

段貴道：「這人又高又大，穿得比小人還破爛，但樣子卻神氣得很。」

江別鶴眉頭皺得更緊，道：「這人有多大年紀？」

段貴道：「看來好像四十上下，又好像有五十多了，但……但又好像只有三十出頭，你瞧他有多大年紀，他就像有多大，小人實在沒見過這麼奇怪的人。」

江別鶴皺眉沉吟，面色已漸漸沉重。

段貴忽然又道：「對了，那人腰上，還有柄鐵劍，但卻已生鏽了……」

他話未說完，江別鶴已聳然變色，呆了半晌，沉聲道：「你將車遠遠停下，切莫走得太近，知道麼？」

段貴心裡雖然奇怪，不知道他爲什麼遠遠就要將車停下，但江大爺的話，他可不敢不聽，距離花林還有十餘丈，車馬便已停住。

只見漫天劍氣中，一條人影兔起鶻落，飛旋盤舞，另一條人影卻穩如泰山磐石，動也不動。

此刻花無缺身法仍極輕靈，劍氣仍盛，似乎並無敗象，但江別鶴又是何等眼力，一眼便瞧出花無缺劍式雖極盡曼妙，其實根本攻不進一招！那擊劍破風聲，更是一強一弱，相隔懸殊。

江別鶴面色更是慘變，喃喃道：「燕南天！這必定是燕南天！」

江別鶴知道燕南天此刻只不過是想多瞧瞧移花宮獨創一格之劍法的變化而已，否則花無缺早已斃命劍下！

那段貴自然瞧不出此等高深劍法的奧妙，也正是因爲他根本什麼都瞧不出，所以才更著急。

段貴見到那縱橫的劍氣，早已爲花無缺急出一身大汗，道：「江大爺難道不去助花公子一臂之力麼？」

江別鶴道：「自然要去的。這車門怎地打不開了，莫非有什麼毛病？」

段貴跳下車座，去開車門。車門一下子就打開了，一點毛病也沒有。

段貴笑道：「江大爺只怕是太過著急，所以連車門都打不開……」

話未說完，突然瞧見江別鶴的一張臉，似已變成青色，眼睛瞪著段貴，目光也似已變爲慘青色。

江別鶴陰森森一笑，緩緩道：「一個人最好莫要多管閒事，否則活不長的。」

段貴駭得腿都軟了，轉身就想逃，突覺領子已被一把抓住，整個人都被拖入了車廂。

段貴牙齒格格打顫，道：「江……江大爺，小人可……沒沒有得罪你老人家，你……」

話未說完，一柄短劍已插入他脅下，直沒至柄。

江別鶴一分分緩緩拔出了短劍，生怕鮮血會濺上他衣服，短劍拔出，仍如一泓秋水，殺人也不見血。這正是足以削斷「情鎖」的那柄寶劍！

江別鶴長長吐出了口氣，喃喃道：「現在，沒有人會知道我曾到過這裡，也沒有人會知道我眼見花無缺必死而不救了！我俠義的名聲，可不能為了這蠢小子而受損……你用一條命來保全我『江南大俠』的名聲，死也不算冤枉的。」

他一面說話，一面已悄悄溜下馬車，轉身回去。花林裡惡戰方急，自然沒有人會發現他。

郊外無人，小魚兒兜了個圈子，終於瞧見了那花林裡縱橫的劍氣，接著才瞧見那輛馬車。

他沒有瞧見江別鶴。江別鶴莫非還留在馬車裡？馬車為何停得這麼遠？

小魚兒本無心去追究這些，只想站得遠遠地瞧瞧花林裡的惡鬥，瞧瞧花無缺劍法與眾不同的變化，留做以後對付他的準備。

自然，他也想瞧瞧能和花無缺一戰的人是誰。

但他突又瞧見那緊閉著的馬車門，門縫裡在向外流著鮮血——江別鶴莫非已死了？否則這又會是誰的血？

小魚兒又是興奮，又是好奇，忍不住想去瞧瞧。

他一拉開車門，就發現段貴那張猙獰扭曲的臉。接著，就瞧見那雙滿含恐懼，滿含驚惶的眼睛。而江別鶴卻已不見了。

小魚兒本也不禁一驚，怔住，但隨即恍然而悟——江別鶴用心之狠毒，沒有人比小魚兒更清楚。

他也立刻就發現花無缺此刻情況之危急，鐵心蘭爲花無缺焦急擔心的神態，又不禁令他心裡一陣刺痛。

突然一聲長嘯，直沖雲霄！一道劍光，沖天飛起，花無缺踉蹌後退，終於跌倒！

燕南天竟以至鈍至剛之劍，將花無缺掌中至利至柔之劍震得脫手飛去！花無缺但覺氣血反逆，終於不支跌倒！

但在這刹那之間，也不知爲了什麼，小魚兒但覺熱血衝上頭頂，竟忘了他與花無缺之間的恩恩怨怨，情仇糾纏……

他竟突然忘了一切，不顧一切，竟突然飛撲過去！

燕南天長嘯不已，鐵劍再展。鐵心蘭失聲驚呼——

就在這時，突見一條人影如飛掠來，擋在花無缺面前，大聲道：「誰也不能傷他！」

鐵心蘭瞧見這人竟是小魚兒，張大了嘴，驚得呆住。

燕南天目光如電，在小魚兒身上一轉，厲聲道：「你是誰？竟敢來攖燕某之劍鋒！」

鐵心蘭終於回過神來，大聲道：「他就是江小魚呀！」

燕南天失聲道：「江小魚？江小魚就是你？」他一雙眼睛，盯在小魚兒臉上更是不肯放鬆。

小魚兒也盯著他，遲疑著道：「你……你難道就是燕南天燕伯伯？」

鐵心蘭道：「他正是燕老前輩。」

小魚兒像是又驚又喜，突然撲過去，抱起燕南天，道：「燕伯伯，我可真是想死你了……」

燕南天目中似有熱淚盈眶，喃喃道：「江小魚……江小魚，燕伯伯又何嘗不想你？」

鐵心蘭瞧見孤苦飄零的小魚兒突然有了親人，而且竟是名震天下的燕南天，心裡當真是又驚又喜，熱淚又不覺要奪眶而出。

只見燕南天突然又推開小魚兒，沉聲道：「你可知道這花無缺乃是『移花宮』門下？」

小魚兒道：「知道。」

燕南天厲聲道：「你可知道殺你父母的人，就是移花宮主？」

小魚兒身子一震，失聲道：「這難道竟是真的？」

他很小的時候，雖然曾經有個神秘的人，將他帶出「惡人谷」，告訴他這件事，他卻總覺得這個人行蹤太詭秘，說的話未必可信，所以他一直都沒有認爲「移花宮」真的是自己不共戴天的仇人。

但此刻，這話從燕南天嘴裡說出來，他卻不能不信了。

燕南天瞪著小魚兒，道：「你爲何要救他？」

小魚兒道：「我……我……」

他自己也實在不知道自己爲何要救花無缺，就算「移花宮」和他並無仇恨，他本來也是萬萬不該救花無缺的！

燕南天突將鐵劍拋在地上，喝道：「你親手殺了他吧！」

小魚兒身子又是一震，回頭去瞧花無缺。

只見花無缺竟已被燕南天劍氣震得暈了過去。一朵殘花，落在他臉上，鮮紅的花，襯得他面色更是蒼白。

小魚兒瞧著這張蒼白的臉，心裡竟泛起一種難言的滋味，他也不知爲了什麼，竟突然大聲道：「我不能殺他！」

燕南天怒道：「你爲何不能殺他？你已知道他是你仇人門下，何況他又一心要殺你！」

小魚兒道：「我……我……」

他嘆了口氣，突又大聲道：「我已和他約定，在三個月後決一生死！所以不能讓燕伯伯殺死他，更不能在他受了傷時，將他殺死。」

燕南天怔了怔，突然仰天大笑道：「好！你果然不愧爲江小魚，果然不愧爲我那江二弟的兒子……二弟呀二弟，你有子如是，九泉之下，也該瞑目了！」

他歡樂的笑聲，突又變得無限悲愴。

小魚兒但覺胸中熱血奔騰，突地跪下，嘶聲道：「燕伯伯，我發誓今後再也不會丟我爹爹的人了！」

燕南天撫著他的肩頭，黯然道：「你可是自覺以前所作所爲，有些對不起他？」

小魚兒低垂著頭，哽咽道：「我……」

燕南天道：「你用不著難受，更用不著自責，無論誰生長在你那種環境中，都要比你壞得多。何況，據我所知，你用的手段或有不對，卻根本未做什麼壞事。」

燕南天又大笑道：「燕南天能見到江楓有你這樣的兒子，正也是畢生之快事！」

他笑聲中帶著淚痕，顯見得心裡又是快樂，又是酸楚。鐵心蘭瞧著他們真情流露，不覺低下了頭，眼淚一連串落在地上。

她心裡又何嘗不是悲歡交集，難以自處？小魚兒的痛苦還有燕南天瞭解安慰，她的痛苦又有誰知道？

她死也不能讓花無缺殺死小魚兒，但小魚兒若是殺死花無缺，她也會難受得很，她只望兩人能好好相處。

誰知道他們竟偏偏又是不共戴天的仇人，這仇恨顯然誰也化解不開，眼見著他們必有一人，要死在另一人手下，否則這仇恨永遠也不能終止！

更令她傷心的是，爲了小魚兒，她不惜犧牲一切，而小魚兒卻似連瞧都不屑再瞧她一眼。

這時燕南天已將小魚兒拉到花樹下坐下，忽然道：「你可知道屠嬌嬌和李大嘴等人，已離開了惡人谷？」

小魚兒道：「知道。」

燕南天目光閃動，道：「你莫非已見過他們？」

小魚兒點了點頭，忽又笑道：「燕伯伯，你饒了他們好麼？」

燕南天怒道：「我怎能饒了他們！」

小魚兒道：「他們雖然想害你老人家，但終究沒有害著。何況，他們到底將我養大了，更何況他們早已改過。」

燕南天想了想，嘆道：「為了你，只要他們此後真的不再為惡，我就饒了他們！」

小魚兒大喜道：「他們聽見這消息，簡直要高興死了，以後哪裡還會害人？」

燕南天瞧了鐵心蘭一眼，微微笑道：「你現在也該過去和那位姑娘說話了吧？我也不能老是霸佔住你。」

小魚兒臉沉下來，道：「我不認得那位姑娘，簡直連見都未見過。」

鐵心蘭再也忍不住，失聲痛哭起來，她痛哭著奔向小魚兒，但還未到小魚兒面前，突又轉過身子，撫面狂奔而去。

小魚兒咬緊牙關，也不去拉她。

燕南天瞧著鐵心蘭奔遠，又回頭瞧著小魚兒道：「這究竟是怎麼回事？你們這些年輕人的事，我可真弄不清。」

小魚兒也似呆住了，久久不說話。

燕南天仔細瞧了他兩眼，突然長身而起，笑道：「你是要自己闖闖，還是要跟著我？」

小魚兒這才回過神來，展顏笑道：「跟著燕伯伯雖然再好也沒有，但別人瞧見燕伯伯就逃，我老是沒事做，也沒什麼意思。」

燕南天大笑道：「你果然有志氣！」

小魚兒道：「但我卻又想和燕伯伯多聊聊……」

燕南天道：「明日此刻，我還在這裡等你，現在我忽然想起有件事要做，已該走了！」他微笑著拍了拍小魚兒的肩頭，拾起鐵劍，一掠而去，轉眼已無蹤影。

小魚兒倒未想起他說走就走，他竟未留意燕南天所去的方向，是和鐵心蘭一路的。

他輕輕拾起了花無缺面上的落花，握起花無缺的手掌，暗暗將一股真氣自他掌心傳過去。

過了半晌，花無缺一躍而起，目光茫然四轉，瞧見小魚兒，吃驚道：「你怎會在這裡？」

小魚兒微笑瞧著他，也不說話，聽他說話的語聲，小魚兒已知道他方才真氣驟然被激反逆，因而暈迷，但究竟功力深厚，並未受著內傷。

花無缺想了想，道：「你救了我？」

小魚兒還是不說話。

六四　神掌挫敵

花無缺默然瞧了他許久，緩緩轉過身子，似乎不願被小魚兒瞧見自己面上的變化。

他霍然轉回身，大聲道：「你爲何要救我？」

小魚兒緩緩道：「別人要殺我時，你也曾救過我的。」

花無缺道：「但那只因爲我要親手殺你！」

小魚兒眼睛裡閃著光，道：「你又怎知我不是要親手殺死你呢？你莫忘了，我和你在三個月後，還有場不見不散的生死約會！」

花無缺默然半晌，又長長嘆了口氣，喃喃道：「不見不散，不死不休……」

小魚兒忽然大笑起來，道：「所以在這三個月裡，你我非但不是仇人，而且簡直可以算做朋友了。」他笑的聲音雖大，但笑聲中卻似有許多感慨。

花無缺目光凝注著他，久久都未移動，嘴角忽然泛起了一絲笑容，所有的言語，俱在不言之中。

兩人同時走出花林，只見繁花大多已被劍氣震落，滿地俱是落花，有的被風吹動，猶在婀娜起舞。

花無缺忍不住長嘆了一聲，誰知小魚兒的嘆息聲，也恰在此時發出，兩人忍不住對望一眼，相視一笑。

花無缺心中暗道：「能和此人做三個月朋友，想必也是人生一快。」他素來深沉寡言，心裡這麼想，嘴裡並未說出。

誰知小魚兒已笑道：「能和你做三個月朋友，倒也是人生一大樂事……」

花無缺怔了怔，終於忍不住大笑起來。他這一生，幾乎從未這樣笑過。

只見一輛馬車遠遠停在林外，那匹馬顯然也是久經訓練，是以雖然無人駕馭，此刻仍未走遠。

小魚兒拉開車門，指著門裡的屍身，道：「你可知道這車伕是被誰殺死的？」

花無缺瞪大眼睛，道：「誰？」

小魚兒想了想，笑道：「我現在說了，你也不會相信，但以後你自然會知道的。」

江別鶴一襲青衫，周旋在賓客間，面上雖然滿帶笑容，但眉目間卻隱有憂色，似乎有些心事。

來自合肥的名武師「金刀無敵」彭天壽，年紀最長，被讓在首席，此刻手捋著頷下白髯，笑道：「江大俠此刻莫非在惦念著花公子麼？」

江別鶴苦笑道：「我也知道他絕不會出什麼事，但也不知怎地，心中卻總似有些警兆……」

他長嘆一聲，接道：「但願他莫要出事才好，若是他真的遇了危險，我卻在此開懷暢飲，卻叫我日後還有何面目去見朋友？」

群豪間立刻響起一陣讚嘆之聲。

突聽一人大笑接道：「不錯，誰若能交著江別鶴這朋友，那真是上輩子積了德了。」

爽朗的笑聲中，一個身材挺拔，神情灑脫，面上雖有一道又長又深的疤，但看來卻帶著種說不出的魅力的少年，大步走了上來。

他年紀雖不大，氣派卻似不小，笑容看來雖然十分親切可愛，目光顧盼間，竟似全未將任何人瞧在眼裡。

群豪竟無一人識得這少年是誰，心裡卻在暗暗猜測，這想必又是什麼名門大派的傳人，武林世家的子弟。

江別鶴瞧見這少年，面色卻突然大變，失聲道：「你……你怎會也來了？」

小魚兒笑嘻嘻道：「我來不得麼？」

江別鶴還未說話，已瞧見了跟小魚兒同來的——花無缺也已走上樓，竟微笑著站在小魚兒身旁。

小魚兒居然會到這裡來，江別鶴已是一驚。花無缺居然還活著，江別鶴又是一驚。

小魚兒居然和花無缺同行而來，而且還似乎已化敵爲友，江別鶴這一驚更當真是非同小可。

群豪瞧見花無缺，俱都長身而起，含笑招呼，誰也沒有發現江別鶴已驚得怔在那裡，久久都動彈不得。

他憋了一肚子話想問，卻苦於有話不便問、有的話不能問。怔了許久，才想起該向花無缺表示自己的關心和焦急。

只可惜這時他無論想表示什麼，都已遲了。

首席的上位，還有幾個位子是空著的，大家讓來讓去，誰也沒有坐下去，小魚兒卻大喇喇走過去，坐了下來。

他好像天生就該坐這位子的，別人瞪著他，他臉也不紅，眼也不眨，舉起酒杯瞧了瞧，忽然笑道：「江大俠請客，難道連酒都沒有麼？」

江別鶴乾咳了兩聲，道：「酒來。」

小魚兒道：「瞧江大俠的模樣，好像對我這客人不大歡迎？但我可也不是自己要來的，而是花無缺請我來的。」

江別鶴面色又變了變，卻大笑道：「花兒的客人，便是我的客人。」

小魚兒笑嘻嘻道：「如此說來，花無缺的朋友，也就是你的朋友了？」

江別鶴道：「正是如此。」

小魚兒臉色突然一沉，冷冷道：「但花無缺的朋友，卻不是我的朋友！」

此刻群豪聽了小魚兒和江別鶴的一番話，已全都知道小魚兒簡直和江別鶴連一點關係也沒有。

「金刀無敵」彭天壽第一個忍不住了，哼了一聲，冷冷道：「這位小朋友說話倒難懂得很。」

「我的意思是說，我若也拿花無缺的朋友當我的朋友，那我可就倒了窮楣了！花無缺自己人雖不錯，他交的朋友……嘿嘿，嘿嘿。」小魚兒冷笑道：「他交的朋友非但見死不救而且……」

彭天壽怒道：「你這是在說誰？」

小魚兒道：「誰是花無缺的朋友，我說的就是誰！」

彭天壽怒道：「江大俠也是花公子的至交好友，難道你……」

小魚兒冷冷道：「我說的至少不是你！只因你想和花無缺交朋友還不配哩，你最多也不過只能拍拍江別鶴的馬屁罷了！」

彭天壽「叭」的一拍桌子，厲喝道：「你可知道老夫是誰？」

小魚兒道：「這倒的確不知道。」

彭天壽還未說完，旁邊已有人幫腔道：「你連『金刀無敵』彭老英雄都不知道，還想在江湖混麼？」

小魚兒道：「彭老英雄的名字，若是換成『馬屁無敵』，豈非更是名副其實？」

在江別鶴的酒筵上，彭天壽本來還有些顧忌，但直到此刻，江別鶴非但全未勸阻，簡直好像沒有聽見這等吵鬧似的。

彭天壽自然不知道這是江別鶴希望小魚兒結的仇家愈多愈好，還是江別鶴有心替他撐腰。

聽了「馬屁無敵」這四字，他哪裡還按捺得住？虎吼一聲，隔著桌子便向小魚兒撲了過去。

小魚兒根本就是存心鬧事來的，笑嘻嘻地瞧著彭天壽撲過來，突然舉起筷子，輕輕一點。

彭天壽只覺身子突然發麻，再也使不出力，「砰」的一聲，整個人竟都跌在桌子上，碗筷杯盞，濺了一地。

小魚兒笑嘻嘻道：「江別鶴，你難道捨不得上菜，要拿馬屁精來當冷盤麼？」

群豪中和彭天壽有交情的也不少，坐得遠的，已在紛紛呼喝，坐得近的，已想動手了。

花無缺靜靜的瞧著江別鶴，江別鶴還是全無絲毫勸阻之意，這些客人竟像是全非他請來的。

只因他此刻正也在希望情況愈亂愈好，只聽嘩啦啦一聲，彭天壽從桌上滾了下來，桌子也翻了，幾個人衝上來，全都被小魚兒拎住脖子，甩了出去。店小二一旁驚呼，忙著收碟子收碗，酒樓上頓時亂做一團，但群豪瞧見小魚兒的武功後，反而沒有一個人真的敢過來動手了。

江別鶴這才皺眉道：「花兒，你瞧這事，該當如何處理？」

花無缺淡淡一笑，道：「我不知道。」

江別鶴再也想不到他會說出這句話來，不禁又是一怔，只聽拳風震耳，小魚兒已一拳直擊過來，大喝道：「江別鶴，你瞧見花無缺有難，趕緊溜走，還怕那趕車的洩露你的不義，竟將他也殺死滅口。今天我別的不想，只想痛痛快快揍你一頓，你就接著吧。」一面說，一面打，說完了這番話，已擊出數十拳之多。

江別鶴居然只是閃避，也不還手，等他說完了，才冷冷道：「閣下血口噴人，只怕誰也難以相信。」

小魚兒喝道：「告訴你，那趕車的雖然挨了你一劍，但卻沒有死……」

江別鶴面色不禁一變。

小魚兒忽然後退幾步，大喝道：「你瞧，他已從那邊走過來了！」

群豪不由自主，全都沿著他手指之處瞧了過去。

江別鶴卻冷笑道：「你騙不過我的，他……」說到這裡驟然住口，面色突然變得蒼白。

小魚兒大笑道：「我的確是騙不過你的，別人都回頭，只有你不回頭，因爲只有你知道他是活不了的，是麼？」

他方才亂七八糟的鬧了一場，一來是要鎭住別人，再來也是要讓情況大亂，要江別鶴定不下心來，否則他又怎會上這個當？

江別鶴目光一掃，只見群豪面上果然都已露出驚訝懷疑之色，他一步竄到花無缺面前，道：「花兒，你是相信他，還是相信我？」

花無缺嘆了一口氣，道：「此事不提也罷……」

小魚兒大聲道：「無論提不提此事，我要和他打架，你是幫他，還是幫我？」

花無缺苦笑道：「你兩人若是定要比劃比劃，誰也不能多事插手。」

小魚兒就在等他這句話，立刻大聲道：「好，假如有別人插手，我就找你！」

話未說完，又是一拳擊出。

江別鶴瞧他方才打了數十拳，也未沾著自己一片衣服，看來武功也不過如此，冷笑道：「既然閣下定要出手，也怪不得江某了！」

兩句話說完，小魚兒又已攻出四拳之多。

只見江別鶴一拳擊出，掌風凌厲，掌式都是飄忽無方，小魚兒像是用盡了身法才堪堪避開。群豪又忍不住爲江別鶴喝起采來。

江別鶴知道江湖中人，勝者爲強，只要自己傷了小魚兒，也就不會有人再來追究方才殺人的事了。

他精神一振，冷笑著又道：「江湖朋友全都在此見著，這是你自取其辱，並非江某以大壓小。」

小魚兒像是只顧得打架閃避，連鬥嘴的餘力都沒有了，拆了還不到二十招，他已屢遇險招。

江別鶴本來一直懷疑他就是在暗中和自己搗鬼的那人，是以懷有戒心，此刻見他武功竟是如此稀鬆平常，疑心頓減，攻勢也頓時鬆了下來，微笑道：「你雖然不知好歹，無理取鬧，但我念在你年幼無知，也不願太難爲你，只要你肯陪罪認錯，瞧在花兄面前，我就放你走如何？」

他這話說得非但又是大仁大義，而且也又賣給花無缺個交情，不折不扣正是「江南大俠」的身分。

小魚兒不住喘氣，像是連話都說不出了。

其實他早已算定，在這許多人面前，江別鶴只要能擺擺「大俠」的身分，就絕不會放棄這種機會的。

他算準了在這許多人面前，自己裝得愈弱，江別鶴愈不會使出煞手，否則豈非是失了「大俠」的風度？

江別鶴出手果然更平和了。群豪卻有人呼喝著道：「對這種人，江大俠你又何必太客氣？」

方才挨過小魚兒的揍的，更是隨聲附和。

江別鶴像是被逼無奈，嘆口氣道：「你年紀輕輕，我實在不願傷你，但若不給你個教訓，連別的朋友也瞧不過眼的……」說話間，小魚兒又被逼退幾步。

江別鶴微笑道：「我這一著『分花拂柳』後，便要取你胸膛，你可得小心了！最好莫要閃避招架，否則我出手一重，難免要傷了你。」

小魚兒道：「多承指教！」

只見江別鶴一招「分花拂柳」後，右掌突然斜擊而出，掌式如斧開山，直取小魚兒胸膛。這一掌說來雖然沒什麼奧妙，但掌式變化之快，卻是無與倫比，縱然他已先將自己招式喝破，但群豪還是想不到他掌式竟能變到這部位來，眼見小魚兒是再也避不開這一掌的了。

群豪又不禁喝起采來。

小魚兒突然出手硬接了這一掌！

江別鶴突覺一股大力湧來，再想使出全力，已來不及了。「砰」的一聲，他身子竟被震得飛了起來！

小魚兒忍了多年的怒氣，終於在這一掌裡發洩！

只見江別鶴身子撞入人叢，站在前面的幾個人，也被他撞得一起跌倒，踉蹌後退幾步，才坐到地上！

群豪喝采聲戛然頓住，一個個張口結舌，怔在那裡，只見小魚兒拍掌大笑，竟穿過窗戶，揚長而去了！

小魚兒雖未能真個痛揍江別鶴一頓，但江別鶴大大出了個洋相，也算出了口氣，心裡覺得再愉快也不過。

「見好就收」這句話，小魚兒當然清楚得很。

群豪就算還不十分相信江別鶴真的是「見死不救，殺人滅口」，至少心裡已有些懷疑。

他在街上逛了一圈，又溜進了那客棧，在白天訂好的那間屋子裡歇了一會兒，等到院子裡沒有人聲，才溜出來。

只見住著那神秘人物的屋子，門窗仍是緊緊關著的，屋子裡已燃起了燈火，卻瞧不見人影。

小魚兒四下瞧了一眼，縱身掠上了屋脊，悄悄溜到這間屋子的屋簷上，伏在屋簷的暗影裡，動也不動。

屋子裡也沒有絲毫聲音。這神秘的人物是已睡著了，還是已走了？江別鶴和他已訂有後約，他怎麼會走呢？何況屋子裡的燈，還是亮著的。

小魚兒沉住了氣，等在那裡，他算定江別鶴絕不會不來，滿天星光，夜涼如水，等著等著，他幾乎睡著了。

突聽「嗖」的一聲，一條人影，輕煙般掠來，那輕功之高，小魚兒簡直連見都沒有見過。

他簡直瞧不見這人的身形，心裡剛吃了一驚，只聽房門輕輕一響，這人竟已走進了屋子。

屋子裡還是沒有聲音。

這人的輕功竟如此高明，莫說自己比不上，就連花無缺比他也似差了一籌，武林中又怎會有這樣的人物！

這樣的人物再和江別鶴勾結，豈非可怕得很！小魚兒想著想著，突然又瞧見一個人溜進了院子。

只見他一路東張西望，悄悄走了過來，也走到這間屋子前面，輕輕咳嗽了一聲，敲了敲門。

屋子裡立刻有人沉聲道：「誰！」

這黑衣人低聲，道：「是晚輩。」

聽這聲音，小魚兒才知道是江別鶴來了，精神不由一振，這時門開了一線，江別鶴已閃身走了進去。兩人說了幾句話，小魚兒也未聽清。

忽聽江別鶴道：「晚輩今日倒瞧見了驚人之事。」

那人道：「什麼事？」

江別鶴道：「燕南天並未死，而且又出世了！」

江湖中無論是誰，聽到這消息都難免要大吃一驚，那人卻似無所謂，語聲似是淡淡的，道：「哼，燕南天不死最好，他若死了，反倒無趣了。」

小魚兒愈聽愈驚訝，這人非但對燕南天毫不畏懼，反倒有和燕南天較量較量的意思。

江湖中敢和燕南天一較高低的人，有誰呢？小魚兒簡直連一個也想不出來。

只聽江別鶴又道：「除了燕南天外，那江小魚居然也現身了！」

那人對江小魚的興趣，竟似比對燕南天濃厚得多，道：「他武功怎樣？比起花無缺如何？」

江別鶴笑道：「他武功縱然比不上花無缺，但動起手來，鬼計多端，只要稍微疏忽，便要上他的當。」

那人居然好像微微笑了笑，道：「我正擔心他武功太差，如今才放心了！」

小魚兒聽得更是奇怪，他再也想不通這人爲何對他如此有興趣，難道這麼樣的人會認得他？

只聽那人又道：「江小魚武功無論多強，都有花無缺去對付，用不著你擔心。」

江別鶴嘆了口氣，道：「但現在花無缺卻似和江小魚交起朋友來了……」

那人冷笑道：「這兩人是天生的冤家對頭，不死不休，就算交朋友，也絕對交不長的，這點你只管放心。」

小魚兒吃了一驚！這人怎會對花無缺和自己的事如此清楚？知道這件事的人實在並不多呀。

江別鶴似乎笑了笑，道：「既是如此，前輩對弟子不知究竟有何吩咐？」

那人道：「我只要你……」

語聲突然低了下去，小魚兒連一句話都聽不清了，只聽得這人說一句，江別鶴就答一聲：「是。」

等到這人說完了，江別鶴笑道：「這幾件事，晚輩無不從命。」

那人冷冷道：「這幾件事對你也有好處，你自然要從命的！」

江別鶴沉吟著，又笑道：「前輩只吩咐了一聲，晚輩立刻就遵命而來，但直到此刻為止，卻連前輩的高姓大名都不知道。」

那人叱道：「我的名字，你用不著知道，你只要知道普天之下，除了我之外，已沒有別人能幫你的忙，若沒有我，你非但做不成『大俠』，簡直連活都活不成了！」

江別鶴默然半晌，道：「是。」

那人道：「你現在可以走了，到時候我自然會去找你。」

江別鶴道：「是！」

那人又道：「我交給你辦的幾件事，你若出了差錯，那時不用燕南天和江小魚動手，我自己就要宰了你！知道麼？」

江別鶴道：「是！」

六五　神出鬼沒

只見江別鶴垂首走出了門，身法立即變快，四顧無人，一閃就出了院子。小魚兒眼珠子一轉，也悄悄自屋簷上溜開。

小魚兒直躍出幾重屋脊，才敢一掠而下，從角門穿出院子，找著廚房，爐火還有餘燼，上面還燒著一壺水。

他拎起這壺水，才大搖大擺地走回去。那間屋子裡的燈火，果然還是亮著的，小魚兒過去，拍門道：「客官可要加些茶水麼？」

他一心想瞧瞧這神秘人物的真面目，竟不惜涉險，扮成茶房，也不管這人會不會認得出他，屋子裡竟又沒有應聲。

他壯起膽子，輕輕推門。門竟沒有拴上，他一推就開了。

只見桌子上燃著燈，燈旁有個盤子，盤子裡有個茶壺，四個茶杯，茶壺和茶杯全沒動過。

再瞧那張床，床上的被褥，也是疊得整整齊齊的。

這神秘的人雖然住在這屋子裡，但卻連動都沒有動這屋子裡的東西，他顯然只不過是借這間屋子來和江別鶴說話而已。

小魚兒卻喃喃道：「壺裡不知還有茶沒有，我不如先給斟上吧，也免得客人回來沒水喝。」

他一面說，一面已走進房子。

一走進門，他才發覺屋子裡竟瀰漫著一種如蘭如馨的奇異香氣，他竟像是一步踏上了百花怒放的花叢中。

但除了這奇異的香氣外，屋子裡卻再也沒有絲毫可疑的痕跡，這屋子簡直好像從來就沒有人住過。

但這屋子卻打掃得一塵不染，連床底下的灰塵，都被打掃得乾乾淨淨，桌子、椅子、衣櫥，都像是被水洗過。

就連那石板鋪成的地，都被水洗得閃閃發光。

那神秘的人物，既然只不過用這屋子作談話之地，並不想在這裡住，也沒有沾這裡的東西，卻又爲何要將這屋子洗得如此乾淨，而且還在屋子裡散佈出如此神秘，又如此珍貴的香氣？

這神秘的人物，莫非有種特別的潔癖？小魚兒不禁又皺起了眉頭，喃喃道：「這麼愛乾淨的人，倒也少見得很……」

突聽一人冷冷道：「你是誰？來幹什麼？」

這聲音竟赫然就是從小魚兒身後發出來的！小魚兒心裡這一驚當真不小，嘴裡卻含笑道：「小的是來瞧瞧，客官是不是要添些茶水。」

那人道：「你是這店裡的伙計？」

小魚兒趕緊道：「是。」

那人道：「白天來的，好像不是你。」

小魚兒道：「錢老大當日班，小的王三是值夜的。」

那人突然冷冷一笑，道：「江小魚果然是隨機應變，對答如流。只可惜你出娘胎，我就認得你，你在我面前裝什麼都沒有用的。」

小魚兒大駭道：「你是誰？」那人又不說話。

小魚兒霍然轉身，身後空空的，那扇門還在飄風而動！門外夜色深沉，哪裡有人的影子？那人莫非又走了？

小魚兒又驚又奇，剛鬆了口氣，誰知身後又有人冷冷道：「你瞧不見我的！」

那人竟又已到了他身後！小魚兒連轉五、六個身，他身法已不能說不快了，但那人竟始終在他身後，就好像貼在他身上的影子似的。

小魚兒就算膽子再大，此刻也不禁被駭出了身冷汗。

的。

此人輕功如此，武功可想而知，小魚兒知道自己非但萬萬不能抵敵，連逃都逃不了的。

他眼珠子一轉，索性站住不動了，笑嘻嘻道：「你若不願被我瞧見，爲何要來呢？」

那人道：「你想不出？」

小魚兒眨著眼睛，道：「我想，你總不會要殺死我吧？」

那人道：「你怎知我不殺你？」

小魚兒道：「一個馬上要死的人，就算瞧見你的真面目，也沒什麼關係，所以你若要殺我，就不妨讓我瞧瞧了，是麼？」

他已隱約覺出這人的確沒有殺他之意，膽子不覺大了起來，嘴裡說著話，突然一步竄到衣櫥前。

那衣櫥裡漆本就很新，又被仔細擦洗了一遍，更是光亮如鏡，小魚兒身子往下一蹲，一個白衣人影，便清清楚楚地映在衣櫥上。

只見這人長髮披肩，白衣如雪，神情飄飄然有出塵之概，但面上卻戴著個猙獰可怖的青銅面罩。

小魚兒又不禁駭了一跳，失聲道：「你原來就是銅先生！」

小魚兒只覺他一雙眼睛正狠狠瞪著自己——這雙眼睛的光射到衣櫥上，再反射出來，仍是冷森森的令人悚慄。

小魚兒強笑道：「那日黑蜘蛛說你武功如何如何之高，我還有些不信，今日一見，才知道他不是吹牛的。」

銅先生冷笑道：「你用不著奉承我，我既不想殺你，就永遠不會殺你。」

小魚兒道：「永遠不會？」

銅先生道：「嗯！」

小魚兒鬆了口氣，笑道：「我見了你這樣愛乾淨，又弄出這香氣，本來以爲你是個女人的……幸好你不是女人，否則你就算說不殺我，我也不相信。」

銅先生道：「你不相信女人？」

小魚兒笑道：「婦人之言，絕不可聽，誰若相信女人，誰就倒楣了！」

銅先生突然怒道：「你母親難道不是女人？」

小魚兒道：「天下的女人，有誰能和我母親相比？她又溫柔、又美麗……」

他雖從未見過母親之面，但在每個孩子的心目中，自己的母親，自然永遠是天下最溫柔、最美麗的女人。

他說著說著，不覺閉起了眼睛，依著他的幻想，描敘起來。他口才本好，此番一描敘，更是將自己的母親說得天下少有，世間無雙。

銅先生冷漠的目光中，卻似突然燃起了火焰。

小魚兒也未瞧見，猶在夢囈般道：「世上別的女人，若和我母親相比，簡直連糞土也不如，我……」

話未說完，突覺脖子上一陣劇痛，身子一麻，整個人竟都已被這「銅先生」提了起來！

以小魚兒此時的武功，竟無還手抗拒之力！

只見銅先生目中滿是怒火，冰涼的手掌，愈來愈緊，竟似乎要將小魚兒的脖子生生拗斷。

小魚兒大駭道：「你……你說過永遠不殺我的，說出來的話怎能不算？」

銅先生道：「只因你滿嘴胡說八道，令人可恨。」

小魚兒道：「我幾時胡說八道了？」

銅先生道：「你母親是好是壞，是美是醜，你根本未見過，如此爲她吹噓，不是胡說八道是什麼！」

小魚兒道：「你……你怎知我未見過我母親的面？」

銅先生冷笑道：「我不知道誰知道？」

小魚兒忍不住道：「我母親長得是何模樣？」

銅先生道：「你母親跛腳駝背，又痲又禿，乃是世上最醜最惡的女人，世上無論哪一個女人都比她好看得多。」

小魚兒大怒道：「放屁放屁，你才是胡說八道！」

話未說完，臉上竟挨了兩個耳刮子。

銅先生這兩掌雖未使出真力，但已將小魚兒臉頰兩邊都打得腫了起來，鮮血不住自嘴角沁出。但小魚兒仍是罵不絕口。

他雖未見過母親，但只要一想起母親，心裡就會有種說不出的滋味，是痛苦，也是溫馨。

他平日雖然最喜見風轉舵，所以這「銅先生」若是辱罵了他，他自知不敵，也絕不會反抗還嘴，但辱罵了他的母親，他卻不能忍受。

銅先生耳刮子打個不停，小魚兒還是罵個不停，他牛脾氣一發，什麼死活都全然不管不顧。

銅先生咬牙道：「你再敢罵，我就殺了你！」

小魚兒滿嘴流血，嘶聲道：「只要你承認我母親是最溫柔、最美麗的，我就不罵你。」

銅先生道：「你……你死也不肯承認你母親是最醜最惡的女人？」

小魚兒立刻點頭。

銅先生道：「你……你情願爲她死？」他眼睛裡充滿怨毒，語聲卻漸漸顫抖。

只見這「銅先生」站在那裡，全身抖個不住。

小魚兒偷偷瞧著他，卻也不敢妄動，過了半晌，才終於忍不住道：「我母親究竟與你有什麼仇恨，你要如此罵她？」

銅先生竟似完全沒有聽見他的話。

小魚兒再不遲疑，縱身一躍，跳出窗戶，轉首瞧了瞧，那銅先生似乎並沒有追出來，小魚兒心裡雖然有許多懷疑不解，此刻卻也顧不得了，展開身法，沒命飛掠，霎眼間便已掠出了客棧。

突聽身後一人冷冷道：「你還不承認？」

小魚兒身子剛掠起，又跌下，他知道只要被這人追著，便如附骨之蛆，再也休想甩得脫了，突然大喝道：「你有本事，就宰了我吧！」

喝聲中，他猝然轉身，雙拳雨點般擊出，但他連對方的人影都未瞧見，背後一麻，身子又跌到地上。

花無缺本不喜歡喝酒，今夜也不知怎地，竟然自酌自飲起來，而且酒到杯乾，喝得迷迷糊糊地，往床上一倒，便睡著了。

這時窗外正有人在呼喚！

「花無缺！醒來！」

聲音雖輕細，但每個字卻似能送入花無缺耳朵裡。

花無缺定了定神，便推開了窗子，窗外夜色朦朧，一條白衣人影，鬼魅般站在五、六丈外。

淡淡的星光映照下，這人的臉上似乎發著青光。仔細一瞧，才發覺他臉上竟戴著個猙獰的青銅面具。

花無缺一驚，失聲道：「莫非是銅……銅先生？」

那人點了點頭，道：「出來！」

銅先生已飄上了屋脊。花無缺跟了過去，掠過屋脊，越過靜寂的街道。

銅先生頭也不回，忽然冷冷道：「移花宮門下，怎地也貪酒貪睡起來！」

花無缺怔了怔，垂下頭不敢說話。

只見這銅先生從頭到腳，從未動彈，飛掠卻迅急無比，整個人都彷彿在御風而行一般。

花無缺瞧見這樣的輕功，也不禁暗暗吃驚。

只聽銅先生又道：「你自然已知道我是誰了。」

花無缺道：「晚輩出宮時，家師已吩咐過，只要見到先生，便如見家師，先生所有指示，晚輩無不遵命。」

銅先生道：「你出宮時，宮主還曾吩咐了你什麼？」

花無缺終於沉聲道：「家師要我親手殺死一個叫江小魚的人！」

銅先生像是笑了笑，道：「很好！」

他不再說話，也始終未曾回過頭來，只見去路漸僻，漸漸到了個山坡，山坡上有株枝葉濃密的大樹，銅先生身形突然飛掠而起，口中卻道：「你在樹下站著！」

短短五個字說完，他身子已站在樹梢。滿天星光，襯著他一身雪白的衣裳，看來更覺瀟灑出塵，高不可攀。

突見銅先生自濃密的枝葉中，提起一個人，叱道：「接穩了！」

叱聲方自入耳，已有一個人自樹梢急墜而下。

這大樹高達十餘丈，一個人重量雖不滿百斤，自樹梢被拋下來，那力量何止五百斤！

花無缺更猜不出他拋下的這人是誰，也沒有把握能否接得住這人的身子，刹那間不及細想，也飛身迎了上去。

花無缺突然出手，撈住了這人的衣帶，但聞「嘶」的一聲，這人衣裳已被撕破，花無缺也被這下墜之力，帶了下來。

但等到落地時，下墜之力已減，花無缺口中叱喝一聲，臨空一個翻身，復將這人身子直拋上去。

等到這人第二次落下時，花無缺伸出雙臂，便輕輕托住。滿天星光，映著這人蒼白的臉，緊閉著的眼睛。

這人赫然竟是小魚兒！花無缺雖然深沉鎮定，此刻也不禁驚呼出聲。

銅先生猶自站在樹梢，冷冷道：「他是否爲江小魚？」

花無缺道：「不錯。」

銅先生道：「好，你殺了他吧！」

花無缺心頭一震，垂首瞧著昏迷不醒的小魚兒，嘴裡只覺有些發苦，一時之間，竟呆住了。

銅先生緩緩道：「你若不願殺一個沒有反抗之力的人，不妨先解開他的穴道！」

花無缺茫然伸手，拍開了小魚兒的穴道。小魚兒張開眼睛，瞧見了花無缺，展顏笑道：「是你救了我？」

花無缺呆在那裡，一個字也說不出。

小魚兒笑道：「我早就知道你會來救我的，我們是朋友。」

花無缺也不知爲了什麼，心裡只覺一酸，竟扭轉了頭去。

突聽一人冷冷道：「花無缺，你爲什麼還不動手？」

小魚兒這才瞧見站在樹梢的銅先生，倒抽了口涼氣，轉首面對著花無缺，眼睛瞪得大大的。

花無缺長長嘆了口氣。小魚兒默然半晌，苦笑道：「我知道你不敢違抗他的話……

好，你動手吧！」

花無缺也默然半晌，一字字緩緩道：「我現在不能殺你！」

小魚兒一喜。銅先生怒道：「你忘了你師父的話麼？」

花無缺長長吐了口氣，道：「我已和他訂了三個月之約，未到約期，絕不能殺他！」

銅先生喝道：「你的師父若是知道這事，又當如何？」

花無缺霍然抬頭，大聲道：「師命雖不可違，但諾言也不可毀，縱然家師此刻便在這裡，也不可能令晚輩做食言背信的人！」

銅先生怒道：「花無缺你莫忘記，見我如見師，你敢不聽我的話！」

花無缺嘆道：「先生無論吩咐什麼，弟子無不照辦，只有此事，卻萬萬不能從命。」

銅先生忽然大喝道：「你不殺他，只怕並非爲了要守諾言，只怕還另有原因？是麼？」

花無缺心裡又是一震，他自己也不知道自己堅持不殺小魚兒，到底是完全爲了要守諾言，還是另有原因。

方才小魚兒無助地躺在他懷裡，他心裡竟忽然泛起一陣難言的滋味。他瞧著小魚兒的臉，忽然覺得這不是他的仇人，而是已相交多年的親密朋友。

他手臂上感覺到小魚兒微弱的呼吸，又覺得這不是他要殺的人，而是他本應全力保護的人。

直到小魚兒跌到地上，這分奇異的感覺，還留在他心裡，再瞧見小魚兒那充滿信心的笑容，他現在又怎能動手！

花無缺長長嘆了口氣，他自己心裡，卻絲毫不覺和小魚兒有何仇恨，他自己也說不出這種奇異的感覺，是在什麼時候產生的。

這分感覺，像是久久以前便已隱藏在他心底，只不過等到小魚兒的肌膚觸及他的肌膚時，才被引發。

他瞧著小魚兒，心裡喃喃自語：「江小魚，江小魚，你心裡在想什麼？你想的可是和我一樣？」

小魚兒也在凝注著他，心裡的確也在沉思。

銅先生自樹梢瞧下來，瞧見這並肩站在一起的兩個人，冷漠的目光，又變得比火還熾熱，厲聲道：「花無缺，莫要再等三個月了！現在就動手吧！」

小魚兒突然仰首狂笑道：「爲什麼不能再等三個月？你怕三個月後，他更不會動手了嗎？」

銅先生嘶聲道：「我怕什麼！你兩人是天生的冤家對頭，你們的命中已注定，必有一個人要死在另一人的手上！」

小魚兒大吼道：「既然如此，你現在爲何還要逼他？你若想我現在就死，就自己動手吧……你自己爲何不敢動手？」

銅先生像是被人一刀刺在心上，長嘯著一掠而下。

六六 高深莫測

花無缺面上變了顏色，只道他將向小魚兒下手，誰知他竟長嘯著撲入樹林，舉手一掌，將一棵樹生生震斷！

只見他身形盤旋飛舞，雙掌連環拍出，片刻之間，山坡上一片樹木，已被他擊斷了七、八株之多，連著枝葉倒下，發出一片震耳的聲響。

小魚兒瞧見這等驚人的掌力，也不禁為之舌矯不下。

他知道這銅先生的武功，若要殺他，實是易如反掌。他也知道這銅先生對他實已恨到極點，恨不得將他碎屍萬段，千刀萬剮，但銅先生竟偏偏不肯自己動手，寧可拿這些木頭來出氣。

這究竟是為的什麼？豈非令人難解！

心念閃動間，銅先生已掠到花無缺面前，厲聲道：「你定要等到三個月後才肯殺他，是麼？」

花無缺深深吸了口氣，道：「是！」

銅先生忽然狂笑起來，道：「你既重信義，我身為前輩，怎能令你為難？你要等三個月，我就讓你等三個月又有何妨？」

這變化倒又出人意料之外。花無缺又驚又喜。

銅先生頓住笑聲，道：「現在，你走吧。」

花無缺又瞧了小魚兒一眼，道：「那麼他……」

銅先生道：「他留在這裡！」

花無缺又一驚，道：「先生難道要……」

銅先生冷冷道：「無論他會不會失信，這三個月裡，我都要好好的保護他，不使他受到絲毫傷損，三個月後，再將他完完整整地交給你……」

小魚兒笑嘻嘻道：「要你如此費心保護我，怎麼好意思呢？」

銅先生道：「保護你這麼樣一個人，還用得著我費心麼？」

小魚兒笑道：「你以為我很容易保護，你可錯了，我這人別的毛病沒有，就喜歡找人麻煩，江湖中要殺我的人，可不止一個。」

銅先生道：「除了花無缺外，誰也殺不了你。」

小魚兒嘆了口氣，道：「你話已說得這麼滿，在這三個月裡，我若受了損傷，可真不知道你有什麼面目來見人了。」

銅先生喝道：「在這三個月裡，你若有絲毫損傷，唯我是問。」

小魚兒大笑道：「那我就放心了。在這三個月裡，我無論做什麼，都沒關係了，反正任何人都傷不了我。」

銅先生冷冷道：「你只管放心，在這三個月裡，你無論做什麼事，都做不出的。」

小魚兒眨了眨眼睛，笑嘻嘻道：「那倒未必……」

花無缺想到小魚兒的刁鑽古怪，精靈跳脫，銅先生武功縱高，若不想上他的當，怕真不容易。想到這裡，花無缺竟不知不覺笑了起來。

銅先生怒道：「你還不走？等在這裡做什麼？」

小魚兒截口道：「你放心走吧，三個月後，我會在那地方等你的！」

他轉向銅先生，笑著又道：「但現在，我想和他悄悄說句話，你放不放心？」

銅先生冷冷道：「天下根本沒有一件可令我不放心的事。」

小魚兒皺了皺鼻子，笑道：「你本事雖不算小，但牛也未必吹得太大了。」

銅先生怒道：「你敢無禮？」

小魚兒大笑道：「我為何不敢？在這三個月裡，反正沒有人能傷到我的，是麼？」

銅先生氣得呆在那裡，竟動彈不得。

小魚兒走到花無缺面前，悄聲笑道：「只可惜他戴個鬼臉，否則他現在的臉色一定好看得很。」

他雖然故意壓低聲音說話，但卻又讓這語聲剛好能令銅先生聽到，花無缺幾乎忍不住又要笑出來，趕緊咳嗽一聲，道：「你要說什麼？」

小魚兒道：「明天下午，燕南天燕大俠在今天那花林等我，你能不能代我去告訴他，我不能赴約了。」他這次才真的壓低了語聲。

花無缺皺了皺眉，道：「燕南天？……」

小魚兒嘆道：「我知道你跟他有些過不去，所以你縱不答應我，我也不會怪你。」

花無缺忽然一笑，道：「這三個月，你我是朋友，是麼？」

小魚兒目視了他半晌，笑道：「你很好，我交你這朋友，總算不冤枉。」

花無缺默然許久，淡淡道：「可惜只有三個月。」他故意裝出淡漠之色，但卻裝得不太高明。

小魚兒笑道：「天下有很多出人意料的事，這些事每天都有幾件發生，說不定我過兩天就能看見你也未可知。」

花無缺嘆道：「我總不相信奇蹟。」

小魚兒笑道：「我若不相信奇蹟，你想我現在還能笑得出麼？」

忽聽銅先生冷冷道：「奇蹟是不會出現的！花無缺，你還不走麼？」

小魚兒瞧著花無缺走得遠了，才嘆息著道：「一個人若是非死不可，能死在他手上，總比死在別人手上好得多了。」

銅先生喝道：「你不恨他？」

小魚兒道：「我爲何要恨他？」

銅先生道：「他的尊長，殺死了你的父母！」

小魚兒道：「我父母死的時候，他只怕還未出生哩！他師父做的事，與他又有何關係？他師父吃了飯，難道還能要他代替拉屎麼？」

小魚兒說出這番話，銅先生竟不禁怔住了。

小魚兒凝目瞧著他，忽然笑道：「我問你，你爲何要我恨他？」

銅先生怒道：「你恨不恨他，與我又有何關係？」

小魚兒道：「是呀，我恨不恨他，和你沒關係，你又何苦如此關心？」

銅先生竟沒有說話。小魚兒微笑道：「他竟要親手殺死我，而又說不出原因來，我本已覺得有些奇怪，現在更是愈來愈奇怪了。」

銅先生道：「你雖不恨他，他卻恨你，所以要殺你，這有什麼好奇怪的？」

小魚兒笑道：「你以爲他真的恨我麼？」

銅先生身子竟似震了震，厲聲道：「他非恨你不可！」

小魚兒嘆道：「這就是我所奇怪的。你和他師父，要殺我都很容易，但你們卻都不動手，所以我覺得你們其實也並不是真的要我死，只不過是要他動手殺我而已，你們好像一定要看他親手殺我，才覺得開心。」

銅先生道：「要他殺你，就是要你死，這又有何分別？」

小魚兒道：「這是有分別的，而且這分別還微妙得很，我知道這其中必定有個很奇怪的原因，只可惜我現在還猜不出而已。」

銅先生道：「這秘密普天之下，只有兩個人知道，而他們絕不會告訴你！」

小魚兒眼睛裡像是有光芒一閃，卻故意沉吟著道：「移花宮主自然是知道的……」

銅先生道：「自然。」

小魚兒大喝道：「移花宮主便是姐妹兩人，你既然說這秘密天下只有兩個人知道，那麼你又怎會知道的？」

銅先生身子又似一震，大怒道：「你說的話太多了，現在閉起嘴吧！」

他忽然出手，點住了小魚兒的穴道。小魚兒只覺白影一閃，連他的手長得是何模樣，都未瞧出。

這神秘的「銅先生」，非但不願任何人瞧見他的真面目，甚至連他的手都不願被人見到！

花無缺心裡又何嘗沒有許多懷疑難解之處？只不過他心裡的事，既沒有人可以傾訴，他自己也不願對別人說。

天亮時，宿酒又使他矇矓睡著，也不知睡了多久，院子裡忽然響起了一陣騷動聲，才將他驚醒了。

他披衣而起，剛走出門，便瞧見江別鶴負手站在樹下，瞧見他就含笑走過來，含笑道：「愚兄昨夜與人有約，不得已只好出去走了走，回來時才知道賢弟你獨自喝了不少悶酒，竟喝醉了。」

他非但再也不提昨夜在酒樓上發生的事，而且稱呼也改了，口口聲聲「愚兄」、「賢弟」起來，好像因爲那些事根本是別人在挑撥離間，根本不值一提——這實在比任何解釋都好得多。

花無缺目光移動，道：「現在不知是什麼時辰了？」

江別鶴笑道：「已過了午時。」

花無缺失聲道：「呀，我這一覺睡得竟這麼遲……」他一面說話，一面匆匆回屋梳洗。

江別鶴也跟了進去，試探著道：「愚兄陪賢弟出去逛逛如何？」

花無缺笑道：「小弟已在城裡住了如此久，江兄還擔心小弟會迷路麼？」

江別鶴在門口又站了半天，才強笑道：「既是如此，愚兄就到前面去瞧瞧段姑娘了。」

他似乎已發覺花無缺對他有所隱瞞，嘴裡不說，心裡已打了個結，走到院子裡，就向兩個人低低囑咐了幾句。

那兩條大漢齊聲道：「遵命。」

江別鶴瞧著他們奔出院外，嘴角露出一絲獰笑，喃喃道：「花無缺呀花無缺，我雖然一心想結納於你，但你若想對不起我，就莫怪我也要對不起你了！」

花無缺像是在閒逛。只見他在一家賣鳥的舖子前，聽了半天鳥語，又走到一家茶食店，喝了兩杯茶，吃了半碟椒鹽片，路上立刻就有個人，回去稟報江別鶴。

江別鶴沉吟道：「喝茶……他一個人會到茶館裡去喝麼？難道他約了什麼人在那茶館裡見面不成？」

那大漢道：「花公子在那茶館裡坐了很久，並沒有人過去和他說話。」

又過了半晌，一人回稟道：「花公子此刻在街頭瞧王鐵臂練把式。」

江別鶴皺眉道：「那種騙人的把式，他也能看得下去？……你們可瞧見那邊人叢裡，有什麼人和他說話麼？」

那大漢道：「沒有。」

江別鶴道：「現在誰在盯著他？」

那大漢道：「那條街是宋三和李阿牛在管的……」

話未說完，宋三已慌慌張張地奔了回來，伏地道：「花公子忽然不見了！」

江別鶴赫然震怒，拍案道：「你難道是瞎子麼？光天化日之下，行人往來不斷的街道上，他絕不能施展輕功，又怎會突然不見？」

宋三顫聲道：「那王鐵臂和徒弟練完單刀破花槍，就輪到他女兒耍流星鎚，誰知她正使到一招『雲裡捉月』，流星鎚的鍊子忽然斷了，小西瓜般大小的流星鎚，沖天飛了出去，瞧把式的人都怕它掉下來打著腦袋，驚呼著四下飛逃，那把式場立刻就亂了。」

江別鶴道：「流星鎚的鍊子，是怎麼斷的？」

宋三道：「小的不知道。」

江別鶴冷冷道：「你只怕是瞧王鐵臂的女兒瞧暈了頭吧！」

宋三以首頓地道：「小……小的不敢。」

江別鶴厲聲道：「你這雙眼睛既然如此不中用，還留著它幹什麼？」

話未說完，已有兩條大漢將宋三拖了出去。宋三臉如死灰，卻連求饒的話都不敢說出來。

過了半晌，後面便傳來一聲淒厲的慘呼！

江別鶴卻似根本沒聽見，只是喃喃自語道：「花無缺哪裡去了？他為何要躲著我？莫非他真的和江小魚有約，要來對付我？這兩人若是聯成一路，我該如何是好？」

他話聲說得很輕，目光已露出殺機，冷笑道：「寧可我負天下人，莫令一人負我……江別鶴呀江別鶴，這句話你千萬忘記不得！」

花無缺出了城，嘴角帶著微笑。現在若有人問他：「那流星鎚是怎會斷的？」他一定會笑得很大聲——能用一粒小石頭打斷那精鐵鑄成的鍊子，他對自己的手力也不禁覺得很滿意。

花無缺到達花林時，錦繡般的繁花，已被昨日的劍氣摧殘得甚是蕭索，陰霾掩去了日色，風中已有涼意。

花無缺想到自己又要和燕南天相對，嘴角的笑容竟瞧不見了，但他縱然明知此行必有兇險，也是非來不可。

花無缺踏著落花，走入花林，燕南天並未在林中，卻有個白衣如雪的女子，垂頭斜倚在花樹旁，似乎在細數著地上的殘花。

她背對著花無缺，花無缺只能瞧見她苗條的身子，和那烏黑的、長長披落在肩頭的柔髮。

花無缺雖然瞧不見她的臉，但一眼瞧過去，便已瞧出她是誰了——鐵心蘭，鐵心蘭怎麼還在這裡？

他想不到在這裡見到鐵心蘭，他也不知道自己是不是應該招呼她，他的心裡似乎有些發苦。

她心頭似有許多心事，根本不知道有人來了。涼風輕撫著她的髮絲，她的頭髮像緞子般光滑。

良久良久，才聽得幽幽長嘆了一聲，喃喃道：「花開花落，頃刻化泥，人生又何嘗不是如此？」

花無缺本不想驚動她，也不忍驚動她，又想悄悄轉身走出去，但此刻卻也不禁發出一聲輕輕的嘆息。

鐵心蘭似驚似喜，猝然回首，道：「你……」她只說了一個字。她瞧見來的竟是花無缺，便立刻愣住了。

花無缺心中縱有許多心事，面上卻只是淡淡笑道：「你好麼？」在這一瞬間，他實在想不出別的話來說。又有誰知道他在這一句淡淡的問候裡，含蘊著多少情意。

鐵心蘭也似不知該說什麼，只有輕輕點了點頭。

過了半晌，花無缺又微笑答道：「你想不到來的是我，是麼？」

鐵心蘭垂下了頭，悠悠道：「瞧見你沒有受傷，我實在很高興。」

她說話的聲音幾乎連自己都聽不見，但花無缺每個字都聽得清清楚楚，他心裡一陣刺痛。

他努力想使自己的笑容變自然些，但無疑是失敗了，幸好鐵心蘭並沒有瞧見他的笑容。

她彷彿根本不敢看他。又過了半晌，鐵心蘭才又嘆息著道：「我本來有許多話想對你說，卻不知該怎麼說才好。」

花無缺的微笑更苦澀，柔聲道：「有些人是很難被忘記的，有時你縱然以爲自己忘卻了他，但只要一見他，他的一言一笑，就都又重回到你心頭……」

鐵心蘭道：「你……你能原諒我？」她霍然抬起頭，目中已滿是淚珠。

花無缺也不敢瞧她，垂首笑道：「你根本沒有什麼事要求人原諒的。我若是你，說不定也會如此。」

鐵心蘭道：「但我實在對不起你，你……你爲什麼不罵我？不怪我？那樣我心裡反而會好受些，你的同情和瞭解，只有令我更痛苦。」她語聲漸漸激動，終於哭出聲來。

六七　義薄雲天

花無缺默然半晌，仰天嘆道：「我永遠也不會恨你，我雖然不能和你……和你在一起，但我終生都會將你當妹妹一樣看待的。」

他笑了笑，接著又道：「還有，我要告訴你，我也從來沒有恨過江小魚，他雖然和我命中註定要做仇敵，但也是我平生唯一真正的朋友，你……你能和他在一起，我也覺得很高興……」

鐵心蘭忽然大呼道：「大……大哥，我這一輩子，永遠感激你，真正的感激你。」她淚中帶笑，實不知是悲是喜。

花無缺也不知是悲是喜。他知道鐵心蘭這一聲「大哥」喚出，便是終生無法更改的了，縱然已多多少少建立起一些情感，但這分情感，也被這一聲「大哥」完全改變，這一聲「大哥」喚得雖親近，卻又是多麼疏遠。

花無缺仰面向天，終於忍不住長長嘆息，道：「但願他莫要對不起你……莫要對不起你！」

這是一種願望、一種祈求，也是一種銘誓，一種自我的舒放和寬解——這兩句話中情感的複雜，只怕也是別人難以瞭解的。

但無論如何，現在他們的心裡總已比較坦然。「大哥」這兩個字就是一堵堤防，令他們覺得自己的情感已不致氾濫。

鐵心蘭終於嫣然而笑，道：「大哥，你怎麼會又到這裡來的？」

花無缺沉吟著道：「我受人之託，來找一個人。」

鐵心蘭已追問道：「你莫非是要來找燕大俠的？」

花無缺只好點頭。鐵心蘭眼睛一亮，道：「莫非是他託你來的？」

花無缺道：「是。」

鐵心蘭道：「他……他自己爲何不來？」

花無缺不答反問，道：「燕大俠爲何不在，你反在這裡？」

鐵心蘭垂下了頭，道：「昨天晚上，燕大俠找到了我，對我說了許多話，又叫我今天在這裡等他。你知道，燕大俠說的話，是沒有人能拒絕的。」

花無缺道：「他對你說了些什麼？」

鐵心蘭的臉紅了紅，咬著嘴唇道：「燕大俠說，要我……我和他先聊聊，然後……」

突聽林外一人大笑道：「你們小倆口子已談了麼，我此刻來得是否太早！」

花無缺霍然轉身，只見燕南天長笑大步入林，瞧見了他，笑聲驟頓，臉色一沉，厲聲道：「你怎會在這裡？你怎會來的？」

他目光閃電般在鐵心蘭面上一掃，又道：「小魚兒呢？」

鐵心蘭不覺又垂下了頭，道：「我不知道，他說……」

花無缺接口道：「江小魚託我來稟報燕大俠，他今日只怕不能前來赴約了。」

燕南天怒道：「他為何不能來？」

花無缺長長吸了口氣，道：「他已被人拘禁，只怕已是寸步難行……」

他知道自己這番話如果說出來，後果必然不堪設想，他話未說完，鐵心蘭果然已慘然變色。

燕南天暴怒道：「是誰拘禁了他？」

花無缺遲疑著，終於道：「一位武林前輩，人稱『銅先生』的！」

燕南天怒喝道：「『銅先生』？燕某闖蕩江湖數十年，還未聽說過江湖中有『銅先生』此人，這名字莫非是你造出來的！」

他一步竄到花無缺面前，又喝道：「莫非是你暗算了他，你居然還敢到這裡來冒充好人！」

花無缺昂然道：「在下受人之託，忠人之事，是以燕大俠你只要問我，我知無不言，但燕大俠您老對在下人格有所懷疑，在下……」花無缺一字字道：「在下縱不是燕大俠敵手，好歹也要和燕大俠再較一較高低！」

燕南天仰天狂笑道：「你還敢如此說話？你好大的膽子！」

花無缺緩緩道：「在下膽子縱不大，卻也不是貪生畏死的懦夫！」

燕南天喝道：「你既不怕死，燕某今日就成全了你吧！」

喝聲未了，鐵心蘭也已衝過來，嘶聲道：「燕大俠，我知道他，無論如何，他絕不會是說謊的人！」

燕南天厲聲道：「小魚兒已落入別人手中，你還在為他說話！難怪小魚兒不願理睬你，原來你也是個善變的女人！」

鐵心蘭眼淚又已奪眶而出，顫聲道：「江小魚若有危險，晚輩就算拚了性命，也要救他的，但燕大俠說花……花公子說謊……晚輩死也不能相信。」

燕南天冷笑道：「你要為小魚兒拚命，又要為花無缺死，你究竟有幾條命！」

鐵心蘭流淚道：「燕大俠無論如何責罵，就算認為晚輩是個……是個水性楊花的女人，晚輩也沒法子……」

她撲倒在地，嘶聲道：「晚輩只求燕大俠放過花公子，日後燕大俠若是發現他是在說謊，就算將晚輩碎屍萬段，晚輩也是甘心的。」

燕南天厲聲笑道：「好！你居然要以性命為他作保，只不過像你這樣朝三暮四的女人，你的性命又能值得幾文？」

這一代名俠，本就性如烈火，此刻為小魚兒擔心，情急之下，更是怒氣勃生，不可遏止。

花無缺變色道：「燕南天！我敬你是一代英雄，總是對你容忍，想不到你竟對一個女孩子說出這樣的話來，這樣的英雄，嘿嘿，又值得幾文？」

燕南天已怒喝著一拳擊出，花無缺也展動身形，迎了上去。

鐵心蘭知道這兩人一動起手，天下只怕再難有人能化解得開，想到自己為小魚兒和花無缺所受的屈侮與委屈，竟沒有一個人能瞭解，想到自己的一番苦心，末了落得個「朝三暮四」的罵名外，竟毫無作用……她終於忍不住放聲大哭起來。

悲慟的哭聲，更慘於杜鵑啼血。

拳風、掌風，震得殘花似雨一般飄落。

這幾乎是江湖中新舊兩代最強的高手決鬥！這幾乎已是百年來江湖中最驚心動魄的決鬥！

上一次，他們用的是劍，這一次用的雖是空手，但戰況的緊張與激烈，卻絕不在上次之下！

燕南天的拳勢，就和他的劍法一樣，縱橫開闊，剛強威猛，招式之強霸，可說是天下無雙！移花宮的武功，本是「以柔剋剛」，「後發制人」，花無缺這溫柔深沉的性格，本也和他從小練的就是這種武功有關。

但現在，他招式竟已完全變了！

他竟使出剛猛的招式，著著搶攻！只因若非這樣的招式，已不足以將他心裡的悲憤宣洩！這一戰，已非完全爲了他的性命而戰，而是爲了保護他這一生中最關心的人而戰！

他雖然本是個溫柔沉靜的人，但鐵心蘭悲慟的哭聲，卻已激發了他血液中的勇悍之氣！

他這勇悍的血液，是得自母親的——他那可敬的母親，爲了愛，曾毫無畏懼地含笑面對死亡。

「移花宮」冷峻的教養，雖已使花無缺的血漸漸變冷了，但愛的火焰，卻又沸騰了它！他忽然覺得生死之事，並不十分重要。

重要的是，他要和燕南天決一死戰，他要以自己的血，洗清他最關心的人的冤枉，也洗清自己的冤枉。

激烈的掌風，似已震撼了天地。

花無缺雙掌搶攻，直插，橫截，斜擊，招式剛猛中不失靈活，但燕南天拳風就像是一道鐵牆。

花無缺竟連一招都攻不進去！

他頭髮已凌亂，凌亂的髮絲，飄落在蒼白的額角上，但他的面頰卻因激動而充血發紅。

任何人若也想以剛猛的招式和燕南天對敵，那實在是活得不耐煩了。

他的掌式雖銳利得像釘子，但燕南天的拳勢就像是鐵鎚，無情的鐵鎚，無情地敲打著他。

他只覺已漸漸窒息，漸漸透不過氣來，燕南天飛舞的鐵拳，在他眼中已像是愈來愈大，愈來愈大……

他知道這次燕南天不會放過他！

但他並不放棄，並未絕望，只要他還有最後一口氣，至死，也絕不退縮！

誰知燕南天竟忽然一個翻身，退出七尺，厲叱道：「住手！」

他眼見已可將花無缺逼死掌下，卻忽然住手。

花無缺不覺怔了怔，忍不住喘息著道：「你為何要我住手？」

燕南天目光灼灼，逼視著他，一字字道：「我雖然從未聽見過『銅先生』這名字，也並不相信世上真有『銅先生』這人存在，但我卻已相信你並未說謊。」

花無缺道：「哦？……」

燕南天道：「你若說謊，必定心虛，一個心虛的人，絕對使不出如此剛烈的招式！」

花無缺默然半晌，仰天一笑，道：「你現在相信，不覺太遲了麼？」

燕南天沉聲道：「你若覺得燕某方才對你有所侮辱，燕某在此謹致歉意。」

花無缺長嘆道：「是錯就錯，絕不推諉，果然是天下之英雄，在下縱想與你一決生死，此刻也無法出手了！」

燕南天厲聲道：「但我卻還是要出手的！」

花無缺又一怔，道：「爲什麼？」

燕南天道：「你縱未說謊，我還是不能放你走，無論那『銅先生』是誰，他定與你有些關係，是麼？」

花無缺想了想，道：「是。」

燕南天道：「他拘禁了江小魚，可是爲了你？」

花無缺苦笑道：「我並未要他如此，但他卻實有此意。」

燕南天喝道：「這就是了，他既然留下了江小魚，我就要留下你！他什麼時候放了江小魚，我就什麼時候放你！」

他踏前一步，鬚髮皆張，厲聲接道：「他若殺了江小魚，我就殺了你！」

花無缺面色一變，卻又長長嘆了口氣，道：「這說來倒也公平得很。」

燕南天道：「燕某行事，素來公正。」

花無缺冷笑道：「但你對鐵姑娘說的話，卻太不公正，她……」

說到這裡，他才忽然發現，花樹下已瞧不見鐵心蘭的人影，這已心碎了的少女，不知何時走了！

燕南天喝道：「你是自願留下，還是要燕某再與你一戰？」

花無缺臉色鐵青，一字字道：「你此刻要我走，我也不會走了。鐵心蘭若因此有三長兩短，你縱放得過我，我也放不過你！」

燕南天大笑道：「好，很好！在我找著鐵心蘭和江小魚之前，看來你我兩人，是誰也分不開誰了，是麼？」

花無缺道：「正是如此！」

銅先生抱起小魚兒，又掠上樹梢。

這株樹枝葉繁密，樹的尖梢，方圓竟也有一丈多，樹枝堅韌而有彈力，足可承受起百十斤的重量。

銅先生將小魚兒放在上面，只不過將枝葉壓得下陷了一些而已——濃密的枝葉就好像棉褥般將小魚兒包了起來，除非是翱翔在天空的飛鳥，否則絕不會發覺有人藏在這裡。

小魚兒身子雖不能動，臉上卻仍是笑嘻嘻的，道：「這倒真是再好也沒有的藏身之處，如此看來，倒可以舒舒服服地睡上一覺了。」

銅先生冷冷道：「你最好老老實實睡一覺。」

小魚兒道：「你要走了麼？你這人又孤僻，又特別喜歡乾淨，我就知道你不會永遠守著我的。」

銅先生冷笑道：「你也休想跑得了，等到我此間的事做完，就將你帶到一個更安全之處。」

小魚兒道：「我連手指都不能動，你就是將我放在路上，我也跑不了的。」

銅先生道：「你明白這點最好。」

小魚兒眼珠子轉了轉，道：「若是下起雨來，我這人身體不太好，一淋雨就要生病，我生病倒沒有什麼，但若病壞了身子，豈非於你的名聲有損？你答應過，絕不讓我受到絲毫損傷的，是麼？」

銅先生冷冷道：「你無論生多大的病，我都能治得了你。」

小魚兒想了想，又道：「我身子比牛還重，這樹枝若是承受不起，突然斷了兩根，我若摔了胳膊跌斷了腿，你難道也能接起來麼？」

銅先生道：「這樹枝縱然斷了兩根，你還是跌不下去的。」

小魚兒張大了眼睛，笑道：「若有什麼老鷹之類的大鳥，從我頭上飛過，把我的眼珠子當做鴿蛋，一口啄了去，你難道能補上麼？」

銅先生怒道：「你這人怎地這麼煩！」

小魚兒笑道：「我生來沒別的本事，就會惹人煩，你若嫌煩，爲何不宰了我，死人就不會惹麻煩了。」

銅先生一生中，當真從來沒有遇見這麼討厭的人，若是別人如此，他早已將之剁成八塊了。

他身子已氣得發抖，卻只好取出塊絲帕，蓋在小魚兒臉上，厲聲道：「這樣好了麼？」

小魚兒深深吸了口氣，笑道：「你這手帕好香呀，莫非是什麼大姑娘送給你的定情物？」

銅先生大怒道：「你爲何不能閉起嘴來？」

小魚兒道：「你若點上我的啞穴，我豈非就不能說話了麼？但你自然也知道，啞穴不能點過三個時辰，否則就會氣絕而死。」

他笑著接道：「所以你若點了我的啞穴，每隔三個時辰，就得回來爲我換一次氣，那樣豈非更麻煩了？」

銅先生咬牙道：「你知道的倒不少。」

小魚兒道：「除此之外，倒有個比較不麻煩的法子。」

他語聲故意頓了頓，才接著道：「那就是三十六著，走爲上策。你一走了，無論我

說什麼，你都聽不見了，豈非落個耳根清靜？」

銅先生不等他話說完，已掠下樹梢。

小魚兒故意嘆了口氣，喃喃道：「他總算走了，但願那位仁兄莫要來得太早，先讓我好好睡一覺……」

他話未說完，銅先生又掠了上去，一把掀開了蒙著他臉的絲帕，厲聲道：「你說的那位仁兄是誰？」

小魚兒又故意失驚道：「呀，我說的話，被你聽見了麼？」

銅先生冷冷道：「百丈之內，飛花落葉瞞不過我的。」

小魚兒又嘆了口氣，道：「我被你藏在這樹上，任何人都瞧不見我，又怎會有人來救我呢？我方才不過自己說著玩玩而已。」

銅先生道：「你以為誰會來救你？」

銅先生沉思了半晌，失聲道：「不錯，花無缺說不定會回來瞧瞧的。」

他不再說話，又抱起小魚兒，掠下樹梢，他自以為心思靈敏，卻未瞧見小魚兒正在偷偷的笑。

小魚兒根本就未指望有人會來救他，他知道若是待在樹上，就什麼逃走的機會都沒有了，只有拚命纏著銅先生，纏得他發昏，只要他稍微一大意，自己就有逃走的機會。

若論武功，小魚兒自然不及銅先生，但若是鬥起心眼兒來，兩個銅先生也不是小魚兒的敵手。

他抱著小魚兒掠到樹下，卻又遲疑起來。

小魚兒道：「你要把我送到哪裡去呀？你總不能一直抱著我站在這裡吧？」

「哼！」

小魚兒笑道：「我已經有好幾天沒洗澡了，你抱著我不嫌髒麼？」

他話未說完，銅先生的手已一鬆。

小魚兒「砰」的跌在地上，大叫道：「哎唷，不好了，骨頭跌斷了！」

銅先生一腳踢在他胯骨上，踢開了他下半身的穴道，喝道：「站起來，跟我走！」

小魚兒只覺兩條腿已能動了，卻呻吟著道：「我骨頭都斷了，哪裡還能站得起來？這下子你非抱我不可了！」

銅先生怒道：「你骨頭是什麼做的，怎地一跌就斷？」

小魚兒道：「就算沒有跌斷，被你一腳也踢斷了……哎唷，好痛！」

他索性大呼大喊，叫起疼來。

銅先生目光閃動，忍不住道：「真的斷了麼？」

小魚兒呻吟著道：「你不信就自己摸摸看。」

銅先生遲疑著，終於俯下身子，視探小魚兒的腿骨。

小魚兒道：「不對，不是這裡。」

銅先生道：「是哪裡？」

小魚兒道：「不是大腿，還要再上面一些。」

銅先生的手，突然縮了回去，就好像被毒蛇咬了一口似的，只見他筆直站在那裡，胸膛卻不住喘息。

小魚兒笑嘻嘻道：「你爲什麼連摸都不敢摸，難道你是女人麼？」

銅先生大喝道：「住嘴！」

小魚兒吐了吐舌頭笑道：「你要我住嘴，就算不願點我的啞穴，也可用布塞住我的嘴呀！」

他的確可以塞住小魚兒嘴的，但小魚兒自己既然先說出來了，他再這樣做，豈非丟人麼？

銅先生冷冷道：「我爲何要塞住你的嘴，我正要聽你說話。」

小魚兒「噗哧」一笑，道：「想不到我的話竟有這麼好聽，你既然這麼喜歡聽，何不也坐下來，咱們也可以聊個舒服。」

銅先生怒目瞪著小魚兒，簡直無計可施，他本覺世上絕沒有自己不能對付的人，誰知就偏偏有個江小魚。他這一生中，第一次覺得頭疼起來。

六八　大俠風範

燕南天與花無缺並肩走出了花林。

花無缺忽然道：「鐵心蘭是往哪裡走的？你也未曾瞧見麼？」

燕南天道：「沒有！」

花無缺仰首望天，輕嘆道：「江小魚此刻也不知是在哪裡？……」

燕南天道：「他是何時落入那『銅先生』掌中的？」

花無缺道：「昨天晚上。」

燕南天默然半晌，忽然又道：「江湖中又怎會有個『銅先生』？他既有那麼高的武功，我怎會未曾聞及？……你可知道他的來歷？」

花無缺道：「在下只知他武功之高，不可思議，卻也不知他的來歷。」

燕南天冷笑道：「若是我猜得不錯，他必定是別人化名改扮的。」

花無缺道：「但普天之下誰會有那麼高的武功？」

燕南天道：「移花宮主……」

花無缺淡淡笑了笑，道：「家師為何要改扮成別人？家師又為何要瞞住我？這對他老人家又有何好處？燕大俠你可想得出任何原因來麼？」

「我想不出……」他語聲微頓，又道：「你想，那『銅先生』會將江小魚帶到何處去？」

花無缺也長長嘆了口氣，道：「在下也想不出。」

這時小魚兒已睡著了。銅先生乘著夜色，將小魚兒又帶到那客棧的屋子裡，他實在想不出能將這作怪的少年帶到何處。

小魚兒躺在床上，呼呼大睡，銅先生卻只有坐在椅子上瞧著，他就像個木頭人似的坐在椅子上，動也不動。只見小魚兒鼻息沉沉，似睡得安穩已極，就像是個睡在母親旁邊的孩子似的，嘴角還帶著一絲微笑。

他醒著時，這張臉上，不但充滿了一種逼人的魅力，也充滿了飛揚灑脫，精靈古怪的神氣。但此刻他睡著了，這張臉卻變得有如嬰兒般純真。

銅先生瞧著他這張純真而英俊的臉，瞧著他臉上那條永遠不能消除的刀疤，整個人突然都顫抖了起來。

他手掌緊握著椅背，握得那麼緊，冷漠的目光，也變得比火還熱，像是充滿了痛苦，又像充滿了仇恨。

只聽「啪」的一聲，柚木的椅靠，竟被他生生捏碎！

小魚兒緩緩張開眼來，揉著眼睛向他一笑，道：「我睡了很久了麼？」

「很……很久了。」他拚命要使自己語聲平靜，卻還是不免有些顫抖。

小魚兒笑道：「你一直坐在這裡守著我？」小魚兒身子雖不能動，腿一挺，就跳下床來，笑道：「我佔了你的床，讓你不能睡覺，真抱歉得很。」

銅先生盯著他的腿，厲聲道：「你……你的腿沒有傷？」

小魚兒朝他扮了個鬼臉，就要往外走。

銅先生喝道：「你要到哪裡去？」

小魚兒笑嘻嘻道：「我有個毛病，一睡醒就要……就要上茅房。」

銅先生怒道：「不許去！」

小魚兒苦著臉道：「不許去，我就要拉在褲子上了，那可臭得很。」

銅先生幾乎要跳了起來，大喝道：「你……你敢？」

小魚兒悠悠道：「一個人無論有多兇、多厲害，他就算能殺人、放火，但可也沒法子叫別人不拉屎的。」

銅先生瞪著他，目中簡直要冒出火來。

小魚兒卻還滿不在乎，笑道：「你要我不拉屎，只有一個法子，那就是立刻殺了我，否則……否則我現在就已忍不住了。」他一面說話，一面就要蹲下去。

吧。」

銅先生趕緊大呼道：「不行……這裡不行……」

小魚兒道：「你讓我出去了麼？」

銅先生狠狠一跺腳，道：「你滾出去吧！」

小魚兒不等他說完，已彎著腰走出去，笑道：「你若不放心，就在茅房外看著我吧。」

銅先生的確不放心，的確只得在茅房外等著。

他簡直連做夢都未想到過，自己這一輩子，居然也會站在茅房外，等著別人在裡面拉屎。

過了幾乎快有半個時辰，小魚兒才摸著肚子，施施然走了出來。銅先生簡直快氣瘋了，怒道：「你死在裡面了麼？」

小魚兒笑道：「好幾天的存貨，一次出清，自然要費些功夫。」

銅先生氣得也不知該說什麼，只好扭過頭去。

小魚兒卻笑道：「現在咱們該去吃飯了。」

銅先生大怒道：「你……你說什麼？」

小魚兒笑道：「吃飯拉屎，本是最普通的事，這又有什麼好奇怪的？……你難道從未聽見過一個人要吃飯麼？」

銅先生怔了半晌，突然冷笑道：「我雖不能禁止你……你上茅房，但卻能禁止你吃飯的。」

小魚兒道：「你不許我吃飯？」

銅先生厲聲道：「我給你吃的時候，你才能吃，否則你就閉起嘴！」

小魚兒眨了眨眼睛，笑道：「但嘴卻是長在我臉上的，是麼？所以，我要吃飯的時候，你就得給我吃，否則我就永遠也不吃了。我若活活餓死了，你的計畫也完了……你明白了麼？」

銅先生一步竄過去，揪住小魚兒的衣襟，嘶聲道：「你……你敢對我如此說話？」

小魚兒嘻嘻笑道：「我雖打不過你，但要餓死自己，你可也沒法子，是麼？」

銅先生氣得全身發抖，卻只好裝作沒有聽見。

燕南天和花無缺自然沒有找到鐵心蘭，更找不著小魚兒。他們茫無目的地兜了兩個圈子，燕南天突然道：「你喝酒麼？」

花無缺微笑道：「還可喝兩杯。」

燕南天道：「好，咱們就去喝兩杯！」

兩人便又入城，燕南天道：「江浙菜甜，北方菜淡，還是四川菜，又鹹又辣又麻，那才合男子漢大丈夫的口味，你意下如何？」

花無缺道：「這城裡有家揚子江酒樓，據說倒是名廚。」

這時夜市仍未收，街上人群熙來攘往，倒也熱鬧得很，揚子江酒樓上，更是高朋滿座，座無虛席。

江別鶴正一個人喝著悶酒。

這兩天令他煩心的事實在太多，小魚兒、花無缺……還有他兒子江玉郎，竟直到此刻還未回來。

突見一個大漢匆匆奔上樓，撞倒兩張椅子，才走到他面前，悄聲道：「花公子來了。就在下面，好像也要上樓來喝酒。」

江別鶴道：「他一個人麼？」

那大漢道：「他還帶著個穿得又破又爛的瘦長漢子，好像是……」

他話未說完，江別鶴面色已慘變，霍然長身而起，顫聲道：「快……快想法子去擋他們一擋。」

但這時花無缺與燕南天已走上樓頭，花無缺已面帶微笑，向他走了過來。

江別鶴手扶著桌子，似已駭得站不住了。

只聽花無缺笑道：「不想江兄也在這裡。」

江別鶴道：「是……是……」

他眼睛直勾勾地瞪著燕南天，只覺喉嚨發乾，雙腿發軟，一個字也說不出，竟似已駭破了膽。

燕南天上下瞧了他兩眼，笑道：「這位就是近來江湖盛傳的『江南大俠』江別鶴麼？」

江別鶴道：「不……不敢。」

燕南天道：「好，咱們就坐在一起，喝兩杯吧。」

他拉過張椅子，就坐了下來，只覺桌上杯子、盤子一直不停地動，原來江別鶴全身都在發抖。

燕南天皺眉道：「江兄爲何不坐下？」

江別鶴立刻直挺挺地坐到椅上。

燕南天笑道：「燕某足跡雖未踏入江湖，卻也久聞江兄俠名，今日少不得要痛痛快快和你喝上兩杯。」

江別鶴趕緊倒了三杯，強笑道：「晚輩先敬燕大俠一杯。」

他用酒杯擋住臉，心裡卻不禁更是驚奇！「原來江小魚還未將我的事告訴他，但他……他又怎會不認得我了？這二十年來，我容貌未改變許多呀！」

他眼角偷偷自酒杯邊緣瞧出去，又自暗忖道：「但他的容貌卻改變了許多，莫非……莫非是……」

突聽燕南天道：「江兄這杯酒，爲何還不喝下去？」

江別鶴趕緊一飲而盡，哈哈笑道：「晚輩也早已久仰燕大俠俠名，不想今日得見，

當真榮幸之至。」

燕南天大笑道：「不錯，你我初次相見，倒真該痛飲一場才是。」

聽到「初次相見」四個字，江別鶴心裡雖然更奇怪，卻不禁長長鬆了口氣，大笑道：「正是該痛飲一場，不醉無歸。」

燕南天拍案笑道：「好個不醉無歸……來，快拿三十斤酒來！」

銅先生和小魚兒走出客棧，夜已很深，長街上已無人跡，兩旁店舖也都上起了門板。

小魚兒背負雙手，逛來逛去，好像開心得很，笑道：「你別著急，飯舖就算打烊，只要你肯花銀子，連鬼都會推磨，何愁飯舖不爲你開門。」

銅先生忍住怒火，道：「這裡就有家飯舖，你叫門吧。」

小魚兒道：「這家飯舖叫三和樓，是江浙菜，不行……嗯，這裡還有家真北平，一定是北方菜，也不行。」

銅先生怒道：「爲何不行？你難道不能將就些？」

小魚兒正色道：「不行，一個人可以對不起朋友，但卻萬萬不能對不起自己的腸胃。因爲朋友到你倒楣時，都會跑的，但腸胃卻跟你一輩子。」

銅先生狠狠盯著他，過了半晌，才緩緩道：「世上人人都怕我，你……你爲何不怕？」

小魚兒笑道：「我明知你絕不會自己動手殺我的，我為何要怕你？」

銅先生霍然扭轉身，大步而行。

小魚兒大笑道：「其實你也不必生氣，你明知你愈生氣，我就愈開心，又何必定要和自己過不去呢？」

只見前面一處樓上，還有燈光，招牌上幾個斗大的金字，也在閃閃發著光。

「揚子江酒樓，正宗川菜」。

但這時揚子江酒樓上卻已沒有人了，幾個伙計，正在打掃收拾。

幾個人一抬頭，全都駭得呆住——一個戴著銅鬼臉的人，不知何時已走上樓來，正冷冷地瞧著他。

小魚兒卻笑嘻嘻道：「你們發什麼呆，這位大爺臉上戴的雖然是青銅，腰裡卻多的是金子，財神爺上門，你們還不趕緊招呼。」

那店伙吃吃道：「抱……抱歉得很，小店已經打烊了。」

銅先生冷冷瞧著他，忽然一把揪住他的頭髮。

那店伙身子就好像騰雲駕霧似的，直飛了出去。等他定過神來，才發覺自己竟已坐到橫樑上。身子雖未受傷，膽子卻幾乎駭破，頭一暈，直栽了下來，若不是小魚兒接著，腦袋不變成爛西瓜才怪。

銅先生冷冷道：「不管你們打烊沒有，他要吃什麼，你們就送什麼上來，只要少了一樣，你們這四個人休想有一個活著！」

四個店伙哪裡還敢說個「不」字？

小魚兒大笑道：「愉快愉快，和你這樣的人出來吃飯，當真再愉快不過。」

他舒舒服服地坐了下來，道：「先來四個涼菜，棒棒雞、涼拌四件、麻辣蹄筋、蒜泥白肉，再來個肥肥的樟茶鴨子、紅燒牛尾、豆瓣魚……」

他說一樣菜，店伙們就點了一下頭，四個店伙的頭都點疲了，小魚兒才總算嘆了口氣，笑道：「深更半夜的，也不必弄太多菜了，馬馬虎虎就這幾樣吧，但酒卻要上好的，竹葉青還是花雕都行，先來個二、三十斤。」

幾個店伙聽得張口結舌，這些菜二十個人都夠吃了，這小子居然才「馬馬虎虎」，幾個人怔了半晌，才吃吃道：「抱歉……小……小店的酒，已經被方才三位客官喝光了。」

銅先生冷冷道：「喝光了就到別處去買，三十斤，少了一斤，要你的腦袋！」

四個店伙只有自嘆倒楣，剛送走了三個瘟神，又來了兩個惡煞。

不到半個時辰，酒菜都送了上來，果然一樣也不少。小魚兒立刻開始大吃大喝，銅先生卻連坐都不肯坐下來。

小魚兒笑嘻嘻道：「你爲何不坐下來，你這樣站著，我怎麼吃得下？」

他舉起酒杯，又笑道：「這酒菜倒都不錯，你爲何不來吃一些，你若氣得吃不下，餓壞了身子，我心裡也不舒服的。」

銅先生根本不理他。

小魚兒夾起塊樟茶鴨，一面大嚼，一面嘆著氣，道：「嘴是長在你身上的，你不吃，我也沒法子，但你這樣，既不吃，又不睡，怎麼受得了呢？」

銅先生忽然出手一掌，將旁邊一張桌子拍得片片碎裂，他心中怒氣實是無可宣洩，只有拿桌子出氣。

小魚兒笑道：「桌子又沒有得罪你，你何苦跟它過不去……依我看，你不如還是放了我吧，也免得自己受這活罪。」

銅先生怒喝道：「放了你？休想！」

小魚兒仰起了脖子，喝了杯酒，哈哈笑道：「老實告訴你，其實你現在就算放了我，我也不走的，睡覺有人保鏢，喝酒有人付賬，這麼開心的日子，到哪裡找去？」

銅先生瞪眼瞧了他半晌，一字字道：「我正是要你現在活得開心些，這樣你死時才會更痛苦。」

小魚兒放下筷子，瞪眼瞧著他，忽又嘆道：「我問你，我和你素不相識，你爲何如此恨我？你既如此恨我，又爲什麼不肯自己動手殺了我？」

銅先生仰首望天，冷笑道：「這其中秘密，你永遠也不會知道的！」

小魚兒嘆道：「一個人若是永遠無法知道自己最切身的秘密，這豈非是世上最殘忍、最悲慘的事？」

銅先生厲聲笑道：「不錯，這正是世上最殘忍、最悲慘的事，我敢負責擔保，這悲慘的命運，你逃也逃不了的，只因世上絕對沒有人能揭穿這秘密。所以你現在只管開心吧，只要你真能開心，你不妨盡量多開心些時。」

燕南天、花無缺、江別鶴，三個人都像是有些醉了，三個人搖搖晃晃，在燦爛的星光下兜著圈子。

江別鶴一生中從未喝過這麼多的酒，但燕南天要喝，他卻只有陪著，雖然到後來燕南天每乾一杯時，他杯子裡的酒最多也不過只有半杯。

只聽燕南天引吭高歌道：「五花馬，千金裘，呼兒將出換美酒，與爾共消萬古愁……萬古愁……」

歌聲豪邁而悲愴，似是心中滿懷積鬱。

燕南天仰天長嘆道：「怎地這世上最好的人和最壞的人，都姓江呢？」

江別鶴吃吃道：「此……此話怎講？」

燕南天嘆道：「我那江二弟，溫厚善良，可算世上第一個大好人，但還有江琴……」

說到「江琴」兩字，江別鶴忽然機伶伶打了個寒顫，燕南天更是鬚髮皆張，目眥盡裂，厲聲接道：「我那江二弟雖將江琴視如兄弟手足一般，但這狼心狗肺的奴才，竟在暗中串通別人，將他出賣了！」

江別鶴滿頭冷汗涔涔而落，口中卻強笑道：「那江……江琴竟如此可惡？」

燕南天雙拳緊握，嘶聲道：「只可惜這奴才竟不知躲到哪裡去了，我竟找不著他……我若找著他，不將他骨頭一根根揑碎才怪。」

江別鶴又打了個寒噤，酒似也被駭醒了一半，只覺燕南天揑著他雙手愈來愈緊，竟似要將他骨頭揑碎。

江別鶴忍不住強笑道：「晚……晚輩並非江……江琴，燕大俠莫要將晚輩的手也揑碎。」

燕南天一笑鬆了手，只見前面夜色沉沉，幾個夜行人狸貓般的掠入一棟屋子裡，也不知要幹什麼勾當。

花無缺酒意上湧，似也變得意興湍飛，笑道：「三更半夜，這幾人必定不幹好事，我瞧瞧去。」

燕南天怒道：「有我在此，還用得著你去瞧麼？」

他縱身一掠，躍上牆頭，厲聲道：「冀人燕南天在此，上線開扒的朋友，全出來吧！」

喝聲方了，黑暗中已狼竄鼠奔，掠出幾個人來。

燕南天喝道：「站住，一個也不許跑！」

幾個夜行人竟似全被「燕南天」這名字駭得呆了，一個個站在那裡，果然連動都不敢動。

燕南天厲聲道：「有燕某在這城裡，你們居然還想爲非作歹，難道不要命了！」他獨立牆頭，衣袂飛舞，望之當真如天神下降一般。

那幾個人瞧見他如此神威，才確信果然是天下無敵的燕南天來了。幾個人駭得一起拜倒在地，顫聲道：「小人們不知燕大俠又重出江湖，望燕大俠恕罪。」

燕南天喝道：「但江大俠在這城裡，你們難道也不知道？」

幾個人瞧了江別鶴一眼，嘴裡雖不說話，但那意思卻明顯得很，無論江別鶴多麼努力，但江別鶴這「大俠」，比起燕南天來，還是差得多。

燕南天喝道：「念在你們壞事還未做出，每個人打自己二十個耳刮子，快滾吧！」

那幾個人竟真的揚起手來，「劈劈啪啪」打了自己二十個耳光，又磕了個頭，才飛也似的狼狽而逃。

江別鶴瞧得又是吃驚，又是羨慕，又是妒忌，忍不住長嘆道：「一個人能有這樣的聲名，才算不虛此生了。」

花無缺卻微笑道：「普天之下，有這樣聲名的人，只怕也不只燕大俠一個。」

燕南天軒眉道：「花無缺，你還不服我？」

花無缺微笑道：「他們若知道移花宮有人在此，只怕跑得更快的。」

燕南天瞪了他半晌，忽然大笑道：「要你這樣的人佩服，當真不是容易事。」他躍下牆頭，又復高歌而行。

江別鶴悄悄拉了拉花無缺衣袖，悄聲道：「賢弟，燕大俠似已有些醉了，你我不如和燕南天別過，趕緊走吧。」

花無缺微笑道：「我只怕要和江兄別過了。」

江別鶴怔了怔，道：「賢弟你……你難道要和燕大俠同行麼？」

花無缺道：「正是。」

江別鶴掌心沁出冷汗，道：「令師若是知道，只怕有些不便吧？」

花無缺微笑道：「家師縱然知道，我也是要和他一起走的。」

江別鶴怔了半晌，道：「你……你們要去哪裡？」

花無缺道：「去找江小魚。」

江別鶴身子又是一震，暗暗忖道：「燕南天現在就算還未認出我，就算還將我看成朋友，但再見到江小魚，我還是要完了。」

三個人兜了兩個圈子，也到了「銅先生」歇腳的客棧，江別鶴眼珠子一轉，忽然笑道：「這客棧燕大俠可要再進去喝兩杯麼？」

屋子。

燕南天大笑道：「你果然善體人意……走，咱們進去！」

到了屋裡，燕南天吩咐「拿酒來」，江別鶴卻找了個藉口出去，偷偷溜到銅先生那的香氣，但他卻說不定早已離開此地。

他自然是想找銅先生對付燕南天，只可惜銅先生偏偏不在。屋子裡雖還留著那淡淡的香氣，但他卻說不定早已離開此地。

江別鶴滿心失望，回房時，燕南天又已幾斤酒下肚了。他酒量雖好，此刻卻也不免有些醉意。

花無缺也是醉態可掬，江別鶴心念一轉，溜出去將肚子裡的酒全都用手指挖得吐出來，再回去頻頻勸飲。

到後來，燕南天終於倒在床上，呼呼大睡。

花無缺喃喃道：「酒逢知己，不醉無歸，來，再喝一杯……」話未說完，也伏在桌上睡著了。

請續看【絕代雙驕】第四部

古龍精品集 08

絕代雙驕（三）

作者： 古龍
發行人：陳曉林
出版所：風雲時代出版股份有限公司
地址：10576台北市民生東路五段178號7樓之3
電話：(02) 2756-0949　　傳真：(02) 2765-3799
封面原圖：明人出警圖（原圖爲國立故宮博物館典藏）
封面影像處理：風雲編輯小組
執行主編：劉宇青
行銷企劃：林安莉
業務總監：張瑋鳳
出版日期：古龍80週年紀念版2019年1月
ISBN：986-146-288-0

風雲書網：http://www.eastbooks.com.tw
官方部落格：http://eastbooks.pixnet.net/blog
Facebook：http://www.facebook.com/h7560949
E-mail：h7560949@ms15.hinet.net
劃撥帳號：12043291
戶名：風雲時代出版股份有限公司

風雲發行所：33373桃園市龜山區公西村2鄰復興街304巷96號
電話：(03) 318-1378　　傳真：(03) 318-1378
法律顧問：永然法律事務所 李永然律師
　　　　　北辰著作權事務所 蕭雄淋律師

行政院新聞局局版台業字第3595號 營利事業統一編號22759935

定價：240元

國家圖書館出版品預行編目資料

絕代雙驕／古龍作. -- 再版. -- 臺北市：風雲時代, 2006〔民95〕
冊； 公分. --（古龍武俠名著經典系列）
ISBN 986-146-286-4（第一冊：平裝）
ISBN 986-146-287-2（第二冊；平裝）
ISBN 986-146-288-0（第三冊；平裝）
ISBN 986-146-289-9（第四冊；平裝）
ISBN 986-146-290-2（第五冊；平裝）
857.9　　95008882